後宮の棘

～行き遅れ姫の嫁入り～

香月みまり Mimari Kozuki

ALPHAPOLIS WEB CITY SINCE 2000

アルファポリス文庫

https://www.alphapolis.co.jp/

一章

　ガタガタと飛び跳ねながら馬車が進む。

「あぁ、なんという事でしょう。このような仕打ち。こんな馬車しか用意されないなんて」

　口惜しい、激しく遺憾《いかん》であるというように、さめざめと泣き続ける侍従《じじゅう》を横目に翠《すい》玉《ぎょく》は、本日何度目かのため息をつく。

　先ほどから馬車は帝都を外れ、どうやら田舎道に入ったようだ。帝都の周辺の道は比較的綺麗に整備されているが、少し外れた途端に、石や木の根が所々飛び出した粗末な造りの道になる。

　それが帝都と田舎の格差といえばそうなのだろうが、しかしそろそろ尻が痛くなってきた。翠玉にあてがわれた馬車は、皇族が使う馬車の中では平均的な造りのものだ。しかし、年期が入っており、あちらこちらにひずみができている。おまけに皇族用に作られたもの故、整備された道を走る以外の設計はなされていない。

体よく、そろそろ引退の馬車を付けて翠玉もろともお払い箱、というわけだ。

「あ〜、馬に乗りたい」

「何をのんきな事をおっしゃいます！　仮にも直系の、しかも先の皇后陛下がお産みになった皇女殿下に対するこの仕打ち！　あなた様は腹立たしくお思いにならないのですか⁉」

ぼそりと呟いた翠玉の言葉は、馬車のガタガタという音にかき消されるかと思った。しかし不幸にも、侍従《じじゅう》の耳には届いてしまったようだ。

母の代から仕えてくれているこの侍従《じじゅう》は陽香《ようか》といい、翠玉の乳母《うば》のような存在だ。時々少々ヒステリックになる事があるが、その多くの場合は翠玉が原因を作っている。

腹立たしくね……。ため息をついて、尻を浮かせる。こうして定期的に体勢を変えないと尻の皮が剥けそうだ。

「仕方ないでしょ、私は皇家の中で一番の厄介者なんだから。輿入れって形で平和に追い立てられたら御の字と、誰でも思うに決まっている。私が皇帝でもそうするわ」

「お母上がこのような姿を見たら、さぞお嘆きになるでしょうに」

陽香は手布を取り出すと、そこに顔を埋めて、さめざめと泣いている。

いや、多分「殺されるよりはマシよね！　あなた、女の子に生まれておいて良かったわね」と笑うと思うが、今は言わないでおいた方が得策だ。

「でも、輿入れの品々は立派な物を用意して下さいましたし」

もう一人、完全に気配を消していた侍従《じじゅう》の李風《りか》が、慰めるように陽香に言う。あぁ、馬鹿。

「当たり前でしょう！　お国の名誉がかかっているのですから!!　そんなのは姫様のためでも何でもありません！　帝都を発つ際のお見送りにしても、この旅の装備にしても、仮にも一国の皇女殿下に対するものとは思えません！」

李風の言葉は陽香の怒りに更に火をつけたようだ。その剣幕に李風は慌てて耳をふさぐ。

確かに、陽香の言う事は間違ってはいない。

一国の、しかも正室が産んだ直系の皇女の輿入れにしては、かなり質素な上、出立も早朝とまるで隠れるように帝都を後にしている。しかも、馬車や付随の従者、護衛共に最低限。

私の嫁ぎ先が敵国だということを考えれば、無理もないような気もするが。

「これではまるで、売られていくようなものです。あぁ、かわいそうな姫様」

ひとしきりわめいた後、陽香はまた手布に顔を埋めて泣き出してしまう。お前の物言いの方が、私を惨めにさせているのだけど……とはとても言える雰囲気ではない。

天幕を少し開けて外を確認すると、遠のく帝都が見えた。

多分もう一生ここには戻ってくる事はないのだろう。

二十五年間育った場所。しかし良い事は少なかった。恋しいと思う感情もあまりない。

「皮肉なものね」

嘲笑を浮かべ、天幕を戻した。

母は隣国の湖紅国《ここうこく》から、翠玉の祖国である清劉国《せいりゅうこく》へ嫁いだ。

当時この二国は長い戦いの末に友好関係を結んだという。その一つが両国の皇女と皇帝の婚姻だった。いわば、母と父は政略結婚だ。

しかし、通常の政略結婚と違う点が一つあった。それは、二人が本当に恋に落ちたという事だ。まるでおとぎ話のような話だが、幼い翠玉から見ても父と母は愛し合っていた事が分かった。

父の寵愛《ちょうあい》もあり、家柄も申し分ない。程なくして母は皇后の位についた。母が嫁いだ頃、父にはすでに皇后がいたが、彼女は王子を産んで亡くなってしまった直後だった。母が皇后の位についたのは、様々なタイミングが良かった故ともいえるだろう。

翠玉が生まれた頃すでに父には二十人の側室と複数の皇女と皇子がおり、その内三番目と五番目、そして翠玉の後に生まれる十一番目の皇子は母が産んでいる。

母は皇后、長兄・次兄は共に皇位継承権を持つ、皇太子の筆頭候補。翠玉は順風満帆《じゅんぷうまんぱん》な子供時代を過ごした。今思えばあの時が一番幸せだった。全てが真綿に包まれた世界だった。

そんな世界が壊れ始めたのは、翠玉が九歳を迎えた夏の事だった。

まずは弟の蓬《ほう》が、流行病で五年という短い生涯を閉じた。翠玉の後をついて歩き、よく懐いて可愛い盛りだった。

そしてその年の冬に、長兄の庸《こう》が原因不明の病で急死し、続いて母が倒れた。母の病は重く、数日ほどで呆気なく亡くなってしまった。

残されたのは翠玉と次兄の蓉《よう》の二人だった。

権力というものに惹かれる人間の心は移ろいやすく恐ろしいもので、皇后である母と皇太子候補の長兄がいなくなった途端、二人の周りから人が消えた。そこで初めて翠玉と蓉は、他の側室や皇子、皇女がどれほど自分達の事を疎んでいたのかを知る事になったのだ。

ある日突然やってきて、皇后になった母。どの皇子よりも出来の良かった長兄に、皇帝の比類なき寵愛《ちょうあい》。面白くない者は沢山いたであろう。

今思えば、母と長兄は暗殺されたのだと思う。あまりにも唐突な亡くなり方だった。

母と兄を失って皇后宮を追われた蓉と翠玉を、父は変わらずとても可愛がってくれた。他の皇子や皇女から嫌がらせを受けても、父の愛がある限りは我慢できると思っていた。

そして翠玉が十五の頃、いよいよ皇太子を決めなければならないといった空気が宮廷中を満たし出した。十八で成人を迎えた蓉も皇太子候補に挙がっていた。

表で裏で、様々な陰謀が宮廷で渦巻いている事を翠玉は感じ取っていた。

この頃になると、他の皇女や皇子からのいじめにも耐性がついていた上、宮廷に巣食う魔物がどのようなものであるのかも理解していた。

翠玉にとって蓉は支柱だった。彼なくして、ここまで生きる事は出来なかった。蓉がいたからどうにか生きてこられたのだ。

しかし蓉はその夏に、国内で起こった賊の討伐に出向き、戦で命を落とした。ごく小規模ですぐに片が付く戦だったという。あれほどの武の名手がやられるなど、あり得ない。それは、一緒に武芸を極めた翠玉だからこそ分かった。

蓉は暗殺されたのだ。

しかし、物証が乏しく、蓉の死は戦死として扱われた。悔しくて悔しくて仕方がなかった。皇女という身分だけで何も力を持たない自分に腹が立って仕方なかった。

蓉がいなくなり、翠玉は生きる希望を失った。もう、翠玉の周りで信じられる者は残された数名の侍従《じじゅう》のみだった。その侍従《じじゅう》ですら、旗色が悪いと分かった途端に離れていった者もいた。

その頃になると父も年老い、臥せがちになる。期待を寄せていた蓉を失った事も、その引き金になったのかもしれない。翠玉は、母も兄も守ってくれなかった父をも恨み、一度も父の病床を訪ねる事はしなかった。代わりに、蓉と毎日続けていた武術を一心不乱に極めた。自分の身は自分で守るしかないと。

しかし、ある日気づいてしまった。継承権も後ろ盾もない自分を誰が殺すというのだ。ただ宮中の片隅に転がっている小石同然の自分にそんな価値はない。そこで悟ったのだ、自分はこの宮廷で誰にも目を向けられずひっそりと生きるか、或いは国の利益のためだけに、どこか適当な所に嫁がされるだけの存在なのだ。

父の没後、四番目の皇子が王位についた。いつも庸や蓉と比べられて卑屈そうにしていた男だった。

翠玉は徹底的に無視され、いないものとして扱われた。姉妹達は十八を過ぎるころには皆、隣国や有力な皇族に嫁いでいった。翠玉は飼殺し同然だった。

嫁ぐ予定もなく、仕事や役目もない、自分はこうして老いて朽ちるのだと思い、一心不乱に武芸を磨いた。もう、自分を保つには武芸しかなかった。

二十五を過ぎ、神籍にでも入ろうかと本気で考え始めた頃、この縁談が舞い降りてきたのだ。

こんな二十五の年増を嫁に出すなど、余程皇女が足りなくなったのだろうか。何にせよ、この宮中から出られるだけで嬉しかった。

そして、その嫁ぎ先が母の故郷と知り久方ぶりに、気分が高揚した。

嫁ぐ相手は母の従兄弟の息子。湖紅国王の三番目の弟で、禁軍将軍紅冬隼《こうとうしゅん》。皇位継承権は六位、今年二十八を迎える男だ。

きっと彼にはより取りみどり若くて美しい側室が沢山いるだろう。年増女に出る幕はない。愛される事など期待はしないし、望んでもいない。

蓉を失ったあの日から、翠玉は希望を持つ事をあきらめた。ただ流されるままに、生きていく事に慣れてしまった。

「皮肉なものね」

もう一度つぶやく。

母がかつて通ってきた道を三十年近く経って自分が逆戻りしているのだ。母は期待に胸を膨らませてこの道を通ったのだろうか。ふと、そんな事を考えた自分が滑稽《こっけい》に思えて、思わず口元に笑みを浮かべてしまった。

この人が私の夫か。

今の世の中、初めて夫と顔を合わせるのが婚儀《こんぎ》の日当日というのは珍しい。

なぜ、こんなタイミングかというと、こちらに到着して数日、出迎えにさえも現れなかった夫は全く翠玉に会いにすらこなかったからだ。

一応初めの三日ほどは、ご挨拶をしたいという旨を側仕《そばづか》えを通して伝えたものの。

「忙しい、暇がない」と無愛想な答えが返ってくるのみだった。

そちらがそのつもりなら、こちらも好きにやらせて頂こうと、半ばどうでもよくなり放置していたら、ついに婚儀《こんぎ》の日を迎えてしまった。

この人が夫になる人ね。婚儀《こんぎ》の間、チラリと横顔だけを盗み見る。

禁軍将軍なんて肩書きがあるから、どんな熊男かと思えば、意外にスッキリした体躯《たいく》をしている。

しかし、そこは武人。がっしりとたくましい所はたくましい。そしてこの人、剣は両利きなのかも。腕の左右の筋肉バランスが均一だ。鷹《たか》のような鋭い瞳に、均整の取れた顔も悪くない。

これだけの好条件が揃っているのに、彼は独身だという。

やはり性格が悪いのか？　もしくは男色家《だんしょくか》？

婚礼の最中に花嫁が考える事とは思えない事を考えてしまう辺り、自分って終わっていると再認識せざるをえない。

でも仕方がない、この宮に来て翠玉が知った事といえば、厠《かわや》の位置とこの宮に翠玉以外の妃が一人もいないという事実のみだ。

これだけ、いい男なのに二十八まで独身を貫いているなんて、絶対に何か変に決まっている。

そんなこんな考えている内に婚儀《こんぎ》はつつがなく終了した。

そして……

「翠姫！　お頑張り下さいましね！　私はお部屋にてお待ちしております」

誰よりも気合の入った顔で陽香が詰め寄る。婚儀《こんぎ》の夜はしきたりとして、夫婦が二人で床を共にすることになっている。いくら逃げ回っている夫でも、これには逆らえない。

「良いですか！　万事殿方にお任せしておけば良いのです！　くれぐれも下手な事をなさらないよう、従順に、可愛らしく。良いですね！」

「二十五の女が可愛らしくってどうなの？」

ちょんちょんと腹の前で結ばれた腰紐をつつく。なるほど、これを引っ張れば簡単に脱がせられるという寸法かと、感心してしまう。

「翠姫!!」

ピシャリと陽香の雷が落ちた。おお、怖い。

「分かりました！　年増女は年増女なりに頑張って可愛く、つつがなくお役目を全うします！」

お手上げです！　納得しました！　と言うと陽香は満足気に部屋を後にする。

彼の気配はそれからすぐに感じた。只者ではない気迫をまとったような、重たい気配だ。流石は禁軍を束ねるだけの力量がある男だ。

彼は部屋に入って来るなり、あの鷹《たか》のような鋭い瞳でこちらを見つめると上から下までを観察するように瞳を動かした。

「清劉国から参りました、劉翠玉にございます」

形式通りに翠玉が頭を下げると、彼は大きくため息をついて、どかりと目の前に座る。

「紅冬隼だ」

不機嫌やるかたないといった態度だ。相当この婚礼に不満があるのだろう。

「お茶でも飲まれますか？」

にこやかに、できるだけしおらしく言ってみる。ああ、顔がつりそうだ。

「結構だ、さっさと寝る！　明日は早いんだ」

気持ちいいくらいあからさまな返答だ。

まぁ、こちらもお茶が飲みたい訳ではないが。

「では、お酒はいかがでしょう。寝つきが良くなりますし」

「結構だ！」

ピシッとこめかみの辺りから音がした気がした。

この野郎。人がせっかく気を遣っているのにこの傍若無人《ぼうじゃくぶじん》な態度はなんなのだ。

思わず、右手で握り拳を作りそうになり、慌てて左手をかぶせて止めた。

相手はこの家の主で夫だ、私は嫁いできた身なのだ。もし早々に追い出されるような事をしでかしたら、またあの地獄の宮中生活に逆戻りだ。それだけは嫌だ。

「では、何がお好みでしょうか？　何なりとお申し付けください」

全神経を集中させて、なんとか笑顔を作った。多分明日は顔中が筋肉痛だ。

「何もいらない。俺はお前に何も求めちゃいない。生家に泣きつきたきゃ泣きついてくれて構わない、それで婚姻が解消になれば願ったりかなったりだ！　清劉国と我が国の友好な関係性は形だけのものだしな！」

うっとうしそうに、まるでたかるハエでも追いはらうかのように、彼は翠玉の視線を追い払い、立ち上がって、翠玉を見下ろした。

あぁ、もうダメだ。ぶちっと頭の中で何か大きなものが切れた。

不思議な事に、人間切れると見境がなくなるらしい。

「うっ、っ」

気がつくと、彼の股間《こかん》に強烈な拳を叩きつけていた。やっちまった。これで完全に返品だ。流石に軍人といえども、股間《こかん》は痛いだろう。

しかし彼はなけなしの根性とプライドか、冷や汗をかきながら、倒れずに痛みに耐えている。

まさか、婚礼を挙げたばかりの花嫁に股間《こかん》に一発入れられるとは、誰が想像できただろう。完全に不意打ちだったにちがいない。

「き、貴様～っ」

冷ややかにそんな姿を見ていると、少し痛みが引いたのか、彼が翠玉をジロリと睨む。

流石は迫力がある。

しかし翠玉だって、過去には軍のそれなりの立場の人間から指南を受けた身だ。そうした男の睨みには慣れていた。まさかこんな所で武術の訓練の成果が出るとは。

「間抜けね、小馬鹿にした女に股間《こかん》に一撃入れられる男が禁軍将軍だなんて、笑わせるわ！」

立ち上がって、スイッと彼に近づくと懐に入り、下から睨み上げる。

「こっちだって、好き好んで嫁いでいるわけじゃないの。ただそうなってしまったからには、役目を果たそうとしているだけ」

彼の瞳が驚いたように見開かれる。

「貴方は貴方の役目を、私は私の役目を全うする。話はすごく簡単だと思うのだけど？」

しばらく睨み合う。彼の呼吸が少しずつ落ち着いてきた。

さてここからどうするか。翠玉は内心焦っていた。もう同じ手は使えない。あれは不意打ちだからこそ成立したのだ。多分まともに殺りあったらこの男には勝てないだろう。最悪斬られて終わりだ。

二十五年、儚い人生だった。夢も希望も、楽しかった思い出もあまりない人生だったが、お母様、産んでくれた事には感謝いたします。そこまで考えた時に、彼の瞳から殺気が消えた。

あれ？

「なるほど、それがお前の本性か」

彼は苦虫を嚙み潰したような複雑な表情で翠玉を見下ろしている。

「本性？　まぁ素ですけど？　ごめんなさいね。しとやかで、たおやかな年増女じゃなくて！」

皮肉な笑みを向けてやる。しばらく彼が、何かを考えるように見つめてくる。

あ、まつげ長～い。羨ましい。

「不意打ちとはいえ、俺に一撃入れるとは……な。お前、何者だ？」

「清劉国第八皇女よ、ただ腕には少しだけ覚えがあるの」

「皇女が……か？」

訝《いぶか》しげに睨めつけられる。やはり、敵国からの輿入れという事で、彼は翠玉の事を警戒しているのだろう。なるほどね、なかなか面白い男だ。

「ええ、残念ながら。皇女でも、あまり幸せな育ち方をしなかったものだから」

肩をすぼめて、嘲笑を浮かべる。しばらくお互い探り合うように視線を絡ませあう。

「ふん、面白い」

彼は突如にそう言うと、ヒョイっと翠玉の体を抱えあげた。

「え！　わわ！　ちょっと!!」

慌てて抗議の声を上げるが流石に鍛え上げた腕に抱えられては、逃れられない。

そのまま寝所に運び込まれていく。

え、待って、ちょっと！　さっきのアレからこの流れっておかしくない？

「そういう事ならお前はお前の、俺は俺の務めを果たそう」

そう言うとバサリと翠玉を寝台に下ろし、ゆっくり覆いかぶさってきた。

いや、確かにこれが翠玉の役目だ、うんそれは間違いない。でもこの流れは何だ？

どうしてこうなった？　それとも、男女の関係ってこうして始まるものなの？

悲しいかな今までに比較するような経験もない。もうここは、潔くそういう事にしておくほうがあきらめもつく。二十五にまでなって今更勿体振る事もない。

そう思ったら、自然と体の力が抜けて目を閉じた。


目を覚ますと、そこにはもう冬隼はいなかった。

早朝の日差しが部屋を照らしている。まだ日が出て幾ばくしか経っていないだろう。

ぼんやりと、天蓋《てんがい》を見つめ、昨夜の出来事を反芻《はんすう》する。

何だかんだと色々あった後、きちんと夫婦としての責務は果たしたのだが。

「なーんかスッキリしないわ」

何かが納得いかない。いや、十分だ、成果としては十分なのだが、このモヤモヤ感は何なのだろうか。ゆっくり体を起こしてみると、腹部に鈍い痛みが走った。まぁそうだろう。昨日の出来事は現実だったのだ。

「おはようございます」

現実を呑み込もうとしているとスッと戸が開き、陽香が満面の笑みを浮かべて座っていた。

そりゃあもう、ここ五年ほど見たことがないほど満足気な微笑みだ。

「おはよう」

うんざりと頷いて答えると、まだ少しだけ怠い腰を上げた。

◆

「殿下、新婚初夜はいかがでしたか？」

いつもより少し早めに兵舎に上がり、愛馬にまたがり馬場を一周して戻ると、右腕である副官がニタニタと小賢しい笑みを浮かべて、近づいてきた。

副官の斉泰誠《さいたいせい》は、二十八の精悍な男だ。腕は確かな上、統率もよくとれ、実は一番信頼をおいている男なのだが、馴れ馴れしい上、悪ふざけが過ぎる事がある。

「別に普通だ」

憮然《ぶぜん》と言い放つと、馬をそのまま歩かせる。泰誠も騎首《きしゅ》を合わせてついてきた。

「え、普通ってどういう事です！　もしかして本当にお勤めを果たしたんですか⁉」

こいつ、不敬罪で切ってやろうか。半ば本気で柄に手を伸ばしかけた。

いや、まて、落ち着け。今この男を切ったら後々困るのは自分だ。

頭の中に、書類が山盛りに積まれている自分の机を思い出し、なんとか抑えた。

「え、図星ですか⁉」

あぁ、しまった。そんな隙に否定するタイミングを逃した。

「ちょっと、色々あって……な。もう次はない」

渋々認めると、泰誠の瞳が、信じられないと驚愕の表情で見開かれる。

「奥方様って、殿下が我慢できなくなるほどの色気がある方でしたっけ？　まさか、それとも年の功で技術が凄いとか⁉」

あぁコイツは、本当に馬鹿なのかもしれない。

こんな男を信頼して副官にしている自分がおかしいのか？

「そんなわけがなかろう。一国の皇女だぞ、もしそんな技術を持つほど経験が豊富な女だったら、今頃国際問題だ！」

つい口調が強くなり、昨夜の行為がチラリと脳裏に浮かぶ。あれはおそらく生娘《きむすめ》の反応だった。

「ですよね。でも、じゃあなぜです？」

本当に分からない、心底不可解だというように泰誠がこちらを見つめる。

「少し興味が出ただけだ。あの女、そこらのただの皇女とは違うらしい」

「どういう事です？　全然意味が分かりません」

「分からなくていい。ただ、あの女に油断はするな。近々お前にも会わせる」

そう言うと、馬の腹を強く締める。馬が一気に加速し、泰誠を引き離した。

自分自身にも分からないのだ。あの女がただの皇女なのか、はたまた何かの使命を持って送り込まれた者なのか。それを見極めるつもりで昨夜は寝所へ出向いた。

わざと冷たくあしらって様子を見た。泣くか、何でもないように振る舞うかのどちらかを想定していた。

しかしどちらでもなかった。返ってきたのは、強烈な拳と、怒りの感情だった。しかも睨みを利かせて詰め寄ってきたのだ。

結局、彼女の目的を探るつもりが、彼女への興味が強くなり、その好奇心に負けた。行為の最中でも、彼女は我慢して抱かれている様子もなく、しかしこうした事に手慣れている様子でもない。スパイや間者《かんじゃ》にしては純真すぎる反応だった。

後ろから、泰誠が付いてくる気配がする。どういうことか、そんな事、自分だって分からない。

厩に戻ると、調教役が三人がかりで一頭の馬を厩舎《きゅうしゃ》に押し込もうとしていた。漆黒《しっこく》の毛並みが整った美しく、筋肉のつき方や脚の太さも見事な軍馬だ。これほどまで完璧に育て上げるのはなかなか骨が折れるだろう。

しかし、どうやらその軍馬は機嫌が悪いようで、調教役の言う事を聞こうとしないどころか、今にも暴れ出しそうだ。

「こんな馬、うちの部隊にいたか？」

自分の愛馬を厩舎《きゅうしゃ》に入れ、水を飲ませたところで、ようやく何とか黒毛の軍馬も厩《きゅう》舎《しゃ》に入っていた。

疲労困憊の様子で、汗を拭いている調教役に声をかける。

坐昧《ざばつ》という名の男で、軍馬の調教や扱いにおいては抜群のセンスがある男だ。この男が手こずるなんて、相当気難しい馬に違いない。

「奥方様がお輿入れの際にお連れになった馬です。なかなか見られないほどの素晴らしい均整の取れた身体をしております」

実に興味深いというように、坐昧は馬を見上げる。

馬は誠に遺憾《いかん》であるといった様相で脚を踏み鳴らしている。

「ただ、気性が荒く、人の言う事を全く聞きません。うちの厩舎《きゅうしゃ》の調教師は、全滅です」

あの女が連れてきた馬だと？　こんな立派な軍馬を乗りこなせるというのか。

「翠玉の言う事なら聞くかもしれないということか？」

坐昧に投げかける。その瞬間ピタリと馬の動きが止まった。ジッとこちらを見つめている。

「あれ？　大人しくなりましたね」

後ろで見ていた泰誠も馬を見上げる。

「もしかして、奥方のお名前に反応したのでは……」

「可能性は有ります、しかし賢い子ですね」

感心したように坐昧は馬を見つめる。

「殿下、試しに一度奥方をこちらにお連れください。調教役の犠牲者が出る前に！」

「いや、しかし敵国から嫁いだ女を軍の中心部に入れるのは……」

言いかけて辺りを見回してギョッとした。厩舎《きゅうしゃ》にいる調教役達の瞳が懇願するようにこちらに向けられていたのだ。一体どれだけこの馬に手がかかったのだろう。

「分かった、考えてみる」

冬隼はそう言うしかなかった。

◆

翠玉が庭で軽く素振りをしていると、外が騒がしくなった。どうやらこの家の主が戻ったようだ。

昨夜の出来事を境に、今まで自室と厠《かわや》と風呂以外に歩き回る事を禁じられていたのが、邸内の三分の二ほどの範囲まで解禁になったのだ。故に早速翠玉は庭に降り体を動かしていたところだった。

慌てて、門前へ向かうも……あ、しまった……木刀《ぼくとう》を持ったままだ。気づいた時にはすでに遅く、もう主人の姿が見えてしまっていた。慌てて、その場に木刀《ぼくとう》を置くと、礼を執り迎え入れる。

「お勤めご苦労様です」

できるだけ良妻に見えるように美しく礼を執ったつもりだ。

顔を上げると、冬隼の何とも言えない複雑な表情がこちらを見下ろしていた。昨日の今日だ、気まずいのはどうやら自分だけではないらしい。

彼の視線が、ゆっくりと足元へ泳いでいく。あ、木刀《ぼくとう》。

「こんな物を持って何をしている」

サッと、周りにいた侍女達が仕事をするふりをして散り散りに退散していった。

実は素振りを始める際にも一悶着あったのだ。主人が怒るからと止める侍女達に、バレなきゃ大丈夫と宣ったのは自分だ。自分で処理しろということか……。

「何って素振りよ？　料理しているように見える？」

仕方なく、彼を見上げ肩をすくめてみせる。

「なぜお前がそんな物を持って素振りをする必要がある」

冬隼の瞳がすっと鋭くなる。

まだ、翠玉の事を間者《かんじゃ》か何かと疑っているらしい。どれだけ疑り深いのだ。

「しばらくやらないと鈍るのよ。あなたも武人なら分かるでしょ？　輿入れから数日自室に閉じ込められていたのですもの」

すっと優雅に立ち上がって、ゆっくりと彼に近づく。

「それに、木刀《ぼくとう》で何か出来ると言うなら、朝起きて貴方がいない事を知った時点で、この屋敷《やしき》を好きにできたはずよ」

ニヤリと笑って、足元の木刀《ぼくとう》を軽く蹴り上げて手に戻すと、そのままそれを彼に押し付けて、踵《きびす》を返す。

「昼餉《ひるげ》の用意は出来ているみたいだから、手を洗って体の土埃を落としたら、おいで下さいな」

呆然と立ちすくむ彼とその後ろにいる副官に向かって、ニコリと微笑んだ。

◆

「お、男前な奥方ですね」

呆気に取られながら、泰誠はついついポツリと言葉を漏らした。

しなやかで、軽く、無駄のない動きだった。そのような動きが出来る女は自軍の女性隊長にもいるが、これほどまでに優雅さを兼ね備えた動きではないだろう。

それに翠玉からは得体の知れない気迫も感じられた。こんな女は初めてだ。

そう思い、自分の前に立つ主を覗き込む。やはり泰誠と同じく呆気に取られたように、彼女の消えた方向を見つめている。多分、同じ事を感じているのだろう。

なるほど、朝の彼の歯切れの悪い説明の理由が分かった。確かに興味がそそられる対象ではある。

昼餉《ひるげ》の時間は、いたって平和に過ぎた。奥方は先ほどの事が嘘のように、従順に夫の膳の世話をしていた。

この昼餉《ひるげ》の時間は、午前の訓練の問題点を挙げ、午後の訓練の課題を話し合う事にしている。いつもはすぐに話し始める主も、奥方を気にしてか、なかなか口火を切らない。それを知ってか知らずか、一通り夫の膳の世話を終えると、奥方が部屋を後にしようとする。

「待て」

立ち上がり、背を向けた彼女に主が言葉を投げる。

彼女も歩みを止め、ゆっくりと視線をこちらに向けた。

「お前が連れてきた馬、あれはお前の言う事は聞くのか？」

朝の漆黒《しっこく》の軍馬の事だ。あれからしばらく、冬隼は何か思い悩んでいる様子だったが、結局厩舎《きゅうしゃ》の皆の思いを酌《く》む事にしたようだ。

「馬って、もしかして無月《むつき》の事⁉」

途端に奥方は踵《きびす》を返すと、自身の夫に詰め寄った。奥方は絶世の美女というほどではないが、そこそこの美人ではある。それがさらに迫力を加えている。

「漆黒《しっこく》の軍馬だ」

詰め寄られた主は若干引き気味に体を反らしている。珍しい光景だ。

「無月だわ！　あの子は今どこにいるの⁉」

「うちの軍の厩舎《きゅうしゃ》で世話されている」

「あぁ良かった。ちゃんと誰かにお世話してもらっているのね！　でもあの子懐かないでしょう、迷惑かけてない？」

まるで我が子を心配する母のような口ぶりで奥方は主に詰め寄っている。この人、面白いな。

「言う事を聞かなくて、調教役達の手を煩わせている。お前に来てもらえると助かると言っているのだが、どうする？　午後からの訓練は馬場を使わない」

ゆっくり彼女の肩を押して浮かせた腰を下ろさせると、体勢を立て直した主は、渋々といった顔で伝える。主の言葉を聞いた瞬間、奥方の顔がぱあっと華やいだ。この人こんな無邪気な顔もできるんだ。さっきの邪悪な微笑みとは百八十度違う、無垢《むく》で純粋な笑みだ。

「ありがとう！　午後の訓練にご一緒させて頂くわ！」

そう言うと、サッと立ち上がって軽い足取りで部屋を出て行った。

後に残されたのは泰誠と冬隼の二人だけ……。恐る恐る主の顔を盗み見る。

何だか信じられない物を見たという顔をして、彼女の出て行った先を見つめている。

主にとってこんなに刺激的な女性は今まであまりいなかっただろう。

しかも皇女という肩書付きだ。なんだか主が、奥方に心を掴まれる未来もあり得るのではないかと思ってしまった。

◆

「無月～!!」

翠玉が厩舎《きゅうしゃ》に入るなり、それまで不機嫌に脚を踏み鳴らしていた軍馬は、しきりに脚をバタつかせ、早くこっちに来て！　と言わんばかりに首をフリフリし始めた。

翠玉も今までで一番のとびきりの笑顔を向けて、馬の首に飛びついている。

その様子は感動のご対面といった感じだ。先ほどまでの様子が嘘のように、馬は彼女に顔を摺り寄せると甘えたように鼻を鳴らしている。

「やはり、奥方様には、よく懐いていらっしゃるようですね。なかなか気難しい子のようでしたので安心いたしました」

冬隼の側に控えていた坐昧が、心底安心したように声をかける。厩舎《きゅうしゃ》中の調教役達の安堵《あんど》のため息が聞こえてきそうな雰囲気だった。

「ごめんなさい。この子本当に難しくて、仔馬の頃から私にしか懐かない子なんで、心配していたの。でも栄養状態も良さそうだし安心したわ」

軽く鬣《たてがみ》を梳きながら、彼女は調教役達に礼を言った。馬はすこぶる満足そうに彼女に擦りついている。

「奥方様がお育てになったのですか？」

坐昧が驚いたように聞く。無月の体躯《たいく》を見る限り、プロの調教師でないと育てられないとしか思えないのだが。

「ええ、この子は生まれた時から私がお世話しているわ。軍舎に間借りして、そこにいた老師が馬の調教を教えてくれたの」

「なるほど、是非お話を聞きたいものですな。この無月の扱いも教えて頂けるとありがたいのですが」

「ええ、もちろん。この子は賢いから、一緒にお世話したら、多分あなた達が敵じゃないって分かると思うの。だからこちらこそお願いします」

何だか話がまとまったようだ。午後いっぱい彼女は馬にかかりっきりになるだろう。

後ろにいる泰誠に側に来いと合図を送る。

「何です？」

「午後、お前はこいつを監視していてくれ、厩舎《きゅうしゃ》はまだいいが、他をうろつかれたら困る。厩舎《きゅうしゃ》と演習場周辺で止めておいてくれ」

「え⁉　午後の訓練は？」

「こちらで回す。頼んだぞ」

そんなぁ〜と言う声が聞こえてきそうだったが、無視をして厩舎《きゅうしゃ》を後にした。それにしても変な女だ。表情や態度がコロコロ変わる上に、無邪気だったり、皮肉な態度だったりする。まして、皇女の肩書を持つくせに、馬の調教や武術に精通している。なかなか意表をつかれるが、なんとも興味深い女だ。冬隼はそう思いながら厩舎《きゅうしゃ》を後にした。

◆

朝の様子が嘘のように、無月は大人しく、従順な馬になっていた。輿入れから、今までの数日は彼（オスだった）にとっては、主人に見捨てられたのではないかと不安な日々だったのだろう。しきりに奥方に甘えていた。そんな奥方の側について世話を手伝っていると、泰誠に対する無月の態度も軟化した様子で、鬣《たてがみ》を撫でるくらいはさせてくれるようになった。

そうして、一通り世話が終わった頃、無月を少し歩かせようという話になった。

「ごめんなさい、貴方も午後の訓練があったのよね」

厩舎《きゅうしゃ》から無月を連れ出し、騎首《きしゅ》を揃えて歩き出すと、申し訳なさそうに奥方に謝られた。

「え、いや」

突然頭の中を読まれたのかと思って、曖昧な返事が出た。奥方はそれを受け、クスクス笑う。

「あなた、正直ね。彼は私の事を間者《かんじゃ》だと疑っているのでしょう。だから一番信頼を置いている副官に私を見張らせている」

背筋を冷たいものが伝った。全部お見通しらしい。

奥方の顔をそれとなく窺う。愛馬に揺られながら、彼女は実に涼しい顔をしている。

そこには、夫である冬隼や泰誠に対する不信感は微塵も感じられない。全てを受け入れて、納得しているのか。

「怒らないのですか？」

ここからは好奇心だった。この人はいったい何故、こんな仕打ちを受けてもこんなに涼しくしていられるのだろうか。輿入れから婚儀《こんぎ》まで、夫となる男は一度も顔を見せず、邸内の一室に閉じこめられ。夫婦となった今も、信頼を置かれずあからさまに監視を付けられている。

一国の皇女相手に流石の皇弟であっても失礼極まりない扱いだ。普通ならば彼女の祖国から抗議されてもおかしくはない。まぁ、それも主の狙いの一つでもあったのだが。

「怒る？　何故？」

泰誠の言葉に、奥方は訝《いぶか》しげにこちらを見つめた。

「普通は怒りませんか？」

「そう？　至極全うかなと思っていたけど。むしろ禁軍の将軍をやるくらいなら、そのくらい危機意識が高くて当然でしょう」

何でもなさそうに彼女は前を向いて風を感じるように目を閉じた。風がふわりと吹き、彼女の後頭部で高く括った長い髪を広げている。

「だから、愛してもらうとまではいかないにせよ、家を任せてもらえるくらいまでには何とかなれたらいいなとは思っているわね。それが私の役目だと思っているし」

何の毒気もなく、穏やかに微笑んだ彼女は「まずは信頼されないとだめよね」と最後は自虐的に呟いて肩をすくめた。

この人は、もしかしたら主にとって、理想的な妻なのではないか。そんな考えが泰誠の頭をよぎった。頭が切れ、状況を的確に判断し、それに合わせた役割を理解している。泰誠が知っている自己愛に満ちた皇女達とは全く違う。

「それに……」

彼女は自嘲《じちょう》気味に笑う。

「祖国での扱いに比べたら、ここの方がまだマシ。自分の役目や求められる事が明確だから」

そう言うと、彼女はこの話は終わりとでも言うように、馬の腹を蹴り、グンと泰誠を置いて走り出した。

既視感だろうか……。ふと彼女の背中と、朝の主の背中が重なった。意外とこの二人は似たもの夫婦なのかも。これは、この先が面白くなりそうだ。

自然と口角が上がり笑みを作ると、泰誠も彼女の後を追いかける。今の自分の役目は奥方の監視だ。置いていかれるわけにはいかない。

しばらく走ると演習場までやってきた。場内では数組の隊が模擬刀を使って白兵戦《はくへいせん》の訓練をしている。奥方は馬をとめ、じっと訓練の様子を見入っていた。

数メートル先では騎馬隊の第一部隊と第四部隊が合同で訓練をしていた。屈強な男どもがひしめき合いながら、大きながなり声と鉄のぶつかる音が響いている。

どうやら、今日の所は第一部隊に軍配が上がりそうだ。

奥方をちらりとのぞき込む。瞳が楽しげに輝き、今にも馬から飛び降りそうな様子だ。

「奥方様、なりませんよ」

「わ、分かってるわ」

慌てて釘を刺すと、じっとりとした眼で睨めつけられた。

しばらく二人で並んで眺めていると予想通り、第一部隊に軍配が上がった。終わると同時に兵達はそれぞれの陣に戻って、休憩に入ったようだ。

「あら、斉副官。来ていたの？」

まばらに休憩を取る兵達の中から、屈強な男達に混じってひときわ華奢《きゃしゃ》な体が滑り出てきた。宗李梨《そうりり》という華やかな名前とは全く結びつかない、全身土埃にまみれた眼光が鋭い女だ。

李梨は騎馬隊の第一部隊ひいては騎馬隊を一手に束ねる隊長である。兵試上がりの、禁軍騎馬隊隊長まで自力でのし上がってきた生え抜きで、将軍・副官共に絶対の信頼を置いている隊長の一人だ。

李梨はこちらに向かってくると、略式の礼を騎上の奥方に執る。

この騎上の御仁が誰かという事は、どうやら分かっているらしい。

「初めまして奥方様。禁軍騎馬隊隊長、宗李梨と申します。このたびはお輿入りお喜び申し上げます」

「翠玉です。ありがとう」

奥方が礼を言うと、李梨がゆっくりと顔を上げる。二人の視線が絡みあう。互いに互いを値踏みしている様子だ。

「女性で隊長とは、あなた随分優秀なのね」

先に口を開いた奥方が、心底感心したように微笑む。

「それほどでもありません」

李梨が謙遜する。言葉とは裏腹に、彼女特有の自信を含んだ微笑みを浮かべている。

「先ほどの白兵戦《はくへいせん》、あなたの部隊の統率は素晴らしかった。指揮官が優秀でなければあのように機を見て一気に畳みかけられるような動きはできないわ」

奥方の瞳が、彼女の後ろにいる兵達に向く。ゆっくりと彼らを眺め回すと、小さく「本当に素晴らしかった」と呟いて、李梨に優しげな笑みを向ける。

またも、泰誠は驚かされた。先ほどの白兵戦《はくへいせん》を見て、そこまで分析していたというのか。確かに、先ほどの李梨の采配や統率力は素晴らしいものだった。

しかし、それが分かるという事は、翠玉はそれなりの兵法《ひょうほう》を知っており、部隊の中で動いた事のある人間であるという事になる。

目の前の李梨を見る。自分と同じように、ポカンとしている。無理もない、異国から嫁いできた皇女の口からこのような言葉が出てくるとは誰が思っただろう。

「奥方様は、兵法《ひょうほう》に精通していらっしゃるのですか？」

李梨の表情が引きつる。彼女も上官である冬隼が自分の奥方を信用していない事を知っている側近の一人だ。瞳が探るように、奥方を捉えている。奥方もその視線には気付いているようで、苦笑いを浮かべる。

「私には二人の兄がいて、彼らは武術に長けていたの。兄達についていく内に、自分もその道にはまってしまってね」

そう言って翠玉は懐かしそうに、慈しむように無月の鬣《たてがみ》をなでる。

「清劉国に、武芸に秀でた皇子がいるとは初耳ですね」

李梨の瞳は鋭く光っている。確かに、隣国の軍の主なトップは、どこの国でも把握しているものだ。清劉国には皇族で腕の立つ武人がいるという話は聞いたことがない。

「そうね。二人とも、若くして亡くなったから。兄弟が多い皇族では、男がバタバタ死んでいく事なんて珍しくないでしょう？」

つまりは、暗殺されたという事か。奥方の口からさらりと出てきた言葉に、泰誠は納得すると同時に、不可解な違和感を覚えた。この人の、この得体の知れない雰囲気は、そうした経験が影響しているのかもしれない。

宮仕えをしていれば否が応でも、水面下で起こる皇族同士の貶め合いを目の当たりにしなければならない。現に自国でも、そのような事が盛んだった時代があったことを泰誠自身もよく知っている。時には自分の主がその渦中にいたこともあった。

そうした事が続くと、人はどこか諦めに似た感情を持つようになる。もしかしたら、この奥方も祖国で様々な事に巻き込まれたのかもしれない。

そうであるならば、なおさら……主と彼女は分かりあう事ができるのではないだろうか。

それは、主にとってもいい効果を生むだろう。

そんな期待を泰誠はひそかに抱くのだった。

◆

それは、冬隼が演習場で昨年入ったばかりの訓練兵の様子を視察していた折だった。

「将軍!! 将ぐーん!!」

遠くから一人の男がこちらへ向かってきた。相当に慌てた様子だ。よく見ると、騎馬隊の第一部隊の小隊長の一人だ。

第一部隊は今頃、一番端の演習場で白兵戦《はくへいせん》の訓練をしているはずだが、何かトラブルでもあったのか。すぐに動けるよう馬を連れてこいと部下に指示をしたところで気が付いた。小隊長が騎乗している馬は、間違いなく、泰誠の馬だ。

背筋が一気に冷たくなる。あの女と泰誠に何かがあったのだ。部下が連れてきた馬を半ばひったくるように受け取り、そのまま走り出して、小隊長までの距離を一気に詰めた。

「どこだ‼」

「こちらです」

流石は騎馬隊の小隊長だ。鮮やかな身のこなしで馬を反転させると、先導するように走り出した。

あの女、ついに本性を現したか。軍の中に入れてしまったのはやはりまずかった。後悔が胸に浮かぶ。ただ、ここは禁軍の本拠地だ。どう頑張っても一人では逃げられないだろう。

目的は何だ。馬を走らせながら、いくつかの予測を立てて包囲網を練る。

二人とも、かなりとばしたので騎馬隊第一部隊の演習場にはすぐ到着した。

演習場の前まで来ると、まず初めに目に入ったのは、副官の泰誠の姿だった。無月の手綱《たづな》を握りしめながら、呆然と演習場を眺めている。冬隼に気づくと、困ったように笑って肩をすくめてみせた。どうやら相当な緊急事態ではないらしく、冬隼の肩の力が抜けた。

近づいていくと、演習場の様子が徐々に見えてきた。兵達が、円状になってぐるりと取り囲んでいる。その真ん中で、二人の女が模擬槍片手に対峙している。

一人は、騎馬部隊の隊長宗李梨だ。そしてもう一人は、言わずもがな、昨日自身の妻になった女だ。

「すみません、止めたのですが、二人とも聞かなくて……」

疲れた表情で泰誠がこちらに頭を下げる。自分の手に負えなくなって、小隊長を報告に走らせたのだろう。

「いや、ここまでの女とは想定していなかった俺が悪い。お前には監視を任せたが、あいつの行動を制止する権力はないからな」

気にするな、と泰誠の肩を軽くたたく。すると泰誠がポカンとした顔でこちらを見上げる。なんだ、その間抜けな顔は。訝《いぶか》しげに泰誠の顔を見ていると、彼が口を開く。

「さっき奥方にも同じ事を言われたのでビックリして。お二人は案外似たもの夫婦かもしれませんよ？」

「なんだそれは……」

眉根を寄せて、泰誠に問いかけると、彼は肩を竦めて「俺の直感です！」と笑った。

泰誠の話によれば、最初は李梨も翠玉を警戒し、彼女の腹を探っていたのだが、次第に兵法《ひょうほう》の話が盛り上がり……

「奥方様、結構本格的にいける口じゃないですかぁ！」「そうなのよ～女性とこんな話ができるなんてすごく嬉しい」「得意な武器は主に何です？」「普段は剣だけど、槍が一番好きかな！　飛び道具もそこそこ」「暗器とかですか？」とガールズトークとは思えない物騒な話でキャッキャとしていた。もちろん、泰誠は置いてきぼりだったらしい。

それが様々な紆余曲折を経て「ちょっと奥方の腕前見せてよ」「うん、いいよ」という話になったのだという。制止する泰誠を軽く一蹴して、彼女は用意された模擬槍を持って、李梨と対峙している。

すでに数回打ち合ったらしく、なかなかの腕前だという。

「女で隊長までのし上がってきた李梨の実力はさることながら、それと互角にやり合う奥方様は、やはりただの皇女ではない域にいますね」というのが泰誠の感想だった。

そんな話を聞いている内に、互いに間合いを取っていた二人が打ち合う。最初の印象としては、二人の力は互角だ。しかし、体が軽い分、翠玉の方がやや押し負けるように見えた。ただ、だからと言ってそれが不利になっているようには冬隼には見えなかった。恐らく彼女は自分より力がある者との戦い方を心得ているのだ。

しなやかに体重を移動させると、半身を引く。突然の体重移動に李梨がグッと体勢を支える。ここで体勢を崩さないのは流石と言えば流石だ。

しかし、その一瞬を彼女は見逃さない。素早い動作で、李梨の懐に入り込もうとする。ギリギリの所で李梨が後ろに飛び去り攻撃をかわす。

「すげぇ」

誰ともなく感嘆の言葉が漏れている。なかなか見応えのある勝負だ。李梨とこれほど互角にやり合える女がいるとは。最初は様子を見ながら相手をしていたであろう李梨も、今では全く余裕がない様子だ。

「これ、下手したら奥方に一部隊持たせてもいいくらいですね」

隣に立つ泰誠が、冗談とも本気ともとれるように問いかけてくる。自分が今非常に渋い顔をしているだろう事は冬隼も分かっていた。

李梨の繰り出した槍を、翠玉が軽く去なし、代わりに相手の喉元に向けて槍を突き上げた。李梨も軽く避けて、また二人は間合いを取って睨みあう。これは今日の内に勝負がつかないのではないかと周囲が俄かに騒めきだしたところで……

カーンカーンカーンカーン。

大きな鐘の音が鳴った。全軍に午後の二周目の訓練を伝える鐘だ。

呆然と二人の手合わせを見ていた者達が、どうしたものかと、更に騒めきだす。

「あー残念。すみません奥方様、この勝負またの機会にお願いします」

李梨が槍を立て、心底残念そうに言う。

「ええ、むしろゴメンなさい。訓練のお邪魔をしてしまったわね」

翠玉も残念そうに、構えを解いた。

「各隊、持ち場に就けー！　次も勝つわよ～」

大きな声を張り上げ李梨が兵に檄を飛ばす。兵達はみな散り散りに持ち場に向かう。

「あ～楽しかった～。あら、いらしていたの？」

肩をポキポキと鳴らしながら翠玉がこちらに戻ってきて、少し気まずそうに微笑んだ。

「お前、どういうつもりだ」

自分でも思った以上に低い声が出た気がした。勝手をした事に対する苛立ちもあるが、それ以上にこの女の得体の知れなさに言い知れぬ苛立ちを感じた。

「どうって、自分より強そうな人を見たら、戦ってみたくなるのって、武術を極める者なら当然の本能でしょ？　私はそれに従っただけ！」

そんな冬隼の苛立ちを知らないふりをしているのか、はたまた気づいていないのか……彼女は全く堪えていないらしい。サラリと言い返されてしまった。

しかも同じ武人としては、共感できてしまう意見であるから余計に苛立つ。

「俺は、馬の世話は許可した！　しかし、武器を持って部下と戦う事は許可してない!!」

「えぇ、そうね！　でも禁止された覚えもないわ」

なんなんだ、その屁理屈は!!　怒鳴りかけて、冬隼はがくりと肩を落とした。

どうやら最初から彼女は、冬隼の命じた事の抜け道を把握して、巧妙にその隙をついて行動しているのだ。何を言っても冬隼には勝ち目がない。

ため息をこぼして、隣の泰誠に視線を向けると……

「何を楽しそうに笑っている」

「え?　いやぁ殿下が言い負けるってなかなか見ないので、おもっ、珍しいなあって」

間違いなく面白いって言いかけただろう……そう追及しようとして、冬隼はため息と共にそれを呑み込んだ。

「お二人は案外似たもの夫婦かもしれませんよ?」

先ほどの泰誠の言葉が妙に胸に引っかかった。

二章

「まさか、今夜も来るとは意外でした。あ、お茶はいかが？　それともお酒？」

冬隼が寝室に入ると、すでに翠玉はそこにいた。

くつろいだ様子で、腰掛けの手すりに体を預けている。

しかし、昼間の出来事があった後に、よくこれだけ間が抜けた調子で居られるものだ。

自分はまだ根に持っているというのに。なんだかそれも悔しいが。

「お前ときちんと話し合おうと思って来た。今日みたいな勝手な事をされる前にな！　とりあえず、酒でいい」

そう告げて、どかりと長椅子に座る。翠玉が立ち上がり、用意されていた酒を注ぐ。

杯を受け取り、口に付けようとしたところではたりと止まる。

いや、待て待て！　毒が入っていたらどうする？

突然動きを止めた冬隼を、翠玉が不思議そうに見返してくる。

そして……その顔が次第に楽しそうな笑みに変わる。不意に彼女が、手を伸ばしてきて、杯を奪われる。そしてそれを自らの口に当てて、少量を口に流し込み、不敵に微笑んだ。

こちらの意図を察知して、危険はないと言っているらしい。

なんて女だ。彼女から、杯が返された。まだ量はかなり残っている。悔しいが飲み干さないわけにはいかない。杯を受け取るとそのまま中身を一気に呷《あお》った。半分やけだ。

「あ、私小さい頃から毒飲み慣れているから、少しの毒じゃ反応しないんだった！」

飲み干した瞬間、なんとも不吉な言葉が彼女から発せられた。

ゴホッと咳き込む。とっさに喉に変な力が入って咽せる。クソ！　この女は‼

ひとしきり咳き込み、落ち着いた頃、ギロリと彼女を睨みつけた。相手は相変わらず、不敵に笑うだけだった。

「毒なんて飲み慣れてどうにかなる物なのか？」

気を取り直して、自分で酒を注いで、呷《あお》った。今度はきちんと喉を通っていった。

「多少はね？　この国の王室ではやらないの？　うちの国では結構やる人多いのよ？　暗殺だらけだったから」

さも当然と言ったようにケロリと問われる。いったい、こいつの国の内部はどうなっているのだ。兄が暗殺されて、翠玉自身も毒に慣らされて育つほどとは、かなり後継争いが熾烈《しれつ》だったのだろう。

訓練後に、泰誠と李梨から聞き取った内容を思い出す。

「殿下が警戒するほどには悪い方には見えません！　むしろお国ではそれなりに苦労してきたのではないかと思いますよ？」

「そうです。奥方様にとっては、武術は兄上様たちとの大切な思い出！　それをお取り上げになるのはあんまりですよ！」

二人に詰め寄られ力説された。一体午後の数時間で、この女は何をしたのだろうか。

自分の部下を一気に味方に引き込んだ。

二人からきちんと話し合って、お互いに分かり合うべきです！　と言われ、明日も朝の訓練に翠玉を連れてくるよう強く要望された。

「あのお方、上手くすれば殿下にとっては最良の伴侶《はんりょ》になるかもしれませんよ。だからきちんと、分かり合って下さいね」

最後に泰誠が言っていた言葉が蘇る。人を見る目は確かな男だ。奴の中で何かが引っかかったのならば、それは確かめなければならない。

「お前の国では後継争いが盛んだったのか？」

仕方ないとため息をついて、話を振る。彼女の驚いた視線がこちらに向けられる。

なんだ、俺がお前の事を知ろうとするのがそんなに意外か。

「そうね」

ふっと彼女の表情が和らいだ。

「現皇帝は父の四番目の子よ。その前と同じ年に生まれた全ての男は、みんな成人を待たずに亡くなっているわ。それが何を意味するか、同じ皇族に生まれた貴方なら理解できるでしょう？」

「そうだな……できる。お前の祖国の話を聞かせてくれ！　話はそれからだ」

彼女が、また驚いたようにこちらを見て、柔らかく微笑んだ。なんだ、そんな顔もできるんじゃないか。冬隼は、ふとそんな事を思い、翠玉の話に耳を傾けるのであった。

◆

風を切る。春の暖かな風が頬を撫でて、過ぎ去る。

うん、気持ちいい！

数日間ずっと厩舎《きゅうしゃ》に閉じ込められていた無月もご機嫌で走っている。朝から鍛錬をしたのに、今日はまだまだ元気が有り余っている様子だ。こうして無月と共にいる時間が、翠玉にとってはとても落ち着く時間だ。それはたとえ走る場所が変わっても。

「ねぇ、ちょっと演習場の方まで行ってもいい？」

馬場を軽く回り、厩舎《きゅうしゃ》の前まで戻ると、坐昧に声をかける。

「大丈夫ですよ！　無月の調子も良さそうですし。でも殿下の言いつけ通り、立ち入り区域は守って下さいね」

そんな答えが返ってきて、あぁそうだったと自分の後方に神経を集中する。男と女が一人ずつ無月の後ろに同じように騎乗して控えている。二人とも顔がよく似ている。双子のようだ。今朝から、翠玉に付けられた護衛だ。もともと輿入れの際から用意されていたらしく、男の方は宦官《かんがん》だという。

「護衛なんて必要ない気もするけれど、監視役は必要ですから」と、夫の部下の泰誠に説明された事を思い出して、目を回したくなる。

まだ夫が完全にこちらを信用していないのはよく分かるが、この二人どう見ても自分よりは弱そうだ。要人の護衛に使われるくらいだ、それなりの力はあるのだろうが、多分翠玉が本気で暴れたら、三十秒で片がつく。きっとそれは夫も泰誠も分かっている。

少し後方が窮屈になったと思うしかない。

しかし、悪い事ばかりではなかった。その代わりに、馬場と演習場の一部への自由な立ち入りが許され、その範囲ならば模擬刀を使って鍛錬する事が許可された。

昨日の夫との夜を思い出す。

彼はふらりと突然やってきて、祖国での生活について話せと言った。

仕方なく、あらかた掻い摘んで話して聞かせたところ、盛大に大きなため息をついて「分かった」とつぶやくと「寝る」と言って寝台に向かった。

え、ちょっとあんた、「話はそれからだ」って言わなかった？　何か話す事があったのではないのか。

呆然としているこちらを置いて、彼はそのまま布団に入ってしまった。

この人本当に意味がわからない。慌てて杯や酒を片付けて、自分も寝台に向かう。

嘘でしょ？　規則正しい寝息が聞こえた。

さっきまで服毒を疑った女の横で、よくもここまですぐに眠れたものだ。相当疲れていたのか、はたまた翠玉の話が眠くなるほどつまらなかったのか。

まぁいい、多少腹が立つが好都合と考えよう。夫が寝てしまったので、今日は夜のお勤めをしなくて済むのだ。まだ一度しか経験はないが、アレはあまり好きになれそうにない。痛い上に、翌日まで響く。特に馬に乗る場合は。

内心少し安心して、翠玉も布団に入った。久しぶりに動いたからだろうか、夫と同じくらいの速さで眠りに落ちた。

そして朝起きたら、新しい護衛と制約が用意されていた。

これが「分かった」に含まれるものなのかどうなのかは推し量れないが、かなり緩和されたのは分かる。彼なりに何かを思って動いてくれたのだろうと思う事にした。

演習場に向かうと、一番端の演習場は無人だった。

今日はもっと奥の方で部隊展開の訓練をやっているらしい。気にはなるが、そこまで入る事は許されていない。

あぁつまらない。チラリと後ろの二人の気配を窺う。ピタリと後をついてきている。

演習場の入り口まで行き、ゆっくりと無月から降りると、後ろの二人が慌ててそれに倣《なら》う。

「模擬刀をそれぞれの分用意してもらえる？　ちょっと体を動かしたいの」

そう指示をすると、二人の顔が少し強張る。双子って本当によく似ているものだ。

先に動いたのは女の方だ。

「かしこまりました」と言うと、兵舎に向かった。

そのまま彼女が持ってきた模擬刀を持って三人で演習場に入ると、二人の前に立ちはだかる。

「相手になってくれる？」

そう笑うと、彼らが一瞬で緊張したのが分かった。

「二対一でいいわ」

◆

屋敷《やしき》にいるはずの側仕《そばづか》えが慌てて冬隼の元にやって来たのは、あと一刻ほどで午前の訓練が終わるくらいの時間だった。

差し出された書簡を確認して、目を剥く。慌てて、泰誠にその場の指導を任せ、騎乗すると厩舎《きゅうしゃ》に向かって走り出す。途中の演習場で、目的の姿を見つけ、唖然とした。

「いい？　貴方はどうしても軸がブレるから、まずは体の中心を意識して打ち込んできなさい」

「ハイ！　こうですか？」

「そう！　いい感じよ！　これを意識しておくといいわ」

「ありがとうございます！」

「そして、貴方は力で攻めすぎ！　自分より強い力の相手だったら勝ち目ないのよ！打ち込んだ後の処理をきちんとしないと、こちら側が隙だらけよ」

「え、本当ですか⁉」

「ホラ！」

「あ、本当ですね」

目的の妻と、その妻に付けた護衛二人が、模擬刀片手に何やら剣術講座をしているではないか。今度は何をやってくれているのか。

護衛二人は自邸の護衛兵で、それなりに腕もある。しかし、確かにまだまだ荒削りなところもあるため、その内鍛えなければと思ってはいたのだ。彼女もそこを見抜いたのだろうか。熱心に稽古をつけている。

しばらく眺めていると、双子の男の方がこちらに気づき、慌てて礼を執った。

「あら、一人でどうしたの？」

模擬刀を肩に担いで、翠玉がこちらに向かってくる。他の二人はかなり息が上がっているのに、こちらは涼しい顔をしている。

「邸に戻るぞ！　皇帝から使いが来た」

「あら、そうなの？　分かった。いってらっしゃい」

あまりにも他人事の返答にがくりと力が抜けかけた。この女どうして時々間が抜けるのか。

「お前も行くんだ！　陛下に婚姻の挨拶をする許可が出た」

言った瞬間、彼女の顔が絶望的な色を見せる。今までにないくらい、嫌そうな顔だ。

問答無用で、あまり……否、かなり乗り気でない翠玉を引きずるようにして邸に戻り、すぐに召し替えを済ませて、馬車に乗り込む事となった。

「ねぇ、本当に行かなきゃだめ？」

「当然だ！　お前の顔見せのためのお召しなんだぞ」

「そうよね、やっぱり」

馬車に揺られる道すがら、同じようなやり取りは三回目になる。横に座る妻は、先ほどから憂鬱そうなため息を漏らしている。

いったい何が嫌なのかは分からないが、それほど皇帝に会う事がこの女にとって憂鬱な事なのだろうか。むしろ、皇弟の結婚を直々に祝いたいなどと微笑ましい限りの話であろう。喜びこそすれ、憂鬱そうにするとは大変不敬な話である。

その辺りの事をわきまえられない女ではないと思っていたのだが。

「さっきから何だ、辛気臭い！　皇帝陛下の前でそんな顔間違ってもするなよ！」

いい加減に鬱陶しくなり、横目で睨み据えた。

「分かっている！　分かっているわよ～」

こめかみに指を当てて頭痛がするとでも言いたげに、彼女は首を縦に振る。頭に飾られた飾りがこすれ合い、シャラシャラと音を立てる。こうしてきちんと着飾っていると、一国の皇女に見えるから不思議だ。とても先ほどまで砂埃にまみれて剣を振るっていた女には見えない。

「劉妃《りゅうひ》よ」

視界の端で彼女を観察していると、形のいい唇が微かに動いた。

りゅうひ……

「側室の……劉妃か？」

すぐに頭に浮かんだのは、皇帝の側室で第二皇子の生母である、貴妃だ。

「そう、異母姉の劉華遊《りゅうかゆう》」

彼女がまたため息をもらす。

「あのお方もいるのでしょう？」

昨夜聞いた話を思い出す。確か異母兄弟達との関係はすこぶる悪かったと聞いた。

その彼女の異母姉が、皇帝の側室としているのだ。

「劉妃との関係も悪いのか？」

姉の近くに嫁いでくるくらいだ、てっきり仲が良いのだろうと思っていた。

「悪いどころか、あの母娘の当たりが一番強かったわね。あー懐かしい」

最後の言葉は棒読みだった。ハハハと乾いた笑いで彼女は遠い目をしている。

自分の記憶が正しければ、劉妃は十年ほど前にこの国の当時皇太子だった兄に正室候補として嫁いできた。美しく詩歌にも秀でており、それはそれは有望な正室候補だったのだが、いかんせん気位が高く、苛烈な性格をしていた。

翠玉が虐められたと言うのであるなら、そうかもしれないと簡単に納得できるくらいには、劉妃の性格は分かりやすい。

結局のところ、その性格が災いしたのか、兄が正室に選んだのは、同じように他国から嫁いできた、今の皇后だった。聡明で、慈悲深く人徳のあるお方だ。本当に兄がこちらを選んでくれて良かったと思っている。

「流石に皇帝の側室だ、皇弟の正室に今更嫌がらせもできなかろう。まして、第二皇子の生母だ。皇子の将来を考えたら、下手な事は出来ないと思うぞ」

皇帝の側室と皇弟の正室、どう考えてもあちらの方が位は上だ。

しかし、翠玉には形だけとはいえ禁軍将軍が夫という切り札がある。特に皇子を抱える母親の立場としたら、禁軍を敵に回す事だけは避けたいはずだ。

現に、翠玉がこの国に到着して以降、後宮から翠玉へ祝いの品が届き続けているのだ。当の本人は飾り物や優美な衣装など全く興味がない様子で、知らないようだが。

「うん、そうなんだけどね。何ていうか、一番思い出したくない時代の象徴みたいな人だから、顔を見なきゃいけないだけでも憂鬱」

ため息まじりに視線を翠玉に移す。相変わらず浮かない顔をしていた。

この二日、どれだけこちらがぞんざいに扱っても睨んでも怒鳴っても、こんなに萎れている姿は見る事ができなかった。それだけ彼女にとっては憂鬱な事なのだろう。

「劉妃がお見えになるかどうかは分からんが、こちらでもフォローはする。だから、その辛気臭い顔はしまえ」

だからつい、自分にしては優しい言葉が出た。むしろ、彼女に対しては初めての思いやりを含んだ言葉だ。泰誠が見ていたら、絶対にニンマリと笑うだろう。良かった、連れてこなくて。翠玉は一瞬、驚いたようにこちらを見て、困ったように微笑んだ。

「そうね、ごめんなさい」

ポツリとつぶやいて……パンッ！

「っ！」

止める間もなかった。おもむろに両手を持ち上げたと思ったら、勢いよくその手を自身の両頬に打ち付けた。いわゆる気合いだ。

「おい!! 何をしている！」

慌てて、彼女の両手を頬から引き離す。あんなに激しい音がしたのに、腫れや赤みは然程出ていなかった。

「何って気合いをいれたのよ？ 貴方に迷惑を掛けないよう、立派な嫁を演じるわ！」

なぜ怒られるのか分からないとでも言いたげだ。思わず、腹の底から盛大なため息が出た。先ほどまでのしおらしさは何処かへ消え失せている。皮肉にも活はしっかり入ったようだ。

「頬に手の跡がついていたら、いくら立派に振る舞っていてもダメだろう」

「大丈夫！　面《つら》の皮が厚いから私」

当の本人はあっけらかんとしている。

そういう話でもないのだが……なんだかもうどうでも良くなってきた。

案内されたのは皇帝の邸宅である紅華宮《こうかきゅう》だ。皇帝が普段政務を行うのは、その隣の湖古宮《こうこきゅう》であり冬隼はこちらに通されるものだと思っていた。要はこのお召しは公式なものではないという事だ。

皇帝である兄はこうして時々非公式に自分の宮に呼びつける事がある。そうした事が気軽にできるほどには、二人の間に信頼関係が築かれているのだが、そうした場合は何か裏がある事が多い。

異国から迎えた妻を紹介しろという名目で何か話があるのだろう。折しも皇家は今、冬隼の二つ上の兄がひと月前に病没したために喪に服している。皇帝自らが公式に祝いを述べる事が憚られるため、このような形での謁見《えっけん》でも、誰も不思議には思わない。

チラリと隣を歩く翠玉を盗み見る。先ほどまでとは打って変わって、落ち着いた様子で優雅に歩を進めている。この様子ならば大丈夫だろう。

長い廊下を抜けると、謁見《えっけん》の間に通される。極めて個人的な、しかし相手に礼を尽くす時にのみ使われる部屋だ。中に通されると、兄である皇帝と、皇后が簡易的な玉座に座っていた。ゆっくりと、翠玉を先導し、礼を執る。

「皇帝陛下、皇后陛下にはご機嫌麗しく。お召しの機会を頂きまことにありがとうございます」

衣摺れの気配がする。翠玉も同じように礼を執っているのが分かった。

「冬、突然呼び立ててすまないな。面をあげよ」

兄のよく通る声が頭上から降る。ゆっくりと面を上げると、なんとも嬉しそうに目を輝かせる兄と目が合った。

「ついに、そなたも伴侶《はんりょ》を迎えたようで、本当に安心したぞ」

「兄上、ご心配おかけしました。こちらが妻の劉翠玉にございます」

ゆっくりと翠玉に視線を移す。優雅に礼を執り、意思の強い瞳を二人に向けている。

「翠玉にございます。至らぬ点は多々ございますが、皇帝陛下の末永い繁栄に添えますよう、夫を支えていく所存にございます。なにとぞよろしくお願い申し上げます」

朗々と歌うような声が響く。よもやここまでとは、長年蔑ろにされていたとはいえ、流石は皇女は皇女なのだ。高潔な雰囲気が滲み出ている。

「なんとも聡明そうな姫ではないか。弟の事をよろしく頼むぞ」

兄は満足そうに翠玉を見つめる。

「もったいなきお言葉、ご期待に沿えますよう、精進いたします」

翠玉も朗らかな笑みを浮かべて返している。

「ほんに、健康そうで賢そうな姫だ事。冬隼殿、ご成婚を心よりお慶び申し上げます」

二人のやり取りを優しげに見守っていた皇后が、口を開く。こちらも朗々と歌うような気品のある声だ。

「ありがとうございます」

軽く微笑んで二人を見上げる。

この場には劉妃はいないようだ。皇帝と皇后の座る上座をざっと確認して、内心ホッと胸をなでおろす。

このような場で姉妹喧嘩を繰り広げられたらたまらない。流石に翠玉も場はわきまえているだろうが、この女は突然突拍子もない事をし兼ねない。まだ二日ばかりではこの女の行動までは読めないのだ。不安の種は少ない方が良い。

その後は始終和やかな雰囲気で謁見《えっけん》が行われた。

皇后陛下は翠玉の思慮深く聡明なところ（冬隼にとっては疑問が残る部分もあるが）が気に入ったようで、近々後宮でお茶でもどうかと誘っていた。兄は散々心配していた弟がようやく結婚した事が嬉しいのか、始終ニコニコとしていた。

だが、それは冬隼と翠玉がそろそろ辞そうかというタイミングまでだった。

「冬、少し折り入って話したい事があるのだが」

それまでとは打って変わって、真面目な顔で兄が言う。

やはり、何かあったか。冬隼も心得顔で頷く。

翠玉を退室させなければ。そう思って彼女を振りかえろうとする。

「では、私は中庭でも拝見させて頂いておりますね」

彼女の方が反応は早かった。きちんと二人に礼をつくし、なんでもないような素振りで退室していった。

「的確に場も読めて、いい姫を娶ったな」

「ほんに、あの劉貴妃と姉妹とは思えないほど落ち着いた姫ですわね」

「確かに……そうだなあ」

翠玉が退室すると、皇帝夫妻の会話が一気に砕けた。自分だけの時であれば、この人達はいつもこんな感じだ。

「あまり姉妹仲は良くなかったと聞いています。母君も違いますし、同じ宮でも育った環境は全く違ったようです」

掻い摘んで説明をする。今後、皇后との付き合いで翠玉が後宮を出入りする事も多くなるかもしれない。知っておいていただいて損はないだろうと判断した。

「あら、そうなの。今日ここに彼女も呼んだのですけどね。皇子のお稽古の時間に重なってしまって間に合うか分からないとの返答だったから、かえって良かったのかもしれないわね」

心得たと言うように皇后が頷く。これでこの問題は一安心だろう。

「さて、本題だがね。冬」

不意に兄が口を開く。場の空気が一気に緊張した。

「少しキナ臭いんだ」

◆

「おやまぁ、どこの汚い娘かと思えば翠姫ではないかえ」

謁見《えっけん》の間を出た翠玉は、ブラブラと中庭を歩き、池のほとりで鯉を眺めていた。

すると、懐かしい、と言っても感慨深くはない声が背後から翠玉をとらえた。

嘘でしょう……、今ですか？

謁見《えっけん》が終わって、完全に気を抜いていた翠玉は、その場でピシリと固まった。

頭のなかに選択肢が浮かんだ。
一、振り向く

二、全速力で逃げる

本能は二を推奨している。しかし、本能通りに動くには、この場所を知らなすぎた。下手に逃げて迷子になる危険性の方が高い。

仕方なく、一を採用する。ゆっくり振り向くと、そこには昔から美姫と名高い目鼻立ちの整った女と、その子供であろう、八歳くらいの男の子が立っていた。

「華姉上……」

「劉貴妃です。もう、皇帝陛下との謁見《えっけん》は終わったようね」

劉貴妃はチラリと謁見《えっけん》の間を見て、フンと鼻を鳴らした。

「堅苦しい場は面倒だから良かったわ。皇子、こちらは貴方の叔母上よ、ご挨拶なさい」

心底どうでも良さそうに呟くと、足元にまとわりついている皇子に優しく声をかける。この人がこんな優しい声を出すなんて。こ、怖い。背筋がゾッとした。

母に促され、皇子はゆっくりと翠玉の前に出てきた。流石、母に似て美しい顔立ちをしている。

「おはつにお目にかかります。惺《せい》ともうします。おばうえにお会いできて光栄にございます」

この年齢にしてはかなり堂々とした態度。利発そうな皇子だ。

「こちらこそ、殿下。翠玉と申します。お会いできて嬉しゅうございます」

屈んで目線を合わせると、ニッコリと微笑んでやる。皇子は、少し照れたように笑い、慌てて母の足元に戻った。なんと可愛らしいのだろう。

「それにしても、その年で輿入れとは。嫁の貰い手がなかったのか？」

そんな可愛らしい皇子の母がこの女だとは信じたくない。棘《とげ》を含んだ言葉は相変わらずだ。懐かしい気さえする。

「武芸に勤しんでおりました故、いつの間にかこの年になっておりました」

どの口が言うのだと内心思いながらも、何でも無いように返す。

「武芸などまだやっておったのか⁉　なるほど、禁軍将軍の妻には丁度よいのかもしれないわね。それにしても相も変わらず生意気な娘だ事」

「それは失礼いたしました。祖国の教育が悪かったのでしょうね。あ、あなた様も同じでしたわね」

できうる限りの最大限の皮肉を交えてやると、劉貴妃の眉が吊り上がり、みるみる歪む。

あぁこの顔、相変わらず醜い。もっと違う顔をしていれば、この人はとても美人なのに勿体ない。

「何もかも祖国のせいにするでない。そなたの母君の教育の賜物《たまもの》であろう」

ばさりと切り捨てて、吐き捨てた異母姉の言葉に翠玉は呆れる。嫁いでなお、彼女はまだ母のことを引きずっているのだ。敵は十年経っても憎いという事か。

いいかげんウンザリしてきた。自分達で母の命を絶っておきながら、まだ母を貶めようというのか。いつまでも、嫁いでなおも……我慢していたが糸が切れた。

「では、同じ事をお返しいたしましょう。祖国のために嫁がせたのに、祖国と婚国を結びつける努力もなさらず、ご自分の野心だけを優先して、ここまで両国の関係が悪くなるのを放っておくような皇女をお育てになった貴方のお母君にも」

ああ、言ってしまった。きちんとすると夫と約束したのに。

怒られるよね、最悪離縁かな。うん、それならそれで国へこっそり帰って、どこか田舎で田畑を耕そう。うん、そうしよう。諦めにも似た感情が湧いてくる。

目の前の劉貴妃は怒りでワナワナと震えている。

「ぶ、無礼者！　そなた、皇弟の妻の分際でこの私によくもそのような事が言えたものだ！　不敬罪で訴えるわ」

「ご自由にどうぞ。第二皇子の母君は、姉妹喧嘩で妹を不敬罪で訴える心の狭いお方だと知れ渡るだけですよ」

鼻で笑って肩をすくめ、母と叔母の応酬に怯えたようにしている皇子を見る。こんな母の姿を見せられる事が不憫でならない。

「くっ！」

劉貴妃は悔しげにこちらを睨む。その時視界の端に、謁見《えっけん》の間から出てくる冬隼の姿が見えた。

「それでは、姉上、夫の用事が済んだようなので、こちらで失礼しますね。今の無礼は別に訴えて頂いてもかまいません。皇子、またお会いできる日を楽しみにしております。どうぞお健やかに」

素早く礼を執り、その場を離れ、夫の所まで早足で戻る。

彼も劉貴妃の姿は確認できたのだろう。引きつった顔でこちらを見ていた。

◆

謁見《えっけん》の間を出てすぐに視界に入ったものを見て、冬隼は背筋に冷たいものが走った。

この件に関しては完全に気が緩んでいたと言えばその通りだ。

むしろ、もうこの問題は過ぎ去ったものと思っていたが、確かにばったりと会う可能性もあり得たのだ。

かなり確率は低いが、それを呼び寄せるのがこの女なのかもしれない。

少し先の池のほとりで、妻と劉妃が睨みあっていた。いったい何が起こっているのだ。ここは止めるべきなのか、それとも口を出す事は控えるべきなのか。

迷っているうちに、妻の方が礼を執り、サッと踵《きびす》を返すとこちらに向かって歩いてきた。

嫌な予感しかしない。しかし今は、これ以上事が大きくなる前に、二人を引きはがすべきだろうと判断する。

そして、来た時よりも随分早い歩調で後宮を後にした。そうして馬車に戻ると一通り話を聞いて、脱力する。

「何で、お前はそんなにも血の気が多いんだ」

「ごめんなさい。つい昔の癖で。迷惑かけそうなら、遠慮なく突き出すか、捨ててくれて構わないから」

反省した様子は見えるものの、サラリと簡単に言ってくれる。言葉も出ない。どうしてこうもこの女は何事にも頓着しようとしないのか。

「でもあの人の性格上、訴える事はしないわよ。矜持《きょうじ》だけは、山のように高いから」

そう言って、翠玉はふふふと不敵に笑った。確かに冬隼もそう思うのだが、それにしても、この女といると、綱渡りをしているような気分になるのはなんなのだろうか。

なんだかこの二日で、寿命が何年か縮んだような気さえする。

「ところで、皇帝陛下は随分と貴方に信をおいているのね」

しばらくの沈黙の後、翠玉が口を開く。

どうやら劉妃の事はどうでもよくなったようだ。

「同じ母から生まれたからな」

「同じ母から生まれても、貶め合う兄弟なんて五万といるわ」

あっけらかんと言い返す彼女にそれは、経験からか？　と聞くのはやめておこう。

どんな話が出てくるか、恐ろしくて考えたくもない。

ため息を一つつく。こうなったからには説明しておく頃合いなのかもしれない。

「俺の母は側室だったが、二人の皇子を産んでいた。俺と皇帝陛下だ。幼き頃より、母からは将来皇帝になる兄を支えるのが役目だと言われて育ってきた」

「なるほど、だから禁軍将軍？」

「そうだ。文に関しては、もう一人雪という優秀な兄がいる。彼の母は俺の母の側《そば》仕《づか》えから側室へ上がったから、ほとんど一緒に育ってきた。その内会う事になるだろう」

多分、あの兄は翠玉の事を気に入るだろう。こういう面白い人間が大好きなのだ。

翠玉を見下ろす。真剣にこちらの話に耳を傾けている。無意識だろう、朱を差した下唇を軽く噛んでいる。何かを思い出しているのか……とにかく話を続けようと思い直す。

「九年前、父である先帝が倒れた折に、後継をかけて、皇子の暗殺が横行した。色んな思惑《おもわく》が渦巻いていた。兄達を含め、俺も命を狙われた。誰も信用できない地獄のような、日々だった」

「どこも同じなのね」

つまらなそうに翠玉が呟く。亡くした兄弟を思い出しているのだろう。どこか怒気を含んでいる。

「そのようだな。幸いな事に、二人の兄が唯一の救いだった。三人で支えあいながら生き延びた。多分一人でもいなかったら死んでいた」

意思の強そうな瞳がしっかりとこちらをとらえている。流石に同じような物を見てきたのだろうか、彼女に驚いた様子はない。

「結局そんな事をしている内に皇子の大部分が死んだ。まぁそれによって足を引っ張る輩《やから》もいなくなったから好都合だったがな」

「なるほど、貴方達の絆が強いのはそういうわけね。だから皇帝陛下のために、貴方は命を賭して働くの？」

「そうだ。兄上の治める国、そしてその子が治める国のために……な」

肯定を返す。すでに馬車は、自邸の近くまで来ていた。

時間がない、もう一つ大事な話があったのだが、これはまた先にするとしよう。

翠玉に話をする事を考えると、ドンと胃が重くなるような気重さを感じる。

この話をしたら、この女はどんな反応をするのだろうか。もしかしたら離縁を申し出るかもしれない。そうなればまた、兄達からの嫁をもらえ攻撃が始まるだろう。もう面倒な事はこりごりだ。

チラリと隣の翠玉を見る。眉間に皺をよせて何やら考え込んでいる。

馬車がゆっくりと停まり、扉が開いた。形ばかり翠玉に手を貸しつつ降車し、門に控える側仕《そばづか》え達の迎えをうけた。何ら普段と変わらない光景だが、何かが違った。

ゆっくりと見渡すと、それはすぐに目に入った。

あぁ、ここにいるべきでない人間が一人混ざっているのだ。側仕《そばづか》えの最後尾、建物の影が入るそこに、ひっそりと礼を執っている男だ。

ようやっと、か。丁度いい、こちらも随分と情報を得た。奴の得た情報とすり合わせれば、真の彼女が見えてくるだろう。

「翠玉、そなたも疲れただろう。今日は部屋でゆるりと過ごすが良い。俺もしばし自室で休む」

添えていた手を放し、彼女を振り向かずに、邸内に向かう。

途中、頭を上げた先ほどの男と視線を交わし、小さく頷いた。

◆

「さっきの男、何なのかしらね」

翠玉は、ゆったりと庭を眺めながら、ポツリと呟く。

よく晴れた午後の庭は、花々が美しく咲き乱れている。こんな日は中庭の芝の上に寝そべって空を眺めたいものだが、提案したとたんに陽香に却下された。仕方がないので、窓辺に長椅子をつけて、窓枠にだらしなく、しな垂れ掛かっている。

「先ほどとは？」

お茶のお代わりを注ぎながら陽香がこちらを不思議そうに仰ぐ。

「さっき、陽香達が出迎えてくれた時に、一番後ろに一人普通の側用人とは違う雰囲気の男がいたのよね～」

「左様でございますか。私共は気づきませんでしたが」

「多分あの場で気づく事が出来たのは、私と冬隼だけだと思う。かなり後ろの建物の影の方だったし」

この家でよく見る護衛達と同じ格好だった。

それ自体は大して珍しくはないのだが、その男の雰囲気が、なんというか普通の使用人とは違った。確かに顔は整っていて、若かったが、そういう話ではない。

「なんていうか、こう、キンッていう音がしそうな感じ？　研ぎ澄まされたような！」

とっさに出てくる表現が擬音とは、何とも情けない話である。

「申し訳ございません。翠姫のおっしゃる事は陽香には理解できませぬ」

案の定サラリと陽香にかわされた。彼女の中では、また訳のわからない事を言い出したぞ、くらいで処理をされているのだろう。軽くむくれて、また庭に視線を戻す。

翠玉が最初に気になったのは、男が持つ雰囲気だった。不思議に思っていると、その男の視線が冬隼に向き、彼と目配せをしている事に気づいた。

そして、その次の瞬間、冬隼が突如部屋に下がると言い出したのだ。彼らしくもない、翠玉をも気遣う発言をして。

要は、部屋に入って人払いをしたい、お前は邸内をうろつかず、部屋で大人しくしていろという事だ。何か聞かれては困る相談でもしているのだろうか。

しばらく考えて、やはり気になるという好奇心に負けた。少しだけ、窺いに行ってみようか。

陽香の気配を確認する。どうやら部屋から出ていったようだ。行くなら今の内だろう。ゆっくりと立ち上がると、長椅子を踏み台にして、窓枠に足をかける。

皇帝謁見《えっけん》のために着飾ったヒラヒラした衣装がいささか邪魔だが、着替えている暇はないので仕方がない。早々に髪飾りだけでも外す事ができていて良かった。あれは動く度にシャラシャラと五月蠅いから。

軽々と窓枠を飛び越えて、庭に着地すると、身を低くして、辺りを窺う。着地の音に気づいた誰かが様子を見にくる気配はない。問題がない事を確認すると、ゆっくりと歩を進める。

確か冬隼の部屋は、庭の東側の棟だ。庭を横切って、壁伝いに沿って歩けばいいはず。はずというのは、実際はよく分からないからだ。翠玉がうろつく事を禁止されている場所の三分の一がこの範囲なのだ。彼の至極個人的な場所、もしくは軍関係の資料があるのかもしれない。

辺りを見渡して、木の陰、壁の陰へと移っていく。

うわ〜、思い出すわ、懐かしい。廊下を歩いていく女官《にょかん》を上手くかわしていると、何だか懐かしい気分になって来た。

母を亡くしたあと、兄弟達の様々な嫌がらせや暴言を避けるように、よく兄の蓉と二人で庭に隠れたものだ。その成果が十数年の時を経て、まさかこんな所で発揮されるとは。見回り番を岩の陰から見送ると、ゆっくりと確実に歩を進め、何とか庭を渡り切った。

ここからは未知の区域だ。

壁伝いに建物に沿って歩くと、長い渡り廊下が見えてきた。その先にあるのは、一つの大きな扉だ。多分あそこが冬隼の部屋なのだろう。

残念。扉の前に見張りがいるではないか。

流石にこれ以上は近寄れない。仕方がないので、壁にピタリと寄りかかり、待つ事にする。さっきの男が出てきたら後をつけてみよう。そう決めて、しばらく息をひそめて待機する。

その時は程なくしてやってきた。

やはり、あの不思議な雰囲気の男が中に一礼をして、部屋から出てきた。二人で何やら深刻な話をしていたのだろう。ゆっくりと後をつけようと、壁から背中を離して、次の瞬間また元の姿勢に戻した。

男の後ろから、泰誠も退室してきたのだ。彼は今、訓練に行っているはずだ。最高司令官がいない隊をまとめるはずの副官が、このような時間にこの場にいるはずがない。

よほど、深刻な事態なのだろうか?

顔を壁にピタリとつけて、耳をそばだてると、二人の動向を窺う。流石に、禁軍の副官を尾行する度胸はない。おとなしくしていると、ゆっくりと二人の足音が近づいてくる。何か話をしているらしく、次第に話し声も聞こえてきた。

「しかし、またあんな事が始まるなんて考えたくないね」

泰誠の声だ。いつもの溌剌とした声ではなく、軽く潜めている。

「早く何か掴まなければな」

謎の男の声が続けた。静かな低い声だ。

「烈《れつ》も大変だね。殿下から次から次へと調査頼まれてさ」

「とりあえず、奥方の件はこれでひと段落したから、ここからはこちらの件に絞れるさ」

奥方？　私の事？　思わず壁から頭が離れかけ、慌てて戻した。

「そうだね、でも注意しないといけないな。殿下だって危険になる可能性はあるわけだし」

そこまで聞いたところで、パタパタと足音が響いて二人の会話が止まった。

「どうしたんだ、そんなに急いで」

泰誠の警戒するような声が聞こえる。どうやら足音は警護の者のようだ。

「副官！　申し上げます。奥方様がお部屋から忽然《こつぜん》とお姿をお消しになられました」

警護の者の言葉に、翠玉は息を詰める。思った以上に気づかれるのが早かったようだ。

真っ赤になって怒る陽香の姿が脳裏に浮かんで、げんなりした。

「何だって⁉」

途端に泰誠の声が、驚きを含む。

「表門と裏門は？」

「只今調査中です」

「お部屋まで向かう！」

慌ただしく足音が遠のいていく音がする。その音を見送って、翠玉も慌てて踵《きびす》を返そうとゆっくり歩を進める。

「その茂みに入ると、中庭の中腹までは見つからずに戻る事ができますよ！」

ふいに背後から、低い声が投げかけられ、翠玉はギクリと動きを止めた。

嘘でしょう？　ゆっくり後ろを振り向くと、謎の男が楽しげな顔で廊下の手すりに手をかけ、こちらを見下ろしていた。サァッと血の気が一気に引いた。

「途中までは非常によく隠れておいででしたが、話に気を散じてしまったのが駄目でしたね。まぁ、女性ながらあっぱれですけどね」

にこやかに男は言い放つ。咎めるでもなく、むしろ面白がるような口調だ。

こちらは驚きと混乱で固まるしかない。

「ところで、今貴方の大捜索が始まっているようですが、お戻りにならなくて良いのですか？」

バンと男の背後で扉が大きく開く音がする。

「あの女‼」

怒気を含んだ冬隼の声だ。

ゲッ！　これはかなりまずい。なり振りかまわず、慌てて先ほど彼が教えてくれた茂みに入る。

うわぁ、何これ！　秘密の通路？

男が勧めた植え込みの中は、内部に入ると小さな空間が開けており、大人でも中腰で通れるようになっていた。確かに宮廷には、こうした隠し通路が多く、実際に翠玉の育った清劉国の後宮にも似たような隠し通路は存在したのだが……まさかこんな所にあるとは思いもしなかった。

小枝に引っかかり、服の裾に傷がつくが、とりあえず少しでも安全な場所に行くには前に進むしかない。途中、自分のすぐ横の生垣を人が走る気配がするが、誰もこちらを気にも留める事はないようだった。

しばらく先を進み、中庭の中腹辺りに立つ木のそばで生垣から出る。

中庭を捜索する人はまばらだった。幸いにも生垣から姿を現した翠玉はまだ誰にも気づかれてはいない。

「よっ、と」

素早く手近な木に飛びつくと、ゆっくり足をかけて少し登る。

「奥方様!!　何をなさっておいでですか!!」

悲鳴のような声が響き渡った。あ、見つかった。正確には見つかるようにしたのだが。すぐさま人がワラワラと集まってきた。その中には泰誠と冬隼の姿もある。

よかった、とりあえずは、間に合った。

皆が皆、木にしがみつきながら足をかけている女をぽかんと見つめている。そりゃそうだろう、自分だって同じ状況なら驚く。

「木の上で昼寝していたのだけど、何の騒ぎ？」

小首を傾げて、皆どうしたの？　何か起こった？　とでも言うように見回す。途端に、周囲から脱力したような、呆れたようなため息が漏れ聞こえてくる。

彼らの何割かは、こんな女主人で、この家大丈夫か？　と不安になっている事だろう。気の毒に。

そして、自分の夫に視線を向ける。頭痛でもするのか、額に手を当てて、何とも言えない複雑な表情をしている。

このあと翠玉は、彼にこっぴどく叱られるに違いない。半ばげんなりして視線を移すと、中庭の影にあの男が立っていた。かすかに口元に笑みをたたえて、指を一本鼻先に当てている。黙っているというのか。

「翠姫!!　何という格好を!!」

彼に気を取られている内に、人垣を押しのけて、聞き慣れた悲鳴がこちらに向かってきた。

あぁ、そうだ、夫の前にまずは陽香に叱られなければならないだろう。枝に引っかかって破れた服を見て、彼女がまた悲鳴を上げた時、ふとさっきの男がいた場所をもう一度見る。男はもうその場にはいなかった。

三章

　のちに使用人達から「奥方の木登り失踪事件」と呼ばれる出来事から、六日ほど経ち翠玉の謹慎が明けた。六日間も部屋から一歩も出してもらえず、翠玉は体を動かしたくてたまらなかった。

　ちなみに、謹慎を言い渡したのは冬隼ではなく、陽香だった。本来ならば、一介の侍従《じじゅう》にそのような権限はないのだが、彼女の剣幕に皆が圧倒され、そして冬隼の「少し、大人しくしておけ」の一言で決定してしまった。

　しかし、謹慎と銘打ちながらも、詩やら、竪琴《たてごと》、作法や所作《しょさ》の稽古がみっちり詰め込まれていたのだ。体良く武術にかまけている翠玉に奥方らしい事をさせようと、陽香が仕組んだ事は明白だ。

　実のところ、当初の謹慎期間は三日間だった。しかし、二日目に我慢できなくなった翠玉が脱走を図り、「反省の色なし」と、もう三日嬉々として追加されたのだ。誰しも反対する事なく、むしろ仕方ないといった雰囲気だ。

謹慎が明けたものの、今日は禁軍の演習場に行く事は禁止され、邸内のみの行動を許された……と思いきや、何故か給仕部屋に押し込められている。

「この邸内で行われているお仕事をあなた様はきちんと理解して、掌握しておく必要があります。それがこちらに嫁いだ奥方様のお役目でございます」

陽香と同年代で、古くからこの家の侍従《じじゅう》を束ねる桜季《おうき》に冷たい視線と共に言われたのは、今朝方の事だ。

嫁いだ頃から、翠玉の行動に対して陽香の次に目くじらを立てていた彼女だが、ここ数日特にそれが顕著になっている。何故かというと、この謹慎中二回ほど翠玉は冬隼と床を共にしたのだが、酒を飲んで話をした程度で、夫婦の営みは皆無だったのだ。側仕《そばづか》えを通して、その情報が入ったのだろう。つくづく困った嫁だと思っているに違いない。ただ、この事については翠玉一人でどうこうできるものでもないのだ。文句があるなら、冬隼にも平等に言って欲しいものだ。

夕餉《ゆうげ》の支度にかかり始めた炊事《すいじ》役の邪魔にならないよう、出来るだけ隅に身を寄せ、眺める。どうせなら、何かしたい。

しかし、「奥方様に炊事《すいじ》をさせるわけには参りません」と桜季の許可が下りないため、唯々見ているだけである。

つまらないことこの上ない。無月に乗りたい。明日は馬場に行けるだろうか。ぼんやりとそんな事を考えながら、窓辺に視線を向ける。

あぁ、帰ってきたのか。

冬隼と泰誠が、門を潜ったのがチラリと目に入った。二人とも砂塵《さじん》にまみれて汚れている。ここ数日禁軍の訓練はかなり厳しくなっているようだ。

それに屋敷《やしき》全体の警護も少しばかりだが、厚くなっている。何かが起こるという事か、もしくは、もうすでに起こっているのだろうか。

明らかに何かが数日前と変わった事は謹慎中の翠玉にも伝わってきた。

六日前の謎の男を思い出す。結局あの男は何者なのか、一向に掴めないでいた。寝屋で冬隼に聞こうかとも思ったが、さらに謹慎期間が増える恐れがあったため、やめた。

ただ、長年置かれた環境が環境だったために、翠玉がこうした違和感を覚えた時は大概気のせいではない事を知っている。

「旦那様のお出迎えに行ってくるわね」

適当に近くで作業をしている炊事役《すいじ》に声をかけ、足早に給仕部屋を出る。これをきっかけに、あの部屋から解放されないだろうか。二人の後を追うと、彼らは今日は正式な間口から入ってこなかったようで、出迎えは、ほんの少数しかいなかった。

「お帰りなさい。お疲れ様」

声をかけると、二人が同時にこちらを振り返る。一人は首だけ、もう一人は体ごと。

「あぁ、奥方様お久しぶりです」

体ごと振り返った泰誠は、何かをかみ殺すような複雑な、もとい、思い出し笑いを必死でおさえているような顔で礼を執る。どうせ、翠玉の木登り姿を思い出したのだろう。今思えば、自分でも苦し紛れとはいえ、あれは滑稽《こっけい》だったと思う。

「大人しくしていたな」

首だけ振り返った冬隼は、至っていつも通りの仏頂面だ。

「ええ、給仕部屋に放り込まれて、日がな一日ぼんやりとしているわ」

「お前が炊事《すいじ》場とは、意外な組み合わせだな」

間口に向かうかと思いきや、冬隼は庭を突っ切って自邸の方へ向かおうとしているらしい。

「ついでだ、戻ったら裏の間に茶を持ってくるよう伝えてくれ。夕餉《ゆうげ》はもう少し後でいい」

途中で振り返った冬隼が、ニヤリと意地の悪い笑みで言い置いた。体良く給仕部屋から解放されようとしていた思惑《おもわく》は見透かされていたようだ。がっくりと翠玉は肩を落とした。

興味がないように見せて、この男、実はしっかり自分を観察していて、翠玉の思考を掴み始めているのだ。有能といえば有能なのだろうが、何とも可愛げはない。仕方なしにすごすごと給仕部屋に戻るしかなかった。

このまま部屋に逃げようかとも考えたが、主人の用命を受けている手前、そんな事もできない。給仕部屋に戻ると、先ほどまでいなかった桜季が戻っていた。夕餉《ゆうげ》と茶の事を伝えると、桜季は途端にテキパキと周囲に指示を飛ばす。その様子から見るに、まだ翠玉を解放する気はないようだ。

「奥方様、これを旦那様の所へお持ち下さいませ」

ぼんやりと眺めていると、突然茶器の載った盆を桜季に押し付けられた。桜季の瞳はギラギラと光っているように見える。その必死な顔に迫られて、翠玉は一歩引いた。

「わ……私が行くの？」

そんな事、奥方様にさせられません！　ではなかったのか。

「旦那様が自らお頼みになったのですもの！　きっと奥方様に持ってきて頂きたいのですわ！」

引いた分だけ、桜季が迫ってくる。これ以上は壁があって逃げられないのが辛い。

「いや、そんな深い意味はないと思うけど」

間違いなくないだろう、ただたまたま、そこにいたのが翠玉だっただけに決まっている。

「いいえ！　そんな事ございません！　さぁ、お早く！　湯が冷めます！」

盆をグイッと突きつけられる。桜季の顔は必死だ、あまりにも必死すぎて怖いくらいだ。

結局、勢い任せに給仕部屋から追い出された。

桜季の目論見は、分かりやすい。少しでも夫婦らしさを意識させようという事だろうが、こんな事でどうにかなるほど冬隼も翠玉も単純ではない。

仕方なしに言われた裏の間に向かう事になったが、ここは翠玉の立ち入り禁止区域だ。図らずもラッキーなのかもしれない。堂々と東側の邸内を歩く事ができる。

まさかあの桜季がこんな事を失念するとは。よほど、彼女にとって夫婦仲を取り持つ事が重要なのだろうと考えると、なんだかあまり喜べなくなってきた。

◆

泰誠と冬隼が目の前に広げた地形図を眺め始めてから、幾ばくかの時間が過ぎた。

それぞれ考えを巡らせているものの、一向に良案は思い浮かばない。午前から、ずっと睨み続けているので、そろそろ空で地形図の描き写しができてしまいそうだ。

目の前に座る泰誠がうんざりと目を回す。普段ならばもう少し気を引き締めろと小言くらいは言うのだが、流石にそれを言う気にはなれない。代わりに自分も小さくため息をこぼす。

「もう、いっその事、後退してこちらの都合がいい場所に引き込みます？」

泰誠から若干投げやりのような冗談が飛んでくるが、咎める気にもなれず、呆れを含んだ微笑を返す。それほどまでに、行き詰まっているのだ。

朝から他の幹部を交えて様々な議論を行うも、納得がいく名案は浮かばず、結局二人で持ち帰り、こうして膝を突き合わせて地形図を睨みつけるしかない状況に、そろそろお互いが飽き飽きしていた。

「失礼します」

扉の開く音と共に茶器を持った女が入ってきた。何の変哲もないいつもの光景だ。

少し休憩して頭を休めよう。そうすればまた違う角度から名案が浮かぶかもしれない。

そう思って一瞬視線を戸口の使用人の女に移して、また地形図に目を落とし、女を二度見した。

「なぜお前が！」

目の前に座る泰誠も同じだったようで、息を呑んでいる。二人に二度見された当の本人の翠玉は、「やっぱりね」と言いたげに小さくため息をこぼして部屋に入ってきた。

「私は抵抗したわよ、桜季に無理やり行けって言われたの！」

そう言うと、テーブルにガシャンと乱暴に茶器を置いて、睨みつけてくる。

「彼女、私達の夫婦仲をどうにか親密にできないかと躍起《やっき》になっているみたいね！」

苛立ったその言葉には冬隼も心当たりがある。あの仕事に真面目な筆頭女官《にょかん》の考えそうな事だった。

「すまない」

これには少々バツが悪く、素直に小さく謝るしかない。ここまで桜季が躍起《やっき》になっているのも、もとはと言えば散々婚姻から逃げまくっていた冬隼のせいなのだから……

素直な謝罪を受けた翠玉は、困ったように小さくため息をこぼして、茶を入れだした。部屋中に、香ばしい香りが漂って、肩から少し力が抜けた気がする。

「ところで、その戦場地形図は？」

手際良く茶を淹れながら、ちらりと冬隼達の手元を確認した翠玉が地形図を指差す。普通の皇女なら、こんなものは見た事がないだろうに、これを見てすぐに戦場を模した地形図と分かる事に、流石にもう驚きはしない。

「お前には関係ない」

やはり目を付けたかとうんざりしながら言い放つ。

流石にここまで彼女を踏み込ませる気はない。なかなか強い言い方ではあるが、この女に果たしてどれほど伝わるのか。

「そう、その割に煮詰まっていそうだけど？」

翠玉はクスッと笑って、淹れたての茶をこちらに渡してくるだけだ。やはり彼女には効果がないようだ……。しかも煮詰まっている事すらも見透かされている。この女の状況を読む力には本当に驚かされるなと内心感服していると。

「奥方がもし、こちらの陣の指揮官だとしたら、向かってくる敵をこの地でどう攻略します？」

「おい‼」

唐突に、泰誠が地形図と向かい合わせに置かれた白と黒の碁石《ごいし》の内、白い碁石《ごいし》を指差して翠玉に問いかけるではないか。慌てて制止しようと声を上げるも……

「もう、案は出すだけ出し切ったんですから、これ以上は僕らだけでは無理ですよ。何か足掛かりになる案が出るかもしれませんし」

お手上げです、と手を上げてみせる泰誠は心底うんざりしている様子で、もしかしたら翠玉が足掛かりをくれるかもしれないと、半ば好奇心で聞いているようにも感じた。

いくら妻とはいえ、軍の……しかも、まだ上層部しか知りえない情報を与える事には少々抵抗があった。しかし、このままでは埒が明かないのも事実で……

そんな葛藤を頭のなかで繰り広げていると。

「山を背にして戦うのね？」

ずいっと身を乗り出してきた翠玉が地形図をしげしげと眺め始める。

驚いた事に、彼女は地形図特有の表示まで理解しているらしい。何かブツブツと言いながら、小山の部分を指差す。登れない高低差ではないが、退却の際の足場としては非常に向かない性質の小山だ。

「そうだ、小山の前には清流が二本ある」

諦めたように、補足する。

「厄介な所が国境なのね？」

「この地形のせいでかれこれ数百年、この辺りで侵攻と退却を続けているんですよ」

「なるほど、この清流は、歩いて渡れる？」

翠玉の細い指が、陣営の手前側の清流をつっとなぞる。

「雨季《うき》でなければ問題ない水量ですね」

「もしかして、雨季《うき》になると、このもう一個の清流とくっついたりする？」

翠玉の指は、しきりに清流のルートをなぞっている。

「年によるな」

短く答える。長年苦しめられている地形ゆえに、詳細に記録が取られているのだ。

「なるほど。面白いわね、ちなみに戦は雨季《うき》じゃないのね？」

「違う。川を渡れなきゃ敵は攻めてこれんだろう」

冬隼のその言葉を聞いて、翠玉は小さく頷くと、地形図から顔を上げた。

「ならば、簡単ね。むしろ地形に恵まれているわ」

「どういう事だ？」

訝《いぶか》しげに見下ろすと、唖然としている我々に向けて翠玉はニヤリと笑った。

◆

ひとしきり翠玉の見立てを聞いた二人は、話が終わると、それぞれに大きくため息をついて、力が抜けたように椅子に深く腰掛けた。翠玉も成り行きで椅子を出して、お茶を飲みながら座っている。

「泰誠、行けると思うか？」

茶を呷《あお》ってテーブルに置いた夫は、鋭い視線で副官を見つめる。見つめられた泰誠も、茶を呷《あお》って。

「おそらく。すぐに、人をやって調べさせましょう」

そう言ってニヤリと笑っている。

「奥方のおかげで、光が見えましたよ。ありがとうございます」

どうやら、自分の案が彼らに何らかの突破口を与えたらしい。二人の反応から見るに、相当煮詰まっていたのだろう。

「役に立てたのなら良かった。ところで戦になるの？」

肝心の点については何の情報もなかった。まぁ、こんな事を真剣に考えているのなら、十中八九近々何らかの戦がある事は間違いないのだろうが。

泰誠と翠玉の視線が、冬隼に集まる。

「ここまで関わったのなら仕方がない」

諦めたようにため息をつく冬隼は、まだどこか不本意そうだ。

「まだ時期の見通しは立たないが、少し前に西側の緋克国《ひぎょうこく》の内情が変わって、どうやら動きがあるみたいだ」

「緋克国？　年若い王子が王位について、代わりに母君である母后が政治をしていた国よね？」

近隣の国の情勢を知っておくのは、皇族としては当然の事だ。ただし、翠玉の情報は輿入れ辺りで止まっている。

「そうだ、それが最近、母后が亡くなった。代わりに摂政についたのが、先帝の弟で軍属の男らしい」

「なるほど、それで一気に軍事に積極的になったわけね」

何とも分かりやすい構造だ。立ち上がり、二人の茶器に追加の茶を注いでやる。もうほぼ冷め切っているが、彼らはあまり気にしないだろう。

「しかし、奥方は戦術まで学ばれていたのですね。清劉国って近年戦はあまりしていませんよね？」

やはり、温度は大きな問題ではないようで、泰誠は何も気にする様子もなく茶に口をつけた。

「あぁ、父の時代は他国との戦はほとんどなかったのだけど、祖父の代にはかなり多かったみたい。十年くらい前までは、その時最前線で戦っていた精鋭達が生きていたから、色々指南してもらえたの」

そう説明した翠玉の脳裏には、懐かしい記憶が蘇る。あまりいい思い出がなかった祖国での、数少ない良い思い出……。

おそらくそれは、兄と母が亡くなった少し後の事だった。当時の翠玉は皇女という事もあり、雨が降った日は、外で蓉と訓練する事を禁止されていた。退屈な上、下手に宮にいれば意地の悪い妃や兄弟達の標的になりかねない。逃亡先として翠玉が見つけたのは、埃臭くて、他の兄弟が入りたがらないであろう書庫だった。

「おやおや、可愛らしいお姫さんがこんな所に迷い込んできたのかね？」

誰もいない湿っぽい書庫を歩き回っていると、書き物をしている老人に出会ったのだ。

「先后陛下のところの翠姫様だね。なんだい、今日は兄君と一緒じゃないのかね？」

シワシワの顔を更にクシャクシャにして笑ったその老人は、無遠慮に翠玉の頭をグシャグシャとかき混ぜた。老人のはずなのに、手は大きくて硬く、力も強かった。この手には覚えがある。

「おじいさんも武人なの？」

「おや、何でそう思うんだい？」

「手と撫で方が伯老師《はくろうし》と似てる」

伯老師とは、祖父の代に禁軍将軍をしており、一人で数千の敵を蹴散らしたと、事実なのか誇張なのかよく分からない伝説を持つ老人だ。禁軍に出入りする翠玉兄弟達を、最初に禁軍に引っ張り込んだ張本人で、暇を見つけては良い事も悪い事も指南してくれている。その伯老師の手も同じようにゴツくて硬い。

ただ、熊のような伯老師と違い、この老人はどちらかと言えば、線が細い。

老人のシワに隠された目が大きく見開かれ、次の瞬間豪快に笑った。

「そうかそうか、伯の奴と似ていますか！　それ、あいつに言ってみなさい！　嫌な顔をしますよ！」

「おじいさんは伯老師とお友達なの？」

　何だかよく分からないが、笑ってもらえて少しホッとした。

「お友達というより、ライバルかね。あいつは本能で力任せに戦って、私はそれほど強くはないが頭を使って戦った。よく戦い方で喧嘩したものだ」

　このおじいさんが、あの熊みたいな伯老師と喧嘩するなんて考えられない。ぼんやりそんな事を思っていると、老人が自分の隣の席を勧めてくれた。

「壁《へき》です。若い人達は壁老人とか壁老師と呼びますがね」

「壁老師？」

　ちょこんと隣に座ると、壁老師の目が一層皺くちゃになる。

「姫は今日はどうしてこのような所へいらしたのですかな？」

「雨の日は、私は外へ出してもらえないの。部屋にいても一人だし、他の兄弟に見つかれば、意地悪されるから」

　不満を発散するように足をブラブラさせて、口をすぼめてみせる。こんな態度をしたら、必ず母に怒られた。でもその恋しい母ももういない。涙が滲んできた。

『いいこと、立場ある者は人にみだりに涙を見せてはなりませんよ。女の涙は武器として使う物。決して感情のままに流すものではありませんよ』

母の言葉が木霊《こだま》する。小さい頃よく泣いていた翠玉に言っていた言葉だ。ダメだ、泣いてはダメだ。今までだって我慢してきたではないか。フルフルと首を横に振ってごまかす。

「お泣きなさい。子供の内から感情を抑えるなんて、しなくて良いのですよ」

言い聞かせるような静かな声だった。

「でも、母様は感情のままに泣くなって」

「それは正しい、でもそれは人前でという事ではないですかね？　ここには貴方と私しかおりません。私は少し耳も遠い、今から書き物に集中してしまいますから、周りの音は聞こえなくなります」

そう言って壁老師は、唐突に書き物に戻った。

泣いていいなんて言われたら、箍《たが》が外れるのはあっという間だ。声を上げて泣いた。母や兄が亡くなって初めてかもしれない。窓の外を雨水が流れる音と共に、翠玉の中に澱んでいた物も涙と一緒に流れていくような気さえした。

どれくらい泣いたかは定かではないが、いつの間にか寝てしまった翠玉は、泣いたおかげか、気分が軽くなったようにも感じながら、体を起こしてみる。

「おや、目が覚めましたかね？」

壁老師はまだそこにいた。書き物の手を止めて、顔を皺くちゃにして笑っている。

「お辛いのに、今までよう辛抱されておられましたな。お強い姫君だ」

またあのゴツい手が頭に伸びてきて、今度は優しく撫でられた。さっきの伯老師と似ていると言われた事を気にしているのだろうか。なんだか少し面白くなって、自然と笑みをこぼしてしまった。

「いい笑顔ですね。お母様によく似ておいでだ。お母様から頂いたもの大切になさいませ」

嬉しかった。考えてみれば、母の葬儀以降、父以外の大人から母の事を聞いたのは初めてのような気がする。皆気を遣って触れないようにしているのだろう。でも、それこそが翠玉にとっては辛かったのかもしれない。

「壁老師は何を書いてるの？」

しばらく老師の近くで本を読んだりしている内に、彼が熱心に書いているものに興味が出た。

「兵法《ひょうほう》の指南書ですよ」

老師は書き物から目を放し、翠玉に見えるように書を傾けて見せてくれる。

「ひょうほう？」

書にはびっしりと、達筆に文字が並んでいる。

「戦をする上での戦略とか戦術です。あなた方が生まれてから、大きな戦はありませんが、お爺様の代にはこの国は沢山戦がありました。その戦術を立てていたのが私でした」

そう言うと、懐かしそうに目を細める。この老人がまだ若々しく戦場を駆け回っていたなんて、この時の翠玉には想像もできなかった。だが、伯老師なら何となく想像できた。

「それって軍師っていうやつ？」

「おや、よう知っておいでですな」

「面白そう、ねぇ私に兵法《ひょうほう》教えて！」

その後の老師の顔は今でも忘れられない。その後押し問答の末に、雨の日限定で兵《ひょう》法《ほう》の指南を受ける事ができた。

父の代以降、国内では小規模な戦は時々あるものの、他国との大きな戦がなくなったため、壁老師の知識を継ぐ者がいなかった。彼はそんな国の未来を憂いて指南書を書き始めたところだった。そこに翠玉が教えを乞うてきたのだ。

はじめは戸惑い、姫にそんな事を教えるわけにはと言っていたものの、いざ教え始めれば、それはそれは厳しい師だった。

それから彼が亡くなるまでの七年、壁老師は翠玉を常に明るい方向へ導いてくれたのだ。

彼がいなければ、今の翠玉はこれほどまで真っ直ぐでいられたかどうか分からない。

「ま、そんなわけで、兵法《ひょうほう》については良い師に付けたって感じかな？」

すごく懐かしい事を思い出しながら、簡単に経緯を説明すると、目の前の男二人が大きくため息をついた。

「お前、壁老師って壁杜朴《へきとぼく》の事か」

頭が痛いのか夫がこめかみに指を当てて考え込んでいる。

「そう、え？　知っているの？」

まさか師の全名がこんな所で出てくるとは思わなかった。

「知っているもなにも、有名ですよ！　うちの国も散々手こずらされた記録があるくらいには」

よくよく見たら、泰誠も同じように頭が痛そうにしている。

「え？　そうなの⁉」

有名でも国内レベルだと思っていたのだ。

「お前、罰当たりもいいところだ」

残りの茶を飲み干し、心底疲れたように冬隼がため息をつき、立ち上がる。

「夕餉《ゆうげ》にすると伝えてくれ」

そう言うと部屋を出ていったので、残された泰誠と顔を見合わせる。

「ここ数日、あの地形図に悩まされていたのに……こんな近くに答えを出せる人間がいたんじゃあ、ああなりますよ」

僕も同じ気持ちですと笑って、彼も部屋を出ていった。

残された翠玉は、ゆっくりと地形図に目を落とす。

「老師、これでいいんですよね？」

◇

「お前、戦の経験はあるか？」

寝台に上がって、さて寝るかと思った頃合いで、同様に寝台に上がろうとしている夫から唐突に問われる。

さっきまで大して会話もせず酒を飲んでいたのに、寝る段になってなぜこんな話を、と思ったものの、どうやら真面目な話のようなのでゆっくり体を起こした。

「ないけど？」

翠玉が生まれてから母国では国内での小規模な戦しかなかった。それに、さすがにあったとしても連れていってはもらえなかっただろう。

「お前の戦略を用いる予定の戦に、一緒に行ってみる気はあるか？」

一瞬、翠玉には目の前の男の言う事が理解できなかった。あまりにも信じられなさすぎる。夫を見上げ、ざっと三十秒は固まっただろう。

「具合でも、悪いの？」

色々考えた末に、この質問にたどり着いた。どう考えてもこの男の口から出る言葉とは思えない。

「お前……」

みるみる内に夫の眉間にシワが寄っていく。あ、どうやらそういうわけではなかったようだ。

「いや、ほら、今まで私にはこういう事に関わって欲しくなさそうだったから」

提案を撤回されても困るので、慌ててもっともらしい答えを探した。

冬隼の視線は疑わしげではあるものの、それ以上追及する気もないようで、憮然《ぶぜん》とした表情で、多少乱暴に寝具を捲ると、そのまま隣に入ってきて、こちらに背を向けて横になった。これはもう入眠十秒前だ。

「行く！　連れてって！　役に立てるか分からないけれど」

慌ててその背中に声をかける。この機を逃したら、こんなチャンスはもう来ないかもしれない。

「分かった」

短く承知の声があったかと思うと、まもなく規則正しい寝息が聞こえてくる。相変わらずの寝つきの速さ……ギリギリ間に合ったというところか。

「あんたは子供か」

軽く突っ込みを入れ、翠玉も横になる。こうして隣ですんなり寝てくれるのが、彼との信頼関係が少しでも築けている証なのか、それともただコレがこの男の特性なのか。

まぁとりあえず、あれほどまでに自分を警戒していた堅物が、戦場に連れていく気になってくれただけでも、かなり大前進だ。

『これが必要になる事なんてない方がいいが、もしあなたの大切な人のためにこの知を利用したとしても、私はそれでいいと思っていますよ』

かつての師の声が頭の中で木霊《こだま》する。賢いあの老人の事だ、翠玉がこうして敵国に嫁ぐ可能性がある事くらいは承知の上だったであろう。それでもなお、そんな娘に知識を与えた事に、いったいどんな意図があったのだろうか。

かつて自身が命を賭して守った国。そして共に戦い、生涯をかけて尽くした皇帝。その子孫達は、自分達が作り上げた平和の中で、醜い権力争いを繰り返す。

その様子を彼は、どのように思って見ていたのだろうか。もぞもぞと隣の冬隼が寝返りを打つ気配がする。この男が自分にとって、大切な人になるのかは、まだ分からない。

しかし、母国の異母兄のためにこの知識を使うよりは、遥かに意義があるだろう。少なくとも彼はこの数日で翠玉の事を認めて、歩み寄ってくれている。

十年ぶりに翠玉にできた家族と呼べる存在の男は、その先人達の想いを活かしてくれるのだろうか。きちんと見極めねばならない。使いどころを誤らぬよう。

◆

無月は、非常に不機嫌だった。前回のように、喜ぶかと思っていたが、どうやら拗ねてるようで、奥方にも少し反抗している。

「わ～、無月～！　鬣《たてがみ》の毛並みがいい感じになったよ。かっこいい～」

今まで会えなかった罪滅ぼしのためか、奥方は必死にご機嫌取りをしている、馬に。

この光景は一体なんなのだろうと、昼休憩を終えた李梨は、呆然とその光景を眺めた。

奥方が自宅謹慎していると聞いて数日。

確かに奥方の馬はイライラが募っているように見えていた。奥方が来ればマシになると、調教役達が言っていたように思うが、今回はそうもいかないらしい。

「まだやっているのか、あいつは」

背後から呆れたような言葉が投げかけられ、慌てて振り向くと、上司が立っていた。慌てて礼を執るが、視線で制され、並んで目の前の馬と人のやり取りを眺めることになる。

上司が妻を娶ると聞き、驚愕したのがつい最近のように思い出される。

隣国の皇女と聞いたため、どんなに華奢《きゃしゃ》でか弱いお姫様が来るかと思っていたのだが、想像とは真逆。いや、普通に大人しくしていれば、想像通り華奢《きゃしゃ》でか弱そうに見えるのだが、いざ武器を持たせてみれば、李梨とまともにやりあえる腕の持ち主だった。

どうやら、皇女といえどかなり苦労をしてきたようで、たまに突飛《とっぴ》な行動を取るものの、親しみやすく李梨にとってはありがたい。

なによりも、驚くべきは、横に立つ上司だ。

「さっきより、少しはマシになってきたようですよ？　私にはよく分かりませんが」

先ほど側を通りかかった調教役から聞いた見立てを伝えてやると、上司は自分も分からないと小さくため息をつくと、踵《きびす》を返す。

「とりあえず、昼が終わったらこちらに来るように伝えてくれ」

上司はそう言い捨てて去っていった。自分で言えばいいものを。

あれほど結婚に乗り気でなかった上司が、わずか一月ほどで、ここまで奥方を受け入れている事は、李梨をはじめ幹部クラスの間では意外に思われている。

奥方と上司の間にはまだまだ溝を感じるものの、李梨が当初予想していた以上に二人の距離は近い。それが夫婦の感じなのかと言われると疑問だが。

まだお互いに腹を探り合っているものの、この先互いに認め合えば、それはそれで良い夫婦になるのではないかという予感がするのだ。

「ねぇ、無月～。そろそろ乗せて欲しいな、私が悪かったから～。私の勝手な行動で謹慎になってしまって本当にごめんなさい」

奥方は、未だ馬に向かって拝み倒している。

少し癖が強そうな感じはするが、李梨としては、この奥方と上司の行く末が楽しみでもある。

◆

翠玉が李梨に連れられてやってきたのは、演習場の更に奥にある、隊舎の一角だ。

今まで出入りを禁止されていた区域だったが故に、翠玉が入るのは初めてだ。無月もなんとか機嫌を直してここまで乗せてきてくれた。

案内された一室では、冬隼、泰誠、李梨の他、翠玉より十ほどは歳上であろう女性が一人と、比較的がっしりとした男五名が例の地形図を囲んでいる。いずれも軍の中で大きな役割を担っているであろう風格を醸し出している。

好奇、不審、驚き、嘲笑、無関心。

様々な視線が自分に向けられている事は感じ取れた。無理もない。戦を控えたこの大事な時期に、妻を帯同して軍議に参加する将など、そうそういるものではない。

それぞれが何かしらの疑念を持って自分を見ているに違いない。

「殿下、ご夫婦仲睦まじいのは喜ばしい事ですが、大事な軍議にまで連れてこられるのは、あまり見ていて良い傾向とは思えませんな」

やはり。

会議開始と同時に、一番年配であろう、中年の男が真っ直ぐに冬隼に向き直る。長く禁軍にいて、信も厚いのだろう。将軍であり、皇弟でもある冬隼に対しても意見ができるほどには、軍の中での存在感があるらしい。

彼は翠玉を睨めつけたあと、強い眼差しで冬隼を見つめている。

当の冬隼は、この男のこうした物言いは慣れているのか、眉を少し動かしただけで、大した反応は示さなかった。代わりに翠玉に向けて、こちらに来いとでも言うように顎で指示をする。翠玉にとっては、訳も分からず気まずい状況だ。正直この空気の中、冬隼の近くには行きたくない。

「柳弦《ゆうげん》殿、なぜ奥方様がこちらにお見えなのかはこれからご説明させて頂きますよ。さぁ奥方様、こちらへどうぞ」

結局助け船を出してくれたのは、泰誠だった。いつもと変わらず愛想の良い笑みを浮かべている。仕方なしに、二人の横まで向かい、地形図を囲む輪に入った。

泰誠が口火を切る形で、説明が始まる。内容は昨日翠玉が二人に提案した戦法だった。少しだけ昨日の話に変更点はあるものの、装備や人員を加味した故の変更だろう。人員の充て方や配置については申し分ない。これを、冬隼と泰誠が二人で行なったのであれば、その感性は悪くない。

他の面々は、今回初めてこの戦術を聞いた様子で、興味深そうに泰誠の説明に耳を傾けている。見る限りでは上層部の統率は上手く取れているのであろう。それぞれが冬隼や副官の泰誠に信頼を置いている事が感じ取れる。

「まぁ、そういうわけで、今朝早速、蒼雲《そううん》に現地を確認に行かせたので、彼が戻り次第、詳細な会議を開きます。それぞれの隊で何か聞いておきたい事はありますか？」

一通り泰誠が説明し終わると、それまで聞き入っていた面々を見渡す。

なるほど、自分はこの時のためにここに連れられてきたわけだ。

「しかし、よくこんな突飛《とっぴ》な案が出たものですな」

はじめに声を上げたのは、先ほど冬隼に物申した柳弦だ。感心した様子で地形図を眺めている。

「本当、昨日までずっと煮詰まっていたのにね。これ、殿下や副官の発案じゃありませんよね」

李梨の他にいたもう一人の女性が、含んだ笑みで冬隼と泰誠を見つめ、その視線を二人の横に立つ翠玉に意味ありげに移した。その言葉を受けて、一同の視線がハッとしたように翠玉に移された。

「そうだ、こいつの案だ。だからここへ連れてきた」

ここにきてようやく冬隼が口を開く。その表情は非常に不本意だと言っている。自分達が煮詰まっていた問題を妻に簡単に瓦解された事が悔しいのか。はたまた、こんなにも近くに解決出来る人間がいたにも関わらず、長いこと議論に時間を費やした事が虚しいのか。

もしくはその全てなのか。とにかく、なんだか悔しそうだ。

まるで子供か。と若干苦笑いしたくもなるが、そんな事をしたら、更に機嫌が悪くなるだろう。視線を浴びて、困っているかのような笑みを浮かべておくだけにして、軍議をやり過ごした。

「奥方様、先ほどは大変失礼な物言いをいたしました。申し訳ございません」

軍議が終了し解散となると、すかさず柳弦が翠玉の元にやってきた。

略式の礼を執り、頭を下げる。

「禁軍の中軍を束ねております、胡柳弦と申します。」

先ほどのやり取りがまだ頭に残っていたが故に、「奥方が戦になどとんでもない」と来るのではないかと一瞬身構えかけたものの、予想外の反応に一瞬ぽかんとしてしまった。

「柳弦は、父の代から禁軍の中軍を束ねている。俺や泰誠の武の師でもあり、今の禁軍の規則や秩序が保たれているのはこの男の労あってこそだ。お前も世話になる事が多いだろう。よく覚えておけ」

隣に冬隼が並ぶ。礼を執っている柳弦に、頭を上げるよう手で指示をする。

「殿下にも、うっかり色恋に目覚め耄碌してしまったかと要らぬ心配をしておりました。申し訳ございません。」

面を上げた柳弦が、ひどく真面目な顔で冬隼に向き直る。ピクリと冬隼の眉がわずかに動き、眉間にシワが寄ったのが見て取れた。

同じものを確認したからだろうか、冬隼越しにちらりと見える泰誠がひどく顔を歪めて、必死で笑いをこらえているのが確認できた。冬隼に向き直る柳弦はいたって真面目だ。

「幼少の頃より、武と兄君様方にしか興味を示されなかったあなた様でございます故、奥方を娶られ、色恋に目覚めてしまったがために、ご自分を見失ってしまわれたかと。これはどうにかお目を覚まさせないとと、焦ったが故にあのような物言いになってしまいました。年寄りの取り越し苦労でございました。どうぞお許し下さいませ」

この人も冬隼に負けないくらい真面目で堅物なのだろう。目の前で、恥ずかしい分析をされて、固まっている主君をよそに、淡々と自分の失態を認める作業をしている。

泰誠がくるりと背を向けて、資料を片付け始める。と言ってもフリなのだろう。紙を束ねてはめくり、束ねてはめくりという作業しかしていない。しかも、肩が小刻みに震えている。

辺りを見回してみれば、部屋に残っている皆が皆、こちらに背を向けて、作業に没頭しているように見える。李梨の姿もあるが、彼女の肩もわずかに揺れている。

どうやら、禁軍の幹部の中ではしばしばある光景のようだ。言われている事は、なかなか踏み込んだ内容であるが故に、冬隼が怒ってもおかしくはないのだが、これだけ真剣に自分の事を想われているとあらば、無礼を理由に怒る事などできようもないだろう。

「いや、変な心配をかけたな。気にするな」

気まずげにそう言う事しかできないようだ。

少し一緒に来い。

一通り幹部の紹介を受け終わり、各々が業務に戻っていった頃合いで、唐突に冬隼についてくるよう言われ、馬上に揺られる。二人で馬首を並べて歩き、少し後ろに泰誠もついてきている。隊舎の更に奥の演習場へと向かっていくようだ。

特に冬隼との間に会話もなく、今日はやけに大サービスで、軍の施設を見て回れるなとぼんやり考え始めた頃に、目的地に着いた。

「お前、あの双子をよく育てているな」

「え？　あぁ、うん」

馬から降りながら唐突にそんな事を言われ、一瞬何の事かと考えを巡らせる。

あぁ、護衛の双子の事か。まだそれほどの稽古はつけていないが、少しずつ上達しているのが分かる状況である。伸びしろも見えてきて、彼らも修練に身が入っている。

簡単にそれだけ聞くと、冬隼はスタスタと演習場に向かっていく。もうだいぶ慣れたが、相変わらず脈絡がない。追うようについていく。

喧騒《けんそう》と怒号。通常の訓練なら当たり前の光景である。

冬隼と肩を並べ眺める事数分、翠玉はすでに目を背けたくなった。これはひどい。

「ねぇ、この人達今年入った新兵？」

恐る恐る聞いてみる。

「残念だが違う。中には勤続十年を超える中堅もいる」

久しぶりに眩暈がした。ひどい。とにかくひどいのだ。

喧騒《けんそう》といっても、弱々しく模擬刀がぶつかる、いや擦れ合う音、そして情けない悲鳴や痛みを訴える声。怒号といっても、訓練教官の「もっと強く剣を握れ！」だったり、「怖いからって目を瞑るな！」だったりするのだ。

ざっと見て翠玉くらいの年齢から、十ほど下までの年かさの男達が二十五人。兵士にしては体の線も細く頼りない風貌《ふうぼう》か、もしくは丸々と太っているかのどちらかだ。引けた腰で剣を構え、到底強そうには見えない。

これを禁軍の兵とは思いたくないが、ここにいるのであれば、おそらくそうなのであろう。

「皆、貴族や皇族筋、高官の子弟だ。次男以降の生まれで、家督《かとく》を継げなかったり、文官になりたくとも国試に受からなかったりという者を、どうにかできないかという事で、軍で引き取らされているんだ」

ようやく、冬隼からまともな説明を受ける。彼の視線は演習を見ているようで、実は斜め上を見ている。目を背けたい気持ちは非常によく分かる。

「要は、良家の落ちこぼれの掃《は》き溜《だ》め？」

「流石奥方様、的確な表現ですね」

後ろに控えている泰誠が感心したように、半分楽しげに肯定の意を示す。

「最初の五人くらいは普通の部隊に入れていたんですけどね。落ちこぼれで弱いくせに、気位ばかり高くて、トラブルが多かったんですよ」

当然の結果だろうな、と思う。どこの国にも貴族や良家の末端にはそんな奴がいるものだ。

「トラブルになる度に、こいつらが悪いにもかかわらず不敬罪にかけられるのは他の兵士達ですから、貴重な戦力をくだらない理由で失いたくはありません。そういうわけで、本隊と分けて、単独部隊を作る事になったわけです」

「なるほど。それがみるみる内に膨らんでこの数に？」

「そうです。殿下が禁軍の将軍につくまでは、あまり位の高い高官もいなかったため、彼らに強く注意する者がおりませんでしたので、唯々毎日馬に乗り、疲れたら休憩して禄をもらうだけの集団でした。落ちこぼれて楽に生活したい貴族の息子にとっては天国のようなものです。殿下が就任して、ようやくこの程度までの訓練をさせられるようになったんですよ」

泰誠の視線も、彼らから逸らされ明後日の方向に向き始めた。冬隼が就任するまでの苦労が窺い知れる。

「彼らにしてみたら、剣を持たされる事すら、こんなはずじゃなかったってところね。でも、今指示を飛ばしている教官は大丈夫なの？」

先ほどから、「目を瞑るな、逃げるな、腰が引けているぞ！」と何とも悲しい檄を飛ばしている初老の男を指差す。口調に遠慮は見られないし、彼らも言う事を素直に聞いている。翠玉の疑問を受けて、冬隼が大きくため息をこぼす。

「俺からの命で指導しているからな、教官に刃向かうとは、俺に歯向かう事だと思えと言ってある」

泰誠に説明役を押し付けて聞いていないものと思っていたが、実は聞いていたらしい。

「分かりやすい構図ね」

「基本、血筋や家柄に縋《すが》るしかない連中だからな」

位が高い者にしては、扱いやすい。ただし、低い者にとってはかなり厄介といったところだろう。禁軍も随分と厄介なものを押しつけられたものだ。

「まだ、戦がある事自体、公表してないんですけどね。お荷物になる事は分かりきっているので、戦には連れていきたくないんですが、彼らの家が、そんな不名誉な事はしてくれるな、我が子にも活躍の場をと言ってくる事は予測できちゃうんですよね～、これが」

「はぁあ⁉」

　思わず声を上げてしまい、冬隼に軽く睨まれ慌てて口を塞ぐ。

　泰誠は「いや〜、困りましたよ本当に」と頭を掻いている。

「えっと、落ちこぼれだし、国のために役に立って死んでくれたら、まだ価値があるとか、そういう考えかた？」

「何気にひどい発想ですね」

　意外そうな顔で泰誠に突っ込まれ、夫には盛大にため息をつかれた。

「こいつらの存在は、軍以外にはあまり知られていない。まして腕前がどんなもんなのかという事もな。次男以降を猫可愛がりしすぎてバカ息子にするバカ親だ、自分の息子が戦場に出て活躍できると本当に信じているんだ……これが」

　あぁ、なるほど。だからこんな軍施設の中の最奥の演習場を使わせているのか。

　合点がいくも、これはなかなかの問題だ。中には高官の子弟もいるのだ、戦場に出してウッカリ死なれた日には、考えるだけでもうんざりする。

「かなり、しごかなければならん。ただ、今指導をしている者だけでは、流石にしごきはできない」

　冬隼がこちらをしっかり見つめてくる。

あれ？　何かめちゃめちゃ嫌な予感がするぞ、と冷や汗が背中を伝う。こうした嫌な予感は得てして当たるものなのだ、悲しい事に。

「お前に、こいつらの教育を任せる。皇弟の妻で、曲がりなりにも他国の皇女の身分なら、奴らの中でも申し分なくやれる」

無情にも夫の口から出た言葉は、予想通りだ。

「えぇー⁉」

今度は先ほどよりもかなり大きな声が上がった。ただし、申し訳ない気持ちが多少はあるのか、夫に睨まれることはなかった。

代わりに、「家で炊事場《すいじ》を守っているか、こいつらを指導するか、どちらがいいか、好きな方を選んでもらって構わんぞ」と、選択肢とも言えない選択肢どころか、半分脅しの言葉が返ってきた。

◇

「奥方様、今日もお出になられるのですか？」

支度を終えて部屋を出たところで、背後から桜季に呼びかけられ、ギクリと肩を震わせる。今一番会いたくない人間である。

恐る恐る振り返る。人違いであれば良いのだか、残念ながら桜季で間違いない。シワの入り始めた初老の目尻をキッと吊り上げ、細い眉を歪めている。もともと顎が細く神経質な印象の顔立ちだが、ここ最近は特にピリピリした空気を発しており、翠玉としては密かに会わないように避けていたのだ。

おそらく彼女もそれを感じてか、今朝は多分待ち伏せていたのだろう。

「お、桜季、おはよう」

「おはようございます。お久しぶりにございます」

言葉自体は至極丁寧だが、言葉の端々にチクチクと棘がある。

避けていたのも間違いなくバレていたようだ。

「旦那様からお話は伺っておりますが、奥方様におかれましては、よもやお家の事を蔑ろになされるおつもりはございませんな？」

ずいっと睨み据えられ、二、三歩後退したい気持ちになるが、ギリギリのところで堪える。

「も、もちろん」

冷たい汗が、つっと背中を伝う。これから言われる言葉が何か、聞かずとも分かる。

「武も大切にございますが、あなた様のお役目は、お家の事を采配なさる事、そしてお世継ぎをお産みになる事にございます！　そちらについてはどのようにお考えでいらっしゃいますか⁉」

想像通りの内容だ。しかし、想像以上に「お世継ぎ」の部分に力が入っていた。やっぱり最後はそれか……がっくりと項垂れたくなる。

実際家の事などは、今までも有能な桜季が切り盛りしていて上手く回っていたのだ。そこに翠玉が嫁に入ったからといって仕事が増えるわけでもない。むしろ、翠玉に帯同してきた陽香もかなり有能な人材なので、負担は軽減しているだろう。

不思議な事にこの二人、対立するかと思いきやなかなか上手くいっているのだ。お互い通ってきた気苦労が似ているのか、はたまた目的が一緒なのか、通じるところがあるようなのだ。

「それは、私だけに言われても困るのだけど」

「当然でございます！　旦那様にも言わせて頂いております！」

ピシャリと言われる。今日の彼女はいつもに増して本気である。

ていうか、冬隼にも言ったのか。あの堅物に対してなんて勇気があるのだろう。

そちらの方に驚きすぎて、二の句が継げない。そう遠くない、初夜の際には確かに自分も同じような事を言った記憶もあるが、今思うと、なんと怖いもの知らずだったのか。唖然としている翠玉をよそに、桜季は鼻息荒く、更に話を続けていく。

「その内とお思いのようですが、奥方様もお若くはございません！　お早めにと申し上げておりますが、煮え切りませぬ。故に奥方様にもう少し色香というものをお付け頂きますようお願い申し上げたいのでございます。そのような男のような格好ばかりでなく、身綺麗にされればお見栄えもなさるのでございますゆえ」

うーん、何か色々失礼な事を言われている気がするのだが、どこから突っ込もうかしら。頭を抱えたくなる。悪気がないから厄介なのだ。

しかもこれも彼らの仕事の内である。桜季に至っては、使命感が突き動かしている部分も大きく、むしろそれに沿えない自分達夫婦が申し訳ない気もしてくるのだ。

だからと言って、現状翠玉は子が欲しいと思っていないし、きっと冬隼もそれを望んでいないだろう。この辺りは、今後も戦っていかねばならないのだろう。あぁ、面倒くさい。ため息をつきかけて、呑み込んだ。

その時、進行方向の角から救世主がひょっこりと顔を出した。護衛の双子の女の方、楽《らく》だ。

「奥方様！　旦那様がお待ちにございます」

一日で状況を察したのだろう。慌てた声音で、声をかけてきた。

「あら！　もうそんな時間!?　大変！　旦那様を遅刻させるわけにはいかないわね。桜季、この話はまた今度で!!」

「奥方様‼　まだ話は終わっておりません！　奥方様！」

早口で話を切り上げて、楽の元に走ると、勢いのまま角を曲がる。後ろから桜季の憤慨する声が追いすがってくるが、振り返らず逃げ切る。若干申し訳ないので、心の中で小さく手を合わせた。

「助かったわ、ありがとう」

桜季と距離が開いた事を確認して、歩調を緩めると、後ろをついてくる楽に声をかける。

「いえ、旦那様からの命でしたので」

普段あまり喜怒哀楽が分からないのだが、まだ翠玉に対して緊張しているのか、礼を言われて少し驚いている様子に見えた。

「冬隼の？」

「はい、時間になってもお見えにならないので、おそらく女官長《にょかん》に捕まっているだろうと。ご自身が行くと火に油を注ぐので、私に様子を見にいくようにと仰せでしたので」

「なるほど、案の定、予想通りの結果だったわけね」

察するに、恐らく今朝か遅くとも昨日の内には、彼も桜季の襲撃を受けたのであろう。

「あらかじめ予想ができていたのなら教えてくれてもいいのに」

そこまで融通が利く男でない事は、翠玉も分かってはいるのだが。

「斉副官も同じ事をおっしゃっておられました。ところが、旦那様曰く『そんな事教えたら、あいつは窓から出て、庭を這い蹲ったりして、宮中の者達を騒がせるに決まっている。面倒はごめんだ』と」

「うわっ！　なーんで分かるかな～」

まさに、先に分かっていたら、その通りにしようと思っていたところだったのだ。ていうか、面倒って失礼な！　と、軽く怒りが湧くが、思い返せばそんな翠玉の無茶によって振り回した記憶もあるので、無理もないのかなとも思ってしまった。

「来たか」

顔を合わせた冬隼から出た言葉はその一言だった。特に待たされてイライラした様子もなく、馬に乗り、翠玉が無月に乗るのを待つと、騎首《きしゅ》を並べて歩き出す。

ここ数日で、朝はこうして一緒に出る事が定着した。決して仲が良いとか、歩み寄っているのではない。ただただ護衛にかかる人員の削減のためだ。

この数日、宮の警備がかなり強化されたのだ。戦が関わっているのかどうなのか、詳しい事は分からない。翠玉がそれに気がついている事は、冬隼も分かっているのだろうが、改めて説明をしてくれる様子もない。

「どうだ、奴らの方は」

しばらくお互いに黙って歩いていると、冬隼から端的な質問が投げかけられた。奴らという言葉が指すものといえば、今の翠玉には一つしかない。

「あぁ、もう、本当に大変ね」

遠い目でぼんやりと先を見てしまう。

「最初からかなり締めにかかられたと伺いましたよ」

ククッと笑いをかみ殺した泰誠から声がかかる。分かってはいたが、もうすでに翠玉が巻き起こしている事は彼らの耳に入っているのだろう。

冬隼に彼らをしごいて欲しいと言われた翌日。

翠玉は彼らの正式な指導役として就任した。皇弟である将軍の妻であり、当人も他国の皇女という肩書きを持つ事を知った彼らは、上手く立ち回れば自分達にも利があるのではと色めき立った。

これで翠玉に気に入られ取り立ててもらえれば、自分もまた、表舞台に立てるのではという、何とも安直で涙ぐましい発想である。

しかし、そんな彼らの希望は、すぐに打ち砕かれたのだ。

「ヒーヒー言っているわね。大した事はさせてないんだけど」

「何をさせているんだ」

「演習場の裏山の草刈り！」

　隣から大きな冬隼のため息が聞こえる。知ってはいたが、信じたくなくて、とりあえず聞いてみたら、やはり事実だった。といった落胆のため息なのは翠玉にも分かった。

「何でまたそんな事を」

「いや、剣もまともに握れないんだから、もっと手軽な刃物で慣らそうかと。しかもあそこ、結構斜面が急だから、足腰も強くなるし」

　昔、翠玉兄弟も剣を握らせてもらう前に、演習場の片隅で鍬《くわ》や鎌《かま》を持たされて、刃物を使う方法を教わったのだ。皇女や皇子であろうが関係はなく、泥にまみれて畑を耕したり、草を刈ったりしていた。

「なるほど、面白いですね。でも、そんな事をさせたら、奴らの親から抗議がきそうなものですけどね」

「大丈夫。その辺りは問題ないと思うの」

　翠玉がそう言うと、護衛のために先頭を馬に乗って歩いていた双子の肩がピクリと動く。何かを思い出したようだ。

「彼らはプライド高いから、『自分達のパパやママに泣きつくのは好きにしていいけど、それを言うって事は、軍の中でも自分は草刈りでしか役に立てない人間なんだと吹聴するようなものだから、覚悟して泣きつきなさい』って言ってあるわ」

「あ〜、彼らにしてみれば屈辱的ですね、ソレ」

「ちなみに、戦があったらあんた達のお家を立てるためにも行ってもらう事になるけど、戦場に出たら守りきれないから、自分の力で生き残るのよって言ってやったら、顔色変えてガタガタ震えてたわよ」

「かなり脅しましたね」

泰誠は盛大に笑いたいのを我慢しているようだ。

「現実を見せただけよ」

さらりと言いのけて冬隼を見上げる。

「本当に戦の話がある事は言ってないから安心して。周りの国の動きが怪しいくらいのことは言ったけど」

今日初めて夫と目が合った。呆れを含んでいると思っていたその視線は、意外にも穏やかだった。

「お前に任せている。好きにしろ」

◆

なぜ自分がこんな事を。

北漢《ほっかん》は苛立たし気に舌打ちを打つ。急斜面の草を掴み、鎌《かま》をかませると、草束を一気に刈る。草独特の青臭い匂いと、土の香りが鼻をついた。

最初の頃はこの匂いが、嫌で仕方なかったが、五日もやると鼻が自然と慣れてきた。

母は皇族出身で父は春官の高官、幼い頃から将来は国試を受けて父のような立派な高官になると思っていた。周りも彼を利発と持ち上げ、ちやほやされ、何不自由なく育った。

順調だった歯車が狂い始めたのは十八の時だ。

自信を持って国試を受けるも、落ち続けた。諦めずその後も五年受け続けたが、一度も擦りもせず、ついに受験資格の上限年齢まであと二年になったところで、投げ出した。

その間に、二人の弟が国試に受かり、肩身が狭くなった事もやる気を削がせた。

これからどうしようかと途方に暮れていた、丁度その頃、高官や皇族筋の人間を軍が受け入れているという話を耳にしたため、これ幸いとそこに飛びついた。文でだめなら武を極めれば良いのだ。そしてそこで名をあげれば良い。

そう思って入隊した北漢は、その考えが甘かった事をすぐに知る事になった。

文官の息子がいるように、軍人の家系の人間だっているのだ。幼少から剣を握り、馬を駆っていた人間に、少し前まで机に向かっていた人間が敵うわけもなく、一気にやる気をなくした。

そんなやる気のない人間が上達する訳でもなく、気がついたら同じような境遇の者ばかりが集められていた。皆、同じように国試に通らなかった者や、跡目争いに落ちて行き場のない者ばかりだったが、家柄だけは立派な者ばかりのため、軍の高官でも、易々と彼らに指示を飛ばせる者もいなかった。

毎日、軍の隊舎に出勤し、馬に乗り、気が向くままに碁《ご》を打ったり、本を読んだり、詩を読んだり、昼寝をしたりとやりたい放題の生活だった。

それで禄をもらえるのだ、上には上がれないが、この仕事も悪くないと思っていた。家族にも国のために軍で身を粉にして働いていると言っていたので、肩身が狭い思いをしなくて済んだ。

そんな頃に皇弟が禁軍の将軍に就任し、老人の教官がついた。剣を握る場面が増えたが、今まで堕落した生活をしていたが故に、体は思うように動かない。自分達が戦場に出る事もないので真面目に訓練を受ける者もおらず、形ばかり剣を握るだけであった。

それがつい一週間ほど前に一変した。

禁軍将軍が他国の姫を嫁に迎えた事は知っていたが、その嫁が北漢達の指導役として、就任したのだ。動き易い簡素な格好をしており、歳は少しいっているが、見た目は華奢《きゃしゃ》で姫君と言われれば違和感がない風貌《ふうぼう》である。

これはチャンスかもしれない。ここで彼女に気に入られれば、皇弟である夫に上手くとりなしてもらい、取り立ててもらえるかもしれない。おそらく、同じような野心を再燃させた者も少なくはないだろう。これはまだ自分にもチャンスがある。

そう思ったのもつかの間、一通り訓練を眺めた彼女は、全員に剣を置き、演習場の裏にある山についてくるように言った。

「今のあなた達に剣は早いわね。とりあえず、ここにあるもの好きに使っていいから、この山の草を刈って、腐葉土《ふようど》を集めて」

そう言って、足元にゴロゴロ転がしてある農具と、鬱蒼《うっそう》と草木が茂っている山を指した。

冗談だろ？　誰もがそう思った。

しかし目の前の彼女の顔は大真面目である。生まれてこの方、草を抜く事すらしたことがない者もほとんどだ。その男達に山に入り草木を処理しろと言うのか。当然のように、どこからともなく不平が上がる。

「まぁそうよね！　納得いかないのはわかったわ。あなた達は軍人だものね。そんな農民のやる事はできない、当然の主張ね」

なんだ、少し文句を言えば落ちるのか、やはり姫君、意外とチョロいな。皆がそう思った。

「私とやり合って、勝てた人はやらなくていいわ！　負けた人は、軍人としての技量が未熟という事で、こちらの指導に従ってもらうわ」

少し考えて、彼女が発した言葉に、一同が唖然とする。

やり合って？　この華奢《きゃしゃ》な娘が、二十五人の男達相手に？

確かに自分達は強いとはいえないが、体格がいい者もいる。その全員を相手するというのだ。突然の提案に誰もが動けなくなった。その間にも彼女は、「そうだ、そうしよう！　よし、演習場に戻りましょう」と勝手に話を進めてしまった。

「どうする？　万が一怪我でもさせたらさ」

「仕方ねーだろ、自分で言い出したんだし。お前草刈りしたいのかよ」

「いやに決まっているだろ。何で俺らがこんな事」

「そんなの一般の隊の奴らにやらせとけばいいだろ、俺らがやる必要ない」

「あの人、俺らの事を舐めてるって。自分は位が高いからって」

「だったらむしろ今のうちに、痛い目見せとけばいいだろ。あんな提案しようと思わないくらいにはさ」

演習場に戻りながら、それぞれが考えを巡らせていた。大体の意見に北漢も同感だった。ただただ生まれがいいだけの女に、自分達が貶められて良いはずがない。

演習場に着くと、彼女は丸腰で全員の前に立ちはだかった。

「模擬刀使うなら使ってもいいし、何人かでかかってきても大丈夫よ」

そう言って、挑発するようにかかって来いと合図をする。女に対して複数もどうなのかと皆が思ったのか、しばらく誰から行くかと探り合いが続いた。

結局、先ほど不満をこぼしていた内の一人が、彼女にかかっていった。体格がいいため、まともに当たれば吹っ飛ばされるだろう。男がかかっていき、北漢の位置から奥方の姿が見えなくなった次の瞬間。男の体が傾ぎ、宙に舞った。

ドンという音と共に、男が地に落ちる。

「はい、一人目～」

先ほどと全く同じ位置に立ったままの奥方がニッコリと可憐《かれん》な笑顔を見せた。

北漢の背筋にゾッと寒気が襲う。

「早く来ないと、全員裏山行きだけど良いの？」

また誰が行くかと視線で探り合っていると、奥方が彼女の近くにいる顔のよく似た護衛の二人の内、男の方に声をかける。

「樂《がく》、十数えて」

言われた男は、驚いた様子もなく、淡々と数を数え始めた。十秒以内にかかってこいという事なのだ。

全員が動揺した。このまま十秒が過ぎたら自動的に草刈りなのだ。気がついたら、そこにいた男たちが思い思いに奥方に向かっていた。中には模擬刀を手にしている者もいた。武器があれば勝てるかもという目算だ。

北漢と他二名がその場に呆然と取り残された。その視界の先で、奥方はかかってくる男達を投げたり、弾いたり、蹴り上げたりしながらバタバタと倒していく。

「十」

護衛の男が数え終わった時、演習場に立っていたのは奥方と、動けずにいた三人のみだった。

「よし、じゃあ午後から全員山の草刈りね‼ 服が汚れるのが嫌なら、それまでに着替えてらっしゃい」

そう言い捨てて、スタスタと演習場から出ていく。

「あ、ちなみに、パパやママに告げ口をしてもいいけど、あんた達が軍人として使えないから、草刈りしかさせられませーんって私は説明するからね～」

最後に、「何なら演武会を開いてご家族に実態を見てもらってもいいしね」と、軽く言い置いて出ていった。

皆が絶望したのは間違いない。禁軍に所属しているから、まだ面子を保てていた者は多いだろう。こんな醜態《しゅうたい》を家族に知られようものなら、自分達の面子は丸つぶれだ。

草刈りを本格的に始めて五日目だ。

作業にも慣れてきて、どの草が抜きづらいか、どんな時にどの道具を使うかも分かってきた。二十五人でかかり、課題とされていた区画の四分の一程度が綺麗に片付いた。

不思議な事に、毎日汗水たらして取り掛かっているせいか、こうも綺麗になっていくと気持ち良く感じてくるのだ。

とはいえ、体は慣れない作業と急斜面で疲労困憊だ。この数日で体重もかなり減った。このままいけば、今までゴロゴロと過ごしていたせいで太った分を巻き返せそうだ。

後日奥方に言われた事だが、現在周辺国の情勢が悪化しているらしく、戦になる可能性があるらしい。自分達の面子的に、戦になれば戦場に出ざるをえない状況である。それを聞いて震え上がって訓練に取り組む気になった矢先にこの草刈りだ。

この定められた区画の整備が終わらない事には剣は持たせてもらえないので、皆早く片付けて訓練をやりたいのだ。北漢なんかは、戦に出るのが今から怖いので、自宅に帰ってからも剣を振るようにしている。痩せればその分早く動けるというものだ。

カーンカーンカーン。

けたたましい鐘の音が鳴る。昼食の時間だ。

不思議な事に、この作業を始めてから、今まで以上に食事が美味しく感じられるようになった。手にした鎌《かま》を下ろすと、仲間達と連れ立って急斜面を慣れた足取りで駆け下りた。

四章

「奥方様、馬の訓練にございますか？」

無月に揺られながら、馬場に向かっていると、聞き覚えのある声に呼び止められた。柳弦だ。

時刻は朝の訓練の一周目が終わろうとしていたところだ。彼とはあれから何度か顔を合わせているものの会話らしい会話はしていなかった。突然の声かけに、翠玉は内心ヒヤリとする。一対一で対峙するのは初めてだ。

「こ、こんにちは柳弦殿、貴方も？」

努めて冷静に受け答え、同じように馬に揺られる柳弦と歩調を合わせる。

正直あの一件から、どのような距離感で接するべきか分からないでいる。

「いぇ、私は殿下のご指示で宮廷に行っておりました故、これから訓練に合流するところにございます」

生真面目な答えが返ってくる。泰誠曰く、殿下に対しては親バカならぬ家臣バカで、軍事と殿下に関しては迷いなく命を投げうてるだろうとの事だ。

彼の頭の中の八割が、冬隼と軍事で占められているに違いないと言っていたのは、確か李梨だっただろうか。気難しい性格かとおもいきや、意外と分かりやすい性格である事は分かったが、所々真面目な側面が見えるため、扱いづらい。

「ご苦労様です。中軍は随分と機動力があると冬隼から聞いています」

「殿下が？　それはもったいないお言葉ですな」

心底嬉しそうな声音である。

「騎馬隊が入った故、まだまだ足並みは揃わない部分がありますが、奥方様の作戦を必ずや良い形で実現させられる自信がございます」

さすがは長年禁軍の中心にいた男だ。言葉の一つ一つに自信と力強さがみなぎっている。

実際に、冬隼や泰誠が彼に向ける信頼がかなり高い事も頷ける。

「期待しています」

とりあえずは、翠玉が軍事に首を突っ込む事については、悪い感情を持っていない事は読み取れるため、安堵《あんど》する。

「奥方様に置かれましては、あの問題児達に対して容赦《ようしゃ》ないと伺っております。今まで手を出しあぐねていた集団が、ここまでやれるのかと臣下共々皆驚いております」

突然話がこちらに飛んできて、矛先《ほこさき》が先ほど放棄してきた現実に向いた。今は、教官に彼らの監視を引き渡している。最初こそ、人目を盗んでサボろうとする者もいたが、その度に手を替え品を替え脅しまくったら、そんな輩《やから》もいなくなった。おかげでこうして、無月の鍛錬を自らする時間ができているのだ。

「いえ、彼らは自分より身分の高い者には逆らえない性分ですから、って……何か騒がしくありませんか？」

馬場の入り口辺りに差し掛かった所で、中が何やら騒々しい。女の悲鳴と、人々が慌て騒ぐ声がする。瞬時に、柳弦と顔を見合わせ、ほぼ同時に馬を走らせた。軍施設ゆえ、大概の事があってもこれほど騒ぎになるのは珍しい。

「誰か‼　誰か‼」

馬場に着くと、複数の甲高い女の声が響き渡っていた。

そして、馬場では調教役達が慌てた様子で走り回っている。

「何事か⁉」

柳弦が近くを右往左往する調教役を掴まえ、状況を聞く。

「胡将軍！　良いところへ‼　実は、爛《らん》皇子が、乗馬をなさっている際に馬が突然パニックを起こしまして、皇子を背に乗せたまま走り出してしまいました」

調教役達の顔色は真っ青だ。爛皇子といえば、たしか現皇帝の第一皇子だ。

そんな皇子を危険な目に遭わせたとあれば、どんな責任を取らされるか、考えただけで恐ろしい。

「なんだって⁉」

柳弦の、語気を荒げた声が響き渡る。辺りを見渡すが、そのパニックになった馬と皇子はどこにも見当たらない。慌てて馬に乗った調教役達が、馬場を離れ演習場方面へ走っていくところを見ると、どうやら馬は皇子を乗せたままそちらへ走っていったようだ。

「皇子の馬の扱いの習熟度は？」

無月の向きをそちらの方向へ向けながら聞く。

「本日で二度目でございます」

調教役はガタガタと震えている。無理もない。

「分かった！　任せて‼」

そう言うと、無月の尻を軽く叩く。無月が、グンと勢いよく走り出す。

「奥方様‼」

後方から柳弦の声が追いすがってくる。おそらく、彼もすぐに追いかけてくるのだろう。待つことなく無月を走らせる。ここ最近まで、まともなトレーニングができていなかった無月だが、それを感じさせない走りだ。これなら追いつけるかもしれない。

厩舎《きゅうしゃ》を越えて、慌てふためく調教役達を轢かないように通り過ぎると、すでに馬に乗って追いかけ始めている者達の姿を捉えた。

どうやら皇子の馬はパニック状態のまま、演習場へと続く道を走っていってしまったようだ。しばらく追っていくと、先頭に二頭の馬が見えてきた。

遠目ではあるが、漆黒《しっこく》の馬にしがみついた子供と、おそらく調教役であろうそれに並走する男の姿があった。どうやら、並走しながら皇子にアドバイスをしたり、手綱《たづな》に手をかけさせたりしようとしているが、皇子自身は振り落とされないように掴まっている事しかできない状況であり、難航している様子だ。このままでは、皇子が振り落とされるのは時間の問題だろう。

「無月！　行くよ‼」

手綱《たづな》を握り直し、無月の肩口を叩いてやる。グンと無月がスピードを上げる。

「どきなさい‼」

前方を走る調教役達に声を張り上げると、彼らは驚いたようにこちらを確認し、慌てて道をあけた。瞬時にそれを抜き去ると、ぐんぐん距離を詰める。

幸いにも、馬はパニックにはなっているものの、そこまでスピードは早くないようだ。すぐに追いつくと、並走していた調教役が、スピードを上げ、前方へ移った。

皇子の横に並走する形になる。馬上の皇子は怯えて真っ青な顔をして、必死に馬にすがりついている。まだ十歳前後のあどけない子供だ。この状態で馬を操り再び立て直すのは、到底無理だろう。仕方がない。ゆっくり無月と馬の間を詰めていく。一歩間違えば、馬同士がぶつかり、翠玉もろとも投げ出される。

「奥方様！　おやめ下さい‼　危険でございます！」

後方から柳弦の声が追ってくる。危険だが仕方がない。ギリギリのところで手を伸ばすと、手綱《たづな》には届きそうだ。ゆっくりバランスを保ちながら、鐙《あぶみ》から足を外す。

「無月！　ちょっとだけ痛いけどごめんね！」

声をかけると、理解したのか無月が更に距離を詰めた。次の瞬間、手綱《たづな》を掴み、騎座に足を上げると勢いで蹴り上げ、乗り移る。わずか一瞬の賭けだ。突然の重みで馬が更に驚く可能性もあるため、皇子をしっかり懐に収めると、手綱《たづな》を引く。

「どうどう、大丈夫よ！」

馬は少しの間、何が起こったか分からない様子だったが、次第にスピードが落ちていく。

「いい子ね、大丈夫よ、大丈夫」

手綱《たづな》を緩めながら首回りをポンポンと優しく叩いてやると、ようやく馬は止まった。

「皇子？　大丈夫ですか？」

ようやく腕の中の皇子を見る。あまりに大人しかったので失神したかとも思ったが、意外としっかりした眼差しが返ってきた。

「ありがとうございます。た、助かりました」

まだ顔色は蒼白だが、きちんと声も出るようだ。

「降りられますか？」

そう聞くとコクリと頷くので、翠玉が先にゆっくりと降り、手を差し出す。この年頃の身長では、馬の乗り降りを一人でするのはなかなか大変だろう。ゆっくりと皇子を降ろすと、地に足が着いた途端、ヘナヘナと崩れ落ちた。やはり相当怖かったのだろう。無理もない。支えながら一緒に座り込み、思わず苦笑しかけて、慌てて引っ込めた。

追いついてきた調教役達の安堵《あんど》の声も聞こえた。

「奥方様！　殿下！　ご無事でございますか？」

そんな調教役達をかき分け、柳弦が近づいてくる。彼の顔色も真っ青だ。

「柳弦殿、大丈夫よ。二人とも無事です」

「あぁ、良かった。生きた心地がいたしませんでしたぞ」

そう言いながら、翠玉と皇子に怪我がないかと神妙な面持ちで眺めまわす。

「皇子!!　爛!!」

そんな中に一つの影が飛び込んできた。影というにはいささか煌びやかすぎる気もするが、その影が翠玉の脇にへたり込む皇子に抱きつく。ふわりと、上品で柔らかい香の香が鼻をかすめた。

齢は翠玉と同じくらいか少し若い、美しく長い髪は一つに括り、玉や簪《かんざし》を控えめにあしらっている。華奢《きゃしゃ》で背丈も低いため、一見子供のように見えるが、出るところは出た、女性らしい体つきをしている。

なるほど、これが第一皇子の母、泉妃《せんひ》だろう。

「爛！　あぁ良かった。怪我はない？　そなたに何かあったらと考えただけで……」

皇子に抱きつきながら、その後は言葉にならないようで、代わりにすすり泣きが聞こえてきた。

柳弦と目が合う。視線で、これが普通だと言われた気がした。

どうやら、泉妃はなかなか繊細なようだ。

「母上、爛は大丈夫です。怪我もございません」

挙句、当の皇子が母を慰める始末だ。皇帝が、皇子の母である貴妃達を差し置いて、子のいない現皇后を皇后に据えた理由がよく分かった。この妃は皇后の重圧には耐えられない。

まして、その次の第二皇子の母は、あの激しい姉だ。

むしろ、あの姉より先に皇子を得たこの妃が、姉の標的になっていながら、ここまで無事な事が不思議に思えてきた。

あの姉なら、徹底的にこの親子に嫌がらせをしているに決まっている。そんな事を考えている内に、泉妃が落ち着きを取り戻したようで、皇子に支えられ立ち上がる。

あどけない顔立ちをした美しい娘だ。体も小柄だが同様に顔も小さい。潤んだ大きな瞳がゆっくりと翠玉を見上げる。そして、次の瞬間、怯えた色に揺れた。

あぁやはり、と翠玉は苦笑する。どうやら彼女は、翠玉が何者かという事を知っているのだ。母からゆっくりと離れた皇子が、数歩前に出て、翠玉と母の間に入った。心なしか顔が強張っている。

「お初にお目にかかります。叔母上様。第一皇子の爛にございます。危ないところをお助け頂き、ありがとうございます」

しっかりした声音だ。年の割に、なかなか立派な立ち回りである。

「爛殿下、ご無事で何よりでございました。冬隼が妻、翠玉にございます。ご挨拶が遅れました事お詫びいたします」

努めて丁寧に親しみやすく礼を執り、皇子に笑いかける。皇子がぽかんとした顔で翠玉を見つめ返した。どうやら、かなり身構えていたらしい。

そのまま、体の位置をわずかにずらし、皇子の後方に立つ、泉妃に目を向ける。

「泉妃様にもご挨拶が遅れまして申し訳ございません。翠玉にございます。さぞ、肝を冷やされた事でしょう。利発で勇敢《ゆうかん》な殿下でいらっしゃいますね」

ニッコリ笑いかけながら丁寧に礼を執ると、泉妃の大きな瞳が、混乱するように揺れた。おそらく、彼女の頭の中で、翠玉と劉妃を結んでいた線が大きく揺れているのだろう。

全くあの姉は、こんなにか弱そうな泉妃を怯えさせるほど、何をしたのだろうか。大方想像がついてしまうのが、悲しいところである。ゆっくりと近づくと、ビクリと体を震わせ、小さい体をキュッと更に小さく強張らせた。まるで追い詰められた小動物だ。

「どうぞ警戒なさらないで下さいませ。劉妃とは幼き頃より不仲でございます。むしろ、貴方様がなぜそれほどまでに私を警戒なされるか、お気持ちがよく分かります。私も幼き頃より同じ目に遭っておりますゆえ」

泉妃と皇子にしか聞こえないくらいの声音で呟く。

途端に、泉妃の瞳が驚きの色に揺れて、翠玉を見つめた。信じていいのだろうか？と混乱しているのだろう。

「なかなか信じて頂く事は難しいかもしれませんね。皇后陛下か我が夫にもご確認ください」

自嘲《じちょう》気味にそう伝えると、また彼女の瞳が大きく揺れ、安心したのか、肩からゆっくりと力が抜けた。

◆

「随分と綺麗になったな」

冬隼の言葉で、翠玉は目の前の裏山から視線を移した。

「侮っていたでしょう？」

翠玉はそう笑いかけながら、ゆっくりと冬隼に近づいてきた。彼女は、背丈は女の中でも小柄な方であるが、冬隼と並ぶと更に小さく感じる。

じっと見つめていると、翠玉は首を傾げた。

「どうしたの？」

「いや、まさかお前自身も山に入っているとは、思っていなかったから」

呆れたようにため息混じりに告げる。

「何か顔についている？」

「鏡を見ろ、頭に草が乗っている。どんな激しい茂みに入ったのだ、お前は」

「仕方ないじゃない、熊がいるかも、猿がいるかもって、奴ら新しい区画に取り掛かる度に入りたがらないのだもの」

「だからと言って、普通お前が入るか？」

「他にいないからね。まぁ、熊や猿なら鎌《かま》か斧を持っていれば何とかなるでしょう？」

翠玉は右手に持っていた鎌《かま》をひょいと上げてみせる。先ほど冬隼が来るまで、そこで鎌《かま》の刃を研いでいたそうだ。念入りに研いだせいか、鎌《かま》の刃先がキラリと光る。

「まさか、お前、熊や猿とも闘った事があるなんて事はないよな？」

あまりにも見事に研がれた刃先の輝きと、熊や猿との戦闘経験があると言われても不思議ではない自らの妻の事を思い、冬隼は若干引いてしまう。

「さすがにないわね！　第一、熊や猿は人がいる気配がする所には進んで寄ってこないものよ？　こんなに毎日人が出入りしている所に近づいてくるわけないじゃない」

冬隼だけでなく、その場にいた全員が、ホッと胸を撫で下ろした。本当にこの奥方の育った環境が謎すぎる。間違いなくほとんどの者がそう思ったのであろう。

「でも、本当に綺麗になったでしょう？　最初こそいつ終わるのか分からないような手つきだったんだけどね。コツを掴んできたら意外とちゃんとできるのよ」

翠玉が視線を後方の山場に向ける。一月前までは鬱蒼《うっそう》とした雑木林だった場所は、綺麗に刈られ、でこぼことした山肌が見えるのみになった。

当初、山の草刈りのみの予定であったが、翠玉の思いつきで、一部の区画の木を伐採したのだ。翠玉にしても冬隼にしても、よもや彼らがここまでできるとは、と驚いている。

「だいぶ綺麗になったし、彼らもいい具合に体力ついてきたから、そろそろ剣を持たせて訓練をつけようかと思っているとこよ」

丁度その時、終業の鐘が鳴った。茂みや林の中から、ぞろぞろと男達が出てくる。よく日に焼け、心なしか以前より精悍な顔つきをしている。顔に疲れが滲む者もいるが、多くは生き生きとした顔をしているから不思議だ。

「それで？　私に何か用？」

冬隼がぼんやりと彼らを眺めていると、下から翠玉が覗きこんできた。

彼女もここ数日でかなり日焼けをしたようだ。健康そうな肌に、好奇心旺盛な榛《はしばみ》色《いろ》の瞳が輝いている。綺麗な色だと、出会った時から思ってはいたが、夕日を浴びると金色に輝いて見えるのだと初めて知った。

不思議と思わず笑みが漏れた。こんなに泥と塵にまみれて楽しそうにしている女はそうそういないだろう。本当に不思議な女だ。

「お前に会わせたい者がいるのだが、ひと段落するまで待っていてやるから、さっさと片付けてこい」

そう声をかけて、近くにある簡素な木造りの椅子に腰かける。翠玉は一瞬怪訝な顔をしたが、すぐに「少し待って」と告げ、作業場へと向かっていった。

◆

翠玉が冬隼に伴われて室に入ると、二人の男が立ち上がって迎えた。

一人はお馴染みの泰誠である。

そしてもう一人は、少し年下であろうか、こちらも精悍な顔つきの青年だ。どこかへ行っていたのか、もしくはどこかから来たのか。旅装束に身を包んでおり、履いている靴には泥が付着し、少し時間が経っているのだろう。ボロボロと砂となって剥げかけている。翠玉を見つめる瞳は真っ直ぐで、射抜くような眼差しだ。

「蒼雲だ。今後お前の隊の指導に回ってもらう。まだ若いが剣術の腕前は他に引けを取らん」

相変わらず端的な冬隼の説明が入る。あの問題児集団の指導は骨が折れるだろう事が予測される。まともな指導者は多いに越した事はないだろう。

紹介を受けた蒼雲が礼を執る。冬隼がまだ若いと言う事は、翠玉よりも若年なのだろう、そう考えると随分落ち着いて見える。

「ありがたい話だけど、この大事な時期に、彼らにこれほど人員を割いて大丈夫なの？」

毎日面倒を見ている自分が言うのもなんだが、手塩にかけて育てるほど彼らの先に希望は持てないのが正直なところだ。

「全てじゃない。お前が察する通り、他にも蒼雲にはやってもらわねばならん事は沢山あるからな。お前が不在の時の補助的なものと思ってくれ」

「補助？」

不在の時は時々あるが、無月の世話くらいだ、わざわざ有望な人員を割く必要までもないだろう。もしかして何かあるのか、そう思って冬隼を覗き込む。

途端に鋭い視線が翠玉を射止めた。もともと切れ長で、どう見ても穏やかにはみえない瞳ではあるが、睨まれると更に迫力がある。

そして、見るからに苛立ち始めた。これは、何か自分の行いに問題があったのだろう。そうとしか思えない。

「えっと、なんか怒ってる？」

頭の中でグルグルと最近の行いを思い返す。宮でも、演習場でも馬場でも、冬隼の目が届かないのをいい事に、コッソリ自由にしているので思い当たる事がありすぎて正直なところ絞れない。

「お前、泉妃と第一皇子と会った事、なぜ言わなかった」

怒りを通り越して呆れているのか、ため息混じりな声音だ。

あまりにも意外な回答に間抜けな声が出てしまった。あの騒ぎから一週間ほど経っている。今さらこの話が出るとは思っていなかった。

「他にも何かあるのか？」

じっとりと睨みつけられた。

「いや！　ない、です」

慌ててぶんぶんと首を横に振って否定する。

やばい、これ以上墓穴を掘ると、また宮に閉じ込められる。

「せ、泉妃と第一皇子がどうかした？」

冬隼の意識が変な方向へ向かわないために、慌てて話題を振っていく。一瞬、冬隼の表情が納得いかなそうに歪んだが、諦めたようにため息を大きくつくと、胸元から紙を取り出し、翠玉に渡してよこす。

「読め、読めば分かる」

半ば放るような渡し方で、慌てて手を伸ばし受け取った。恐る恐る中身を確認すると、流れるような、優雅でそれでもって几帳面さを感じられるような文字が整然と並んでいた。

おそらく認めたのは泉妃だろう。初めの方は、形式的な挨拶と突然の手紙を詫びる内容だ。そのままゆっくりと中身を確認しながら読み進めていく内に、翠玉は頭を抱えたくなった。

「うそー！」

「残念ながら現実だ」

若干パニックになった声に、冬隼の冷静な声が被さってきた。

◇

「どうしよう～どうしたらいい？」

「致し方ございません、あなた様が蒔《ま》いた種でございます」

陽香は冷たく突き放すように言い捨てると、若干乱暴な動作で、茶器を翠玉の脇に置く。ガシャンと音が鳴り、翠玉の髪を梳いていた李風がビクリとしたのを感じた。

「いや、だって人命救助じゃない？」

「だとしても、姫君がなさる事ではございません。考えただけでも恐ろしい。ご自身に何かあったらとお考えにはならないのですか⁉」

考えたかと聞かれたら答えは「否」なのだが、あっけらかんと思うままに答えてしまえば、陽香の小言は小言では留まらなくなるだろう事は予想できる。

「そうね、ごめん」

肩をすくめて、軽く謝っておくのが得策だろう。陽香は昔からなぜかこの返答には甘いのだ。

「お分かりいただけるのであれば、宜しゅうございます」

案の定ため息を吐くと、ゆっくりと翠玉に近寄ってくる。

「ほんに翠姫には肝を冷やされるばかりでございます。しかしながら今回の思し召しは、貴方様にとっても旦那様のためにも良い事やもしれませぬ」

ふんわりとした、甘くて柔らかい香りが鼻をかすめた。陽香が持参した小瓶から何かを手に取り、翠玉の首筋から胸元までゆったりと塗りつける。

「ふふ、くすぐったいわ。何これ？」

ゆったりと動く陽香の手がくすぐったくて身をよじる。

「香油にございます。泉妃様からのお礼の品にございます」

「え！　そんな事まで⁉　悪いわ～、何かお返しの品を贈らなきゃ」

「すでに桜季殿が手配済みにございます」

「桜季、抜かりないわね～。助かるけど」

あの一件以来、桜季からの子を産め口撃はパタリと止んだ。冬隼が動いてくれたのかもしれない。

「翠姫には宮においでになって奥方らしくしていて頂きたいものですが、こうなった以上仕方ございませんね。」

あきらめたように陽香はため息をつくと、李風に声をかけて二人で室を出ていった。甘い香りと共に翠玉だけが残される。それにしても泉妃は良い趣味をしている。香りは強くなく、嫌味がない。しかし上品で、女性らしい甘みのある香りだ。

茶器に手を伸ばしかけて、途中でやめた。おそらくこれから来室するであろう者を、今日は少し待ってみようか。久しぶりにゆっくり話をしなければならないから。

◆

冬隼が入室すると、いつもとは違うほんのり甘い香りが迎えた。部屋の中はシンと静まり返り、開け放たれた窓から微かに虫の音が聞こえるのみだ。

今日はいつもより少し遅くなった。この様子からすると、部屋の主はすでに就寝中かもしれない。今日こそは二人できちんと話さねばと思ってはいたが、やはり今日も間に合わなかったようだ。

視線を寝台に向けるが、予想していた場所にその姿は見当たらない。ならばと、衝《つい》立《たて》の先に回ってみる。

いた。

翠玉も自分と同じ思いでいたのだろうか。今日は長椅子に腰を掛け、窓の縁にもたれ掛かりながら、すうすうと寝息を立てていた。彼女が自分を出迎える時、こうして眠っている事がしばしばある。ただし、このように寝台にいない事は珍しい。

見慣れた寝顔は、あどけなく、無垢《むく》だ。

少なくとも、馬から馬へ大ジャンプをかまし、男達の前に立って熊が出るかもしれない山の中へ分け入るようには見えない。

いつもこれくらい大人しくしてくれていたら。そこまで考えて何だかおかしくなってきて、つい小さく笑みを漏らした。

大人しいだけのただの女だったら、自分はこれほどまでこの女に興味を持たなかっただろう。ただのお飾りの妻としてそばに置き、異国の姫という面子を保つように時に気を遣いながら扱わなければならなかったはずだ。

実際にそれが予測できていたから、今まで嫁をもらおうとも思わなかったのだ。間違いなく、今のように気軽に声をかけ、言葉遣いに気を遣わず指示をしたり叱ったりはできなかったであろう。

そう考えると、妻に迎えたのがこの女で良かったのかもしれない。多少、いや、かなり普通の枠から外れてはいるが、それはそれで面白い。仕方がない。小さくため息をついて、ゆっくりかがむと、眠っている翠玉の脇にそっと手を差し込む。

ふわりと、部屋を満たしていた香りが強く鼻をかすめた。どうやらこの香りの元は彼女のようだ。甘くて優しい、心地よい香りだ。

脇と膝に手を差し込み横抱きにすると、ゆっくり持ち上げる。

「んっ」

腕の中で翠玉が小さく身じろぎした。起きるかと思い、慌てて動きを止めて、様子をみる。しばらく眺めるが、すうすうという寝息は規則正しい。どうやら起きる様子はないようだ。

ゆっくりと寝台に向かう。以前にも形は違うが、抱き上げた事があるが、こんなに軽かっただろうか。

こんなに軽いのに、日中男達と山に分け入り、馬を駆り、護衛の二人に稽古をつける体力はどこにあるのだろうか。そりゃあ時間が深くもなれば、眠くもなる。

話は明日に持ち越して、今日はゆっくり寝かせてやろう。そう考えながら寝台まで運ぶと、恐る恐る華奢《きゃしゃ》な体を下ろしていく。

「んぅ～」

背中まで下ろして、体を横たえたところで、翠玉が大きく身じろぎした。

ゆっくりと閉じられていた瞼が上がっていく。とろとろとした微睡《まどろ》むような視線がゆっくりと冬隼を認識するように見つめてくる。

あぁ、起こしてしまったか。そう思った次の瞬間……

「わあぁぁ!!」

ガツン。突然の痛みと衝撃が額を襲った。

◆

翠玉は何が起こったか分からず、慌てて状況を把握しようとした。一番に視界に入ってきたのは、冬隼の顔だった。

しかも近い。続いて、額の鈍い痛みとゴチンという音だ。確か自分は冬隼を待っていて、うつらうつらとしていたような。そこまで考えて周りを見渡す。

あれ？　自分は確か窓辺に座っていたはずだ。

しかし今自分が座っているのは寝台で、脇に冬隼がいる。

あれ？　寝台？　脇に冬隼？　ゴチン？

瞬時に現実を呑み込む事はできたが、サーッと血の気が引いた。どうやら驚いて咄嗟に起き上がったため、覗き込んでいた冬隼の額に頭突きを食らわせたようだ。脇にいる冬隼は、額を押さえて沈黙している。

いや、これは痛みをこらえているのだろう。

「わあぁ、冬隼！　ごめんなさい！」

慌てて、顔を覗き込む。

「っ……お前な……」

痛みで声にならないのか、または避けられなかった自分に対する自己嫌悪なのか、被害は大きそうだ。

「急に顔があったからびっくりしちゃって！　本当にごめんなさい！」

「あれだけ強く当たっていて、お前痛くないのか⁉」

「あ、私昔から石頭って言われるくらい頭硬いから」

「くそっ、なんだそれ。お前、本当に何者なんだ」

痛めた額をゆっくり揉みながら冬隼が立ち上がる。額がほんのり赤くなっている。アザやコブにならなければいいが。額にそんな間抜けな傷を負った禁軍将軍なんぞ威厳がなさすぎる。

「ごめんなさい。運んでくれたのよね。ありがとう」

咄嗟に冬隼の腕を掴むと、呆れたような視線が冬隼から注がれる。

しばらくじっと見つめられ、やがて大きくため息をつくと、どかりと隣に腰を下ろされる。寝台がギジリと音を立てた。

「頼むから、皇子相手にそんな粗相はしてくれるなよ」

「……気をつけます」

しません！　と言い切れないのが悲しいところだ。

「でも本当にいいの？　私なんかが指導役で」

「仕方ないだろ。泉妃と皇子がお前に是非にと言っているんだから」

泉妃からの手紙を思い出す。

美しく品のある文字は、翠玉に、皇子の馬と武の稽古をつけて欲しいと訴えていた。第一皇子ゆえ、命を狙われる事も多く、自分の命は自分で護らなければならない。そのための武術を教えてはくれまいか。子を心配する母の切実な思いが込められていた。

おそらくあの日、泉妃が馬場にいたのはそうした懸念が膨らんだためなのであろう。泉妃の父は過去に宰相《さいしょう》を務めた男であるが、すでに他界している。兄弟が家督《かとく》を継いでいるが総じて文官だ。近くに武の指導を頼めるような、武官がいなかったのだろう。

まして、皇子の指導だ。生半可な位の人間では認められない。そんな葛藤の中で、指導を付けず、強行手段に出たのには何か理由があるのだろうか。

「ねぇ、これって第一皇子と泉妃の身に何かあったって事よね？」

「だろうな」

冬隼から小さなため息が聞こえた。見上げてみると、何か考え込むように、気難しげな横顔をしている。おそらく自身の思い出したくない過去の片鱗《へんりん》に触れてしまっているのだろう。

寝台から立ち上がり、窓辺から陽香が用意してくれた茶器を取る。酒も用意していたが、どうやら今夜はそんな雰囲気ではない。ほんのり爽やかな香りのする茶を、二つ用意すると、また寝台へ戻り冬隼に渡す。

「皇子の指導は急務だ、頼む」

茶を一口飲むと、ポツリと言われる。冬隼にしては珍しく、弱っているような声音だ。自分と同じ過ちを繰り返そうとしている甥達を思っているのだろうか。

今までにないほどに思い詰めた顔をしている気がする。

「うん、分かったわ。あとは、それとなく探っておくわね」

「そうだな、助かる」

いつになく愁傷な冬隼の様子に、翠玉は唇を少しだけ強く結んだ。

「泉妃は、兄上にとっては他の側室とも、皇后とも違う存在だ」

茶を飲み終わり、そろそろ就寝かと床に入ったところ、先ほどまで黙り込んでいた冬隼が唐突に話を切り出した。

「どういう事？」

驚きながら、向き直ってみると、先ほどまでの思い詰めた視線とは全く違う色の瞳と目があった。何かを決意したような、腹を括ったようなものを感じた。

「泉妃は、十年前に亡くなった宰相《さいしょう》の娘だ。母は俺達の父の妹で、幼い頃から面識があった」

「要するに従兄妹って事？」

「そうだ。十五歳の頃、当時十九の兄上に嫁いだ。政略でも何でもなく、兄上に乞われ、本人も望んでの事だ」

本当に愛し合っていて結ばれたのだろう。皇族と貴族の間柄であれば、恵まれた巡り合わせだ。

「兄上は、泉妃以外を妻に迎える気はなかったんだ。ただ当時は、まだ帝位についていなかったゆえ、そう思っていたようだが、なかなか子ができなかった。できたかと思えば死産だったりしてな」

「そう」

何を意図して冬隼が今この話をし始めたのかわからなかった。話の先に、彼の伝えたい事があるのかもしれないと思い、大人しく聴いてみる事にした。

「周りからの勧めや政略的なものも絡んで、とうとう断り切れず、今の劉妃と第三皇子の生母である廟妃《ひょうひ》を迎えた。皮肉にも劉妃を迎えることが決まった折に泉妃の懐妊が判明して、爛皇子が生まれた」

なんと間の悪い話だ。結果として世嗣ぎ争いの火種を作ってしまったという事か。

「お前の姉故あまり悪くは言いたくないが、劉妃の気性は激しい。泉妃はかなり辛い思いをされたようだ。おまけに三妃の中で身分も劉妃が上だ。この辺りで兄上が皇帝になる事が確定したため、劉妃が皇后になるのではと考えられた。しかし、あの性格で皇后というのに不安を感じる者は多かったのだろうな。隣国の皇女で才媛と名高かった今の皇后を娶り、皇后として据えた」

「子がいないのに皇后につかれたのは、そういう理由があったのね」

「あぁ、皇后陛下は良くできた方だ、初めからご自身の立場をよく理解しておられた。泉妃とは違う意味の絆で兄上と繋がっておられる」

両陛下に謁見《えっけん》した時の事を思い出す。確かに、今思うと二人の間に流れる空気は、愛情というより、同志や友人といった雰囲気の方が近い気がする。

「兄上が今でも愛しているのは泉妃ただ一人だ。その証拠に、他の妃との間には子を一人もうけた後は通っていない。泉妃の所には今もなお通っているそうだ。その証拠に二人の間には爛皇子以外に姫が二人いる」

「なるほど。まさか今回の事」

話を聞き終えて、ハッとした。冷や汗が背中を流れるような気さえした。

冬隼が、こちらをじっと見つめ頷く。

「兄上直々に、頭を下げられた。どうにか泉妃と爛皇子を護ってくれまいかと」

息が詰まった。それって。

「皇帝陛下は何か知っているの？」

何かの不安要素がなければ、弟といえど、皇帝直々にそんな話が降りてくるはずがない。

「いや、兄上も何も分からないらしい。ただ、泉妃が普通ではないほどに怯えていると」

「泉妃は皇帝陛下にも話さないの？」

「おそらく、兄上の立場を思っての事だろう。彼女は昔から、一人で呑み込んでじっと我慢してしまうところがあるからな。今回お前が関わる事によって何か語ってくれるのではないかとも思っているんだ」

「なるほど。皇子の指導だけじゃなくて、それも私の役目なわけ」

理解したと神妙に頷く。

「すまん」

珍しく冬隼が愁傷な態度で頷いた。

「仕方ないわね。とりあえず、何かあったら都度あなたに報告すればいいのね」

思わず苦笑が漏れた。普段ムスッとして堅物のくせに、こうして参っている姿は何だか人らしくて新鮮だ。

「あぁ、頼む」

「了解。さぁ、もう遅いし寝ようか」

暗い話を打ち切るように努めて明るく声をあげてみた。

「あぁ」

冬隼も一つため息をこぼすと、思い直したように、いつもの引き締まった視線を返してきた。お互いに床に入り、眠りにつく。すぐに冬隼の規則正しい寝息が聞こえてきた。相変わらず早い。

なんだか嫁いでから日々が目まぐるしく感じる。今までこれほど自分に役割があっただろうか。ただただ、毎日武に励み、代わり映えのしない後宮の中でひっそりと過ごす日々。自分などいなくてもなんら問題なく回っていく世界。今思うと色のない世界だった。自分は誰にも必要とされていない。そんな生活にどこか諦め始めていたのだろう。

冬隼に嫁ぎ、役割が与えられた。妻として、夫に尽くし子を儲けるという役割だ。正直自分には性に合わないが、役割ができた事は嬉かった。

しかし嫁いですぐに、分かった。この夫は自分には妻としての役割を求めていない。

またしても、籠の中の鳥のように、ただただひっそりと過ごす日々が続くのかと、絶望の前に諦めが襲ってきた。色々な事を諦める事に慣れすぎて、すんなり受け入れられた自分に驚いたほどだ。

そんな中、あれよあれよという間に事態が変わった。翠玉の知識や実力が必要とされ始めた。初めこそ関わらせたくない様子がありありと見えていた夫やその部下達が、徐々に信頼を寄せてくれるようになり、役割ができた。必要とされる喜びを久しぶりに感じた。世界に色が戻ってきた。

すうすうと、規則正しい寝息が聞こえる。ゆっくりと冬隼の寝顔を眺める。普段は眼光鋭く、厳しい顔をしているが、寝顔は安らかであどけない。

この人の妻になれた事が自分にとっては幸運だったのかもしれない。初めこそ警戒されていたが、ここ最近では信頼を寄せてくれているのも感じる。なり行き上なのかもしれないが、それでも翠玉にとっては幸せな事なのだ。今ここでできる事を、求められる事をやっていこう。そんな事を考えながら、とろとろと眠りについた。

◆

かったるいな〜。蒼雲は大きくため息をつくと空を仰いだ。

青々とした清々しい午後の空だ。これから午後の演習が始まる。

蒼雲が視察から帰ってきて五日ほどが経った。

なかなかハードなスケジュールでの移動であったため、疲れを取るのに三日はかかった。軍の訓練に復帰をし、鈍った腕を慣らそうと思っていたのに、なぜ自分がこんな仕事を。ハードな視察から戻った蒼雲を待ち構えていたのは、ご褒美ではなく、落ちこぼれ達の面倒役であった。

憂鬱な気持ちを引きずりながら隊舎から演習場へ向かう。駆け足で男達が自分を追い抜いていく。こいつらが駆け足とか、すごいな。蒼雲の記憶にある彼らは、日がな一日ダラダラすごし、日に日に太っていくイメージしかない。ただの良家の出の、落ちこぼれ連中と思っていたが、蒼雲のいない一月ちょっとの間で随分と変わったらしい。

しかし、つい数日前まで山の草刈りに駆り出され、ようやく剣を持つ事を許されたばかりのため、剣の実力は目を覆いたくなる惨状である事には変わりがない。現に午前の弓の訓練では何度目を覆ったたか。午後からの訓練が憂鬱である。

そもそも、なぜ左軍の副官である自分がこのような者達の指導をしなければならないのか。いくら、尊敬してやまない冬将軍の命でもこればかりは納得いかない。

しかも、この連中の面倒を見ていたのは、その敬愛する将軍の妻で異国の皇女なのだ。見た目には小柄で華奢《きゃしゃ》で、武器を自在に扱えるようには見えないが、皆が彼女の実力を認めている。実際にその実力を見た事がない蒼雲にしてみれば、いささか信じられないのだが、命を受けて戦場予定地を見にいった際には、彼女のその突飛《とっぴ》な戦術と洞察力に驚かされた。

しかも、第一皇子の指導役にまで抜擢されているのだ。さすがは将軍の奥方だ。非常に優秀で聡明な方に違いない。一日も早くお手並みを拝見したいところだが、視察から戻った日以降まだ顔を合わせていないのだ。今日こそはと思ったが、今日は一日中第一皇子の指導に回っているらしく不在である。

まぁだから、自分がこの落ちこぼれ達の指導をしているのだが。今日は仕事の後に同期の李梨でもつかまえて少し打ち合いでもしてもらうかな。そんな事を考えながら、肩に模擬刀を担ぎ、演習場に入った。

すでに、教官の指示により皆が整列して素振りを始めている。最初こそバラバラだったが、午後になり随分と揃ってきた。まだ型が崩れている者も多いが仕方ない、直していくか。そう思ってざっと見渡したところ。

あれ？　何かおかしいぞ。二十五人の男達が五×五列で並んでいる。

そして、その横に小さな動くものが三つ。

「っ――――!?」

開いた口が塞がらないどころか、顎まで外れそうなほど驚いた。思わず目をこすってみるが、悲しい事に現実だ。帰りたい。今すぐ回れ右をして、何も見なかった事にして帰りたい。

「殿下、振り抜いた時にもう少し体をおこしましょう」

「はい！」

「お上手です」

「孝《こう》殿、体が開きすぎですよ」

「はい！　翠姫様！」

「その調子です」

小さな動くものは十歳前後の子供だ。遠目でも分かる。一人は件の第一皇子、そしてあとの二人は皇子の乳兄弟だ。大人の男達に紛れ、同じ動作で素振りをしている。そしてその周りで、彼らに声をかけたり、立ち振る舞いを修正したりしているのは、将軍の奥方の翠姫だ。

なぜここに、こんな落ちこぼれ達の中に皇子達を紛れ込ませるなんて、しかも皇子達の格好は土や葉が所々につき、何とも言えない状況だ。一体子供達に何をさせたというのだ。慌てて翠姫の所へ走る。

「あら、蒼雲お疲れさま」

蒼雲の姿を認めると、翠姫は子らから視線を外し、こちらに笑いかけてくる。

「す……奥方様!!　何をなさってるんですかっ!!」

「何って剣の指導よ？」

ケロリと言い返された。そんな事は分かっている!!

この人はこの状況に全く疑問をもたないのか⁉

だからこんな事ができるのだろうが。

蒼雲は何から説明したら良いのか、分からなくなり、口をパクパクさせるしかなかった。翠姫の視線がふと、蒼雲を通り越して演習場の入り口に移った。

「あ、冬隼」

今一番聞きたくない名前だ。恐る恐る振り返ると、演習場の入り口の少し手前、場内が見渡せる場所に、敬愛してやまない上司が立っていた。この事態をどこからか聞きつけたのか、もしくはたまたま視察しにきたのか。サッと血の気が一気に引いた気がした。次の瞬間慌てて上司に向けて走り出していた。

「将軍!　申し訳ございません!!　私がついていながら皇子にとんだ非礼を!」

顔を見るなり九十度の礼で詫びた。もっと早く演習場に来て気づいていれば、この事態は回避できたかもしれない。かったるいとボヤきながらダラダラ向かった数刻前の自分を殴り倒したい。

「ブフッ！」

礼を執った頭上から、間抜けな噴き出し笑いが聞こえた。斉副官だ。

「おい、泰誠。笑ってやるな」

追って将軍の呆れた声も聞こえる。この緊張感のなさはどういう事なのだ？

「蒼雲、大丈夫だ。頭を上げろ」

恐る恐る顔を上げると、まだ笑いが収まらない斉副官と、複雑そうな顔をした冬将軍が立っていた。これは、まずい状況……という感じではないと言う事か。

「アレのやる事には少々の事では驚かん。流石に今回の事は事前に相談があったから、俺から許可を出している」

なんだそれは。一気に脱力しかけ、すんでの所でなんとか足を踏ん張った。今ので寿命が五年は縮んだように思う。

将軍は、ゆっくりと全体を見渡すと、おもむろに視線を一点に向け、丁寧な礼を執る。何かあるのかと思いその先を確認すると。同じように演習場を見渡せる高台の、少し離れた木陰《こかげ》に四人ほどの女性の姿がある。おそらく第一皇子の生母の泉妃と、そのお付きだろう。高貴な方があんな所で見守っているのか。随分と熱心だ。

「ごめん蒼雲、君は奥方の突飛《とっぴ》な行動に免疫がなかったな」

まだ若干笑いが止まらない斉副官がこちらに声をかける。

突飛《とっぴ》？　突飛《とっぴ》で片付くのか？

「確かに奥方は突飛《とっぴ》な事を時々されるけど、ちゃんと意味があってやってらっしゃるから大丈夫だよ」

「意味、ですか？」

「そう、今回の事にも奥方なりの考え方があるんだ」

訳がわからず、ぽかんとしていると、斉副官は小首を傾げて微笑む。

「まず第一に、武術の腕前は人と競う事で伸びるという事、第二に大人の男の集団に免疫をつけさせる事、第三にその大人達は子供達に負けてなるものかと躍起《やっき》になる」

斉副官に言われた事を頭の中で反芻《はんすう》する。

なるほど。皇子の周りには学友が二人、背格好からして皇子と同じか少し年少だ。

そして、見るからに皇子が一番筋がいい。武術とは誰かと競う方が上達は早い。悲しいかな、ここにいる落ちこぼれ達のレベルは皇子達と似たり寄ったりだ。ライバルは沢山いる。なるほど、皇子の成長のためにはいい環境かもしれない。

そして、普段後宮の中でぬくぬく育ってきている皇子は、大人の男の集団になんて滅多に遭遇しないだろう。これも、将来的な事を考えれば慣れておくに越した事はない。

あとは、落ちこぼれ連中だ。プライドが高い上、目上の人間から目をかけてもらう事を密かに期待している連中ゆえに、皇子や泉妃の前では良い格好をしたいものだ。自然と訓練に身が入り、士気が上がる。

相乗効果でどちらにとってもメリットが生まれる。なるほど、奥方はそれを読んでここに皇子達を合流させたのか。そう思うと、蒼雲の上司達が彼女が軍に出入りする事を認めたのも頷ける。

「面白いな」

落ちこぼれ達の面倒など、つまらんと思っていたが、なんだか面白くなってきた。

蒼雲は自然と口元に笑みが浮かぶのを感じた。

◆

「叔父上～」

素振りが終わると、しばしの休憩となる。ぐったりその場に倒れこむ者がいる中、子供達は元気だ。パタパタと軽い足取りで、演習場を出ていくと、見物している冬隼の元へ皇子を先頭に走っていく。翠玉もゆっくりと、それについていく。

「殿下、お久しぶりにございます」

冬隼が屈んで視線を合わせてやると、皇子は少し恥ずかしそうにはにかんだ。

「翠姫のご指導をつけてくださりありがとうございます」

「翠玉は厳しくないですか？」

冬隼が少し意地悪げにそう聞くと、追いついてきた翠玉が「失礼な！」と笑う。

「はい！　翠姫はとてもお優しいです。指導もとても楽しゅうございます。今日はみんなで山の中で宝探しをしました」

「山？　宝探し？」

訝《いぶか》しく思い、冬隼が翠玉を見上げると、決まりが悪そうな笑みを浮かべていた。

こいつ、また何か変な事をしたな？　子供らが、普通の稽古では考えられないほど、土埃と草木にまみれているのはそのせいか。

「はい！　あの山で翠姫が隠した宝物を皆で探し回りました」

そう言って、腰ひもに差していた小ぶりな模擬刀を冬隼に掲げてみせる。どうやら模擬刀を山に隠して、子供らに探させたらしい。午後に剣の訓練がある事を見越したのだろう。皇子だけではなく、側付きの二人の子供らも同じように大切に持っている。

「お名前もお付けになられましたものね」

クスクスと笑い混じりの翠玉の言葉を聞くと、子供らの顔がパッと華やいだ。

それぞれに、自分が模擬刀につけた名前を冬隼に紹介する。普段あまり子供の扱いをする機会がないため、どう返すべきかと困っていると、翠玉と目が合った。

どうやら、冬隼のそんな姿を見て、俄かに面白がっているようだ。

「さて、将軍への大切なお友達の紹介も終わった事ですし、母君様方の所で水分補給をして来てくださいね。まだまだ鍛錬は続きますよ」

そして、子供らにそう声をかけ、少し離れた木陰《こかげ》に座る泉妃の元へ一緒に向かって行った。

「すごいですね。一日で皇子がべったり懐きましたね」

冬隼が呆気に取られていると、後ろからクックッと笑いをこらえきれていない泰誠が並んできた。こちらも、子供相手に困っている冬隼を遠くから眺めて密かに面白がっていたのだろう。

「あいつ自身、子供みたいなものだからな」

「確かに、天真爛漫なところや、何しでかすか分からないところなんて特に」

泉妃の所へ子供らを連れていった翠玉は泉妃と何やら言葉を交わしている。泉妃も、皇子と同様に翠玉へ心を許し始めているようで、時折笑みを浮かべて会話を交わしている。

「まぁ、裏表がないから、後宮の中で張り詰めた生活をするお二人にとって、奥方は価値ある存在かもしれませんね」

微笑ましげに眺めると、泰誠はくるりと踵《きびす》を返し、馬の方へ向かっていく。自分の部隊の訓練を抜けてきているため、そろそろ移動しなければならない。

「裏表……か」

翠玉を一瞥する。皇子に笑いかけ、水分補給を促している。

「何か言いました？」

「いや、何でもない」

自身も踵《きびす》を返し、馬に向かう。周りから見た翠玉は、泰誠が言うように天真爛漫で裏表がないのだろう。それだけではないという事に気づいているのは、おそらく冬隼だけなのではないだろうか。

嫁いできた当初から、翠玉から感じていたのは、諦めと枯渇感《こかつかん》だった。長年我慢を重ね、自分の未来に希望を持っていなかったのだろう。時折、チラリと見せる暗い部分に彼女の抱えてきた過去が垣間見える事がある。同じ経験がある自分だから分かるのかもしれない。

◆

「爛皇子は、翠玉殿によう懐いておられるようですね」

ここ数日の雨が嘘のようにカラッとした風が吹く。

庭の周りの草木が優しくサラサラと揺れている。

翠玉の前で茶器を手に取り、ゆらゆらと揺れる茶の香りを楽しみながら、豊かな微笑みを浮かべているのは、この国の皇后である。

以前に会った時には髪を上げ、装飾品を散りばめて隙のない印象だったが、今日は真っ直ぐでツヤのある髪を肩口で軽く結い、装飾もなく柔らかな佇まいである。年齢は翠玉よりも少し上と聞いているが、大人の色香とはこういうものなのかと、翠玉は感服させられる。自分には十年経っても無理な気がする。

「皇子の上達のほどはいかがです？」

「優秀にございます。乗馬はもう、我々大人が手を出す事はございませんし、剣もメキメキと上達しておいでです。ひと月の成果といたしましては上々でございますね」

「それは、それは。皇子も翠玉殿の稽古が楽しいようで、近頃はここにもなかなか遊びにきて下さらないゆえ、相当打ち込んでおられるのでしょうね」

「殿下はよくこちらにおいでに？」

「ええ、泉妃と連れ立ってきては、ようこの庭を姫様方と走り回っております」

確かに皇后宮なだけあり、目の前に広がる庭は広い。子供の遊び場としては絶好の場所であろう。そういえば、母が亡くなるまでは自分も皇后宮の庭を兄妹で走り回った記憶がある。今思うと、人生の中で一番満たされて幸せな時だった。

「ここにいれば、劉妃の余計な手も伸びてこないゆえ、安心できるのでしょうね」

カチャンと、皇后が茶器を下ろし、困ったようにため息をつく。

「我が姉ながら、情けないです」

「翠玉殿に責はありません。あの気性は困ったものではあるけれど……しかし、もっと困るのはあの気性を利用しようとする者」

真っ直ぐな皇后の視線が翠玉を見つめる。どうやら今日の呼び出しの核心のようだ。

「利用？　どういう事でございますか？」

翠玉も倣《なら》って茶器を置くと、居住まいを正す。皇后から翠玉一人を皇后宮に招待したいとの連絡を受けた時から、そうであろうとは思っていた。

『後宮内で気になる事でもあるのだろう。俺や兄上が聞くよりもお前の方が後宮の女達の性質には明るいうえ、皇后が茶に誘っても不自然ではない。何かあれば報告してくれ』

ぼんやりと数日前の冬隼の言葉が蘇る。

皇后は少し考え込むように俯く。しばらくして意を決したように、小さな箱を取り出すと、翠玉の前にゆっくりと差し出す。

簡素な造りのただの木製の箱だ。皇后宮という、豪奢な部屋の中では、おおよそ似つかないほど質素で無機質な代物だ。恐る恐る受け取ると、非常に軽かった。中で小さな物が動く気配がして、チリッと金属が擦れる小さな音がする。

皇后に視線を向けると、開けてみろ。と目配せをされる。

ゆっくりと蓋に手をかけて開けてみる。数本の金属の針が並んでいた。いずれも、針先は茶色く錆《さ》びたり、白く濁っている。サッと背筋に冷たいものが走った。過去に見た事は幾度もある。

「毒針？」

「いかにも」

皇后の張り詰めた声が降ってくる。

「さすがですね。それだけでよく毒針とお分かりになられた」

「毒の成分が鉄を溶かしたり錆《さ》びたりさせるようですね。幼少期に何度も見てまいりました」

箱を傾けると、中で針がコロコロと動く。比較的新しいのか、まだ変色が少ないものもあれば、少し前のものもある。

「これは、爛皇子や第三皇子の衣類の中から見つかったもの。側仕《そばづか》えが予め気づき、事なきを得ていますが、ついに第三皇子付きの衣装係が一人、誤って刺してしまい、その場ですぐに息を引き取りました」

「すぐに？　即効性ですか」

「おそらくは。始めは嫌がらせかと思っていましたが、嫌がらせにしては本気度が高すぎます」

確実に殺しにかかってきているという事だろう。

「爛皇子と第三皇子の衣類から、という事ですが」

一人、非常に気になる人物がいる。皇后もそれを察したのか、ゆっくりと頷く。

「第二皇子、劉妃の宮からはこのような報告はないのです」

「異母姉の仕業やもしれぬ、そういう事ですね」

嚙みしめるように、皇后に確認する。同郷の出身で姉である事に気を遣っているのだろう。気まずげに皇后が頷く。

「現段階では、まだ怪しいとしか言えない話です。ただ、劉妃の宮は他の妃や、決まった家臣しか寄せ付けないようにしているゆえ、そうした事が起こっても表沙汰にならないだけやもしれない」

実際に、劉妃の宮でも同じ事が起こっている可能性があるのかもしれないという事だ。しかし、第二皇子の命の危機ともなれば、意地を張って皇后に相談しないなんて幼稚な事をするだろうか。

いや、あの異母姉ならあり得るかもしれない。本来ならば自分がつくはずだった皇后の座に、後から嫁いできた現皇后がついたのだ。皇后の事も気に入らないに決まっている。

しかし、この毒針の手段は、翠玉が幼い頃に宮廷内で蔓延《まんえん》していた手段の一つだ。

彼女ならば、簡単に思いつくだろう。

「しばらくは、爛皇子の身辺と、姉君の行動に注意いただきたい。貴方の目に何か引っかかった際には、小さき事でも構いませぬ」

「お伝えいたしましょう」

翠玉の返答に、厳しかった皇后の顔つきが少しばかり緩む。

彼女も今誰を信じたら良いのか分からない状況なのかもしれない。

「ところで、皇帝陛下はこの事は？」

「知っております。ただ後宮内の事ゆえ、陛下もなかなか手が出せないのです。しかも殿方は後宮の女の機微など理解するのは難しいですからね」

「確かに」

二人で同時にため息を吐く。

「皇子らが、陛下方と同じ苦しみを味わう事にならねば良いのですが……」

ポツリと小さく呟いた皇后の声は、ひどく辛そうな響きだった。

少し長居をしすぎたようで、翠玉が皇后宮を辞す頃には、辺りは少し薄暗くなり始めていた。今日は午後の訓練を蒼雲に任せてあるので、このまま屋敷《やしき》に直帰だ。馬車を待たせてある本殿の入り口を目指す。後ろには、武装を解かれた護衛という には名ばかりの、双子がついている。

廊下の燭台には早々に火が焚かれ、ぼんやりと明るい光が三人を照らす。皇后宮を出て少し歩くと、以前劉妃と対峙した中庭へ出る。この中庭をぐるりと回らねば、本殿にたどり着けないのだ。

そろそろ夕餉《ゆうげ》の支度がされているのだろう。廊下を行き来する侍従《じじゅう》達は忙しなく動き回っている。皆翠玉を認めると、脇に避けて礼を執ってやり過ごし、また忙しそうに去っていく。

しばらく歩いていると、ひときわ派手やかな一団が角を回ってこちらに向かってきた。劉妃と、お付きの一団だ。

うわ、最悪。一団を見た瞬間、咄嗟に長年の条件反射でどこかに身を隠せないかと辺りを密かに確認した。残念な事に、隠れられる場所もなく、すでに視認されてしまっていた。

大人しく腹を括り、脇に避けると礼を執り、やり過ごす事にする。

「顔を上げよ！　何ゆえそなたのような者がこのような所におる」

何もなかったフリで通過するなどと、この人がしようハズもない。仕方なしに顔を上げると、美しい顔に怒気を含め、忌々しげに翠玉を睨みつけていた。

「皇后陛下の思し召しでお邪魔をしておりました」

「そなたは、誰の味方ぞ！」

ピシャリとヒステリックな声が飛んでくる。誰と言われても……

「自分の立場を分かっておらぬのか！　そなたは自分の甥子を蔑ろにして、爛と泉に従うとは祖国に対する冒涜と思わぬか！」

バシッと高い音を立て、劉妃が扇子を脇の柱に叩きつける。かなりの力であったろうに、折れもしないところをみると、鉄扇なのかもしれない。どうやら爛皇子の指導をしている事が耳に入ったのだろう。密やかに、劉妃の足元を確認する。幸いな事に第二皇子は同行していないようだ。

「私の立場は、禁軍将軍の妻にございます。陛下と皇后陛下に仕え、国を護る夫を支える事が私の役目。ご指示があればそれに従うのみにございます」

冷ややかに、事実を伝える。

「そのような事は、分かっておる！　その禁軍将軍に輿入れした事の意味を問うておるのだ！」

バシッとまた高い音が響く。眉が上がりピクピクと痙攣している。久しぶりに見る、癇癪を起こした時の彼女の癖だ。

「言っておられる意味が分かりませぬ」

感情を押し殺し、真っ直ぐ異母姉を見る。禁軍将軍に翠玉が輿入れした訳……そんな事は翠玉が一番知りたい。なぜわざわざ劉妃と仲の悪い翠玉を祖国が輿入れさせたのだろうか。

これまでずっと持ち続けていた疑問を、もしかしたらこの場で知る事ができるかもしれない。

そうした期待を込めて、翠玉は異母姉を見返す。

「私が何のために、祖国からの輿入れを手引きしたと思っておる！　我が子の後押しをするためぞ！」

バシッとまた扇子が柱を叩く。なるほど。おそらくそうだとは思っていたが、やはり翠玉の輿入れには、この人の思惑《おもわく》が大きく絡んでいたようだ。ただ、大きな誤算があった。

「残念にございましたな。その祖国が用意した援軍がこの私で」

「全くだ！　なぜ、よりによってそなたなど！」

綺麗に整えられた爪をガリッと噛み、一層強く翠玉を睨み上げてくる。

その姿が昔を思い出させ、腹の奥がギュッとしまる。

「それは、貴方を祖国が見切っておられたからでございましょう。今、祖国には嫁ぎに出す事ができる年端の皇女が少ないですからね。貴方のためにそんな貴重な人員を割けないという事でございましょう、っ！」

言い切ったところで、劉妃の持っていた扇子が顔に向かって飛んできた。

咄嗟の反射神経で、はねのける事はできたが、あえて避ける事はしなかった。

「奥方様！」

控えていた、楽が声をあげる。

つっと、頬を生暖かいものが伝う感触がする。どうやら扇子の装飾で切ったようだ。

劉妃側の面々も、まずいと感じたのか一様に気まずげに目を伏せる。当の劉妃もここまでするつもりはなかっただろう。驚いた表情で、翠玉の頬を見つめている。

「大丈夫よ、楽、下がっていなさい」

前に出ようとした楽を軽く制して、劉妃を見返す。

「それが真実にございます。全ては貴方様の祖国での振る舞いと、輿入れ後の祖国を蔑ろになさった態度が招いた事。皇子をお世継ぎにされたいのであれば、もっと周りに対して貴方様が配慮すべき事があるはずです。貴方が感情的になって、泉妃や皇后に意地を張って、避けたり邪魔をしたりするほど、孤立していくのは、惺殿下です」

ゆっくりと、落ちた扇子を拾う。慌てたように劉妃の付きの者の一人が、翠玉の元へ受け取りにくる。

「それをお伝えする事が、私が今姉上と惺殿下のためにできる事。私がこの国にきた役目の一つやもしれません。そろそろ帰らねば、家の者が心配いたしますゆえ、これにて失礼させていただきます」

それだけ言い捨て、簡単に礼を執ると、脇をすり抜け帰路を進む。少し戸惑った様子はあるが、護衛の二人も慌てて後ろをついてくる気配がする。劉妃も止める様子はない。これで釘を刺せたかは分からないが。

少しでも彼女が何かを感じてくれたなら、一歩前進かもしれない。おそらく、爛皇子と第三皇子に同じ事が起こっているのならば、惺皇子も同じ状況なのではないか。もしくは……。嫌な考えが頭をよぎる。考えたくないが、あの気性と焦り具合であれば、可能性はあるのかもしれない。もしそうであれば、祖国を交えての大問題だ。

「頭痛いなー」

「頭にも当たられたんですか？」

楽が心配そうに覗き込み、持っていた布を差し出してきた。

「あ、ごめん。違うの。頬に当たっただけだし、これくらいの傷なら大丈夫」

受け取った布でありがたく頬を拭う。血が固まり出したのか、ザラリとした感触があったが、それほどの出血ではないようだ。

後宮から本殿脇に抜けると、来た時と同じように馬車が待っている。馬車の周りに複数の男の姿を認め、翠玉は来た道を戻りたい気分になった。

「遅かったな。なんだその顔の傷は！」

「俺も本殿に用事があったんだ。帰ろうと思ったら、うちの馬車が停まっていたから、待っていた」

「う……冬隼」

　このタイミングで会いたくはない相手であったが、結局帰宅したら、会うのだ。早いか遅いかの違いだ。多少の小言は覚悟して、仕方なしに近づくと、冬隼のゴツゴツとした手が伸びてきて、顎を捕らえられた。

「まだ新しいな。後宮で何をやらかしてきた」

　雑に顔を傾けさせられ、頬の傷を観察するように眺められる。

「劉妃とバッタリ会って、癇癪に付き合わされただけよ。かすり傷だから気にしないで」

「間の悪い」

「私のせいじゃないわよ」

「どうせ煽ったのだろう」

「うーん、まぁ否定はしないわね」

　心底呆れたようにため息をつかれる。冬隼の指が労るようにそっと傷口を撫でる。

最初の頃に比べ、翠玉のしでかす事に冬隼も随分と免疫ができてきたようだ。呆れはしているが、小言は回避できそうだ。

「泰誠、私は今凄いものを見ている気がするのだが、幻かな？」

「雪殿下。幻ではございませんよ」

不意に、冬隼の後方からコソコソと二人の男のやりとりが聞こえる。

一人はお馴染みの泰誠だが、もう一人は見た事がない細身の男性だ。姿からして文官のようだが、生地や装飾からすると、かなり位は高そうだ。冬隼の肩越しに目が合うと、柔らかい笑みを返してきた。

「お前に紹介しようと思っていたんだ」

翠玉の視線に気がついた冬隼も、思い出したように男二人を振り返る。

少しバツが悪そうだ。

「次兄の雪稜《せつりょう》だ。前にも話したと思うが、我が国の宰相《さいしょう》だ」

「翠玉殿、お初にお目にかかります。ご挨拶が遅れて申し訳ございません」

やりづらそうな冬隼を楽しんでか、雪稜は笑いを噛み殺しながら、翠玉の前で礼を執る。

「翠玉にございます。お恥ずかしい姿で申し訳ありませぬ」

翠玉も慌てて礼を執る。

「なんの。弟の珍しい姿が見られて新鮮でございました」

何の事かと思案していると、冬隼の咳払いが割って入る。

「兄上は昨日まで地方視察に行っておられた。ゆえに紹介が遅れた」

何か不都合があるのか、いささか不機嫌だ。それが更に面白かったのか、雪稜がまたおかしそうに微笑む。同じ兄弟でも、随分と雰囲気が違うものだ。長兄の皇帝は生真面目そうで穏やかだが、この次兄は朗らかな印象だ。そして全く対照的に夫は無骨で不愛想だ。

「冬、なかなか息が合っているじゃないか。心配していたけど何とかやっているみたいで安心したよ」

「こいつの突拍子もない行動に振り回されているだけだ！」

からかうような兄の口調にフンと拗ねたように言い捨てる冬隼に、失礼な！　と言いたいところだが、あながち間違ってない気もして口をつぐんだ。

「しかし、驚きました。これほど華奢《きゃしゃ》なご婦人が禁軍でも通用するほどお強いとは」

「いえ、たまたま今日はきちんとしているだけで、いつもはもっと砂埃にまみれております ゆえ」

「いやいや、その方が冬隼の妻としては良いのかもしれません」

そう言って、隣でブスッとしている冬隼にからかうような視線を向ける。どうやら、翠玉を使って弟を弄っているようだ。なかなかいい性格をしている。冬隼もこの兄には太刀打ちできないようだ。相当な切れ者なのだろう。

「殿下、そろそろ」

不意に雪稜の後方から、押し殺した声が聞こえる。それまで翠玉の視界に入っていなかったため、分からなかったがお付きの者のようだ。

「あぁ、そうだね。翠玉殿にも会えた事だし、もう戻るよ」

にこやかに従者に声をかけると、雪稜は冬隼と翠玉に向き直る。

「戻ってきたら仕事の山だったよ。おかげでしばらくは家にも帰れそうにない」

冗談めかした笑みを浮かべている。

「では、翠玉殿。またお時間のある時にゆっくりお話しいたしましょう」

「はい。是非にも」

翠玉の返答を受けると、雪稜は含みを持たせた表情で冬隼の肩を叩き、しなやかな動作で身を翻した。最後まで冬隼を面白がっているような様子だった。

本殿へと消えていく雪稜の後ろ姿を二人で見送ると、冬隼が大きく息をついた。いくらか、顔に疲労の色が浮かんでいる。

「面白いお兄様ね」

「優秀で、尊敬できる兄だな。ただ、時々あぁして人をからかうのが好きで、困らされる」

「勝ち目なさそうよね」

「恐ろしく頭がいい。あの人だけは敵に回したくない。俺や皇帝陛下がここまで無事でいられたのも、あの人の頭があったからこそだ」

「確かに、そう考えると現皇帝陛下の治世は安泰よね。文も武も信頼厚い弟達が担ってくれているんだから」

「そうなれるように努力せねばな……」

小さく息を吐いた冬隼が翠玉の顔を見下ろしてきた。

また指が伸びてきて頬の傷を軽くなぞる。

「さて、帰るか。宮に帰って、お前は陽香と桜季に怒られなければならんしな」

そう言われて、一瞬固まり、しばらく逡巡した後に頭を抱えた。

「あぁ、それがあった！　やっぱり避けとけば良かったわ‼」

◇

昼間の天気が嘘のように、夜が深くなるに連れて雨が降り出してきた。少し風もあるのか、閉めた窓に水滴が当たる音がする。

桜季と陽香のそれぞれに「奥方とは」や「美しくあるためには」などの説教を受け、湯浴みを済ませ、いつもより少し遅めに寝屋に向かうと、珍しくすでにそこには先客がいた。

「今日は早いのね？」

「酒が飲みたくてな」

冬隼が寝巻き姿で長椅子にゆるく座り、窓を眺めながら一人で杯を傾けていた。

「今日の話を聞かねばならんと思ってな」

「頬の傷の小言だったら勘弁して」

散々怒られた、もうこの件に関してはお腹いっぱいだ。

「それもあったか、何なら追加しようか？」

「うぅ……勘弁して」

軽く呻いてみせると、冬隼がニヤリと笑い、杯を飲み干す。酔っているのか、いつもより陽気だ。

「随分とご機嫌ね」

隣に腰掛け、空になった杯に酒を注いでやる。中身はいつもの半分以下に減っている。翠玉が来る前にかなり飲んでいるようだ。翠玉も新しい杯を取り、自分の分を注ぐ。

「そうか？」

本人には自覚がなかったらしい。

「なんか、いつもより肩の力が抜けているように見えるけど？」

普段の仏頂面とは違い、表情が柔らかい。こんな姿は寝ている時くらいなものだ。

「そうか？　……まぁそうかもな」

眉間に皺を寄せ、しばらく考え込み、何かに思い至ったようだ。

「少し、安堵《あんど》したのやもしれんな」

「安堵《あんど》？」

「兄上が無事戻られた。これで宮廷内もいつも通りだとな」

なるほど、と思う。苦楽を共にしてきた兄弟だ、いくら視察とはいえ、道中安全が約束されているわけではない。

おまけに雪稜は宰相《さいしょう》だ。政治の要の宰相《さいしょう》がいない間、宮廷内が荒れる事もある。そんな兄不在の中で、皇帝を近くで支えられるのは自分しかいない。どこかで密かに、その重圧を感じていたのだろう。どこまでも真面目な男だ。

「そうね。ご無事で何よりだったわね。だから珍しく酔っているのね？」

「そうかもな」

まぁ、幸せで楽しい酒なら、たまには飲みすぎるくらい飲ませてもいいかと思う。

幸い、あとは寝台に上がるだけだし。この人が、歩けないほどに潰れる事はないだろう。そう思った矢先、冬隼が杯を飲み干し、こちらに突き出してきた。

「茶に変えてくれ。お前の話を聞かねばならんからな」

本当にどこまで真面目な奴なのだろうと翠玉は呆れた。

「なるほどな、今のところは毒針か」

一通り話し終えると、何時もの気難しい顔に戻った冬隼が考え込む。

「念のため、食事にも細心の注意を払うよう対策は取っているみたい」

「しかし、第一皇子と第三皇子にそのような事が起こっていて、第二皇子は確認が取れないとなると、後宮の足並みも難しいな」

冬隼は茶器を玩《もてあそ》びながら思考を巡らせている。誰と話をしても、やはり最後は第二皇子で話が止まる。

「あの人の場合、同じ事が起こっていたらいたで、疑心暗鬼になって周りを締め出すだろうしね」

「あの激しい気性は仕方なかろう。でもやはりこの状況であれば、一番に疑われるのは劉妃になってしまうであろうな」

「まぁ、そうよね」

そして最後もやはり、同じところに着地する。誰が見ても明白な状況だということだ。

　ただ、翠玉が一つ気になるのは
「でもあの人、馬鹿じゃないのよね。昔から」

　投げ出した足をブラブラ揺らす。

　少ししか飲んでいないが、湯上がりのせいか、酔いが回ってきた。

「どういう事だ？」

　訝《いぶか》しげな表情で冬隼がこちらを覗きこむ。

「昔から、嫌がらせする時は、自分とは分からないように陰湿にやってきたり、人気のない所でやってきたりするのが上手かったのよ、あの人。だから、こんなにあからさまに分かりやすくやるのかな～って」

　数々の嫌がらせを受けてきた翠玉にしてみれば、あんなに手の込んでいないやり口であの異母姉がやってくるのだろうかと疑問に思うところなのだ。翠玉の知っている劉妃は、確かに感情的だし気位は高いが、頭は悪くないはずだ。

「経験者の言う事には説得力があるな。お前達姉妹の昔の姿が何となく目に浮かぶ」

　呆れたように冬隼がため息をこぼす。頬に傷までこさえているのだ、なかなか説得力はあるだろう。

「まぁ、だから厄介なのよね。結局、劉妃が怪しいけど、劉妃じゃなければその裏に何かが隠れているわけで、実態が掴めないわけよ」

頭を抱える。結局堂々巡りなのだ。酔いのせいか、若干頭も痛くなってきた。

「確かに、他に手がかりは何もないしな。劉妃が何者かに騙されている可能性も考えられる」

冬隼も、神妙な顔で頷く。確かにあの気性を利用される可能性はあるだろう。何よりも、第二皇子の後押しをさせるために、祖国から姉妹を輿入れさせたいくらいなのだから。

そこまで考えて、そういえばと思い至る。

「ねぇ、私達の婚姻って、この国ではどうやって決まったの？」

「何だ、唐突に」

話があらぬ方向に向いたからか、剣呑《けんのん》な視線を向けられる。

「今日姉に言われたのよ。なぜ、よりによってお前が来たのだ。何のために祖国から輿入れさせたと思っているのかって。まるでどこかで手を引いていたみたいな言い方」

もしかしてこの輿入れ自体が、今回の件と何か関係があったのかもしれない。

そんな疑念が、ずっと燻ぶっていたのだ。

「そういう事か」

冬隼も問いの意味が分かったのか、何かを考え込み始めた。

しばらく、部屋の中にはパタパタと雨が窓を叩く音だけが響く。

「清劉国と国交を回復しようという話になった事が関わっているのは分かるが、なぜ皇女を迎える話になったのか、経緯までは分からんな」

皇弟といえども禁軍将軍だ。普通に考えて、政治的な子細まで把握してはいまい。

「まぁそうよね」

翠玉も、もともとあまり期待はしていなかったので、すんなりと引き下がる。

何だかんだでそろそろ夜も深い。茶器を片付けて寝る支度を始める。

「だが、お前を指名して輿入れさせた経緯は分かるぞ」

寝台に上がり布団を整えていると、後を追って寝台に上がってきた冬隼が思い出したかのように呟く。

「どういう事？」

余りにも衝撃的な言葉に、勢いよく冬隼を見返す。

「だから、お前が選ばれた理由は分かるぞ？」

冬隼はなぜそこに驚くのだ？　とでも言うように、不思議な顔をしている。なぜってそりゃあ。

「私って指名されて来たの⁉」

「知らなかったのか？　清劉国から皇女が来ると言われて、有無を言わさず、俺に話が来た。皇帝陛下に加え、周りからも、結婚を迫られ、遂には雪兄上に脅されて受ける事になったのだが。そこで更に声を上げたのが、春官長の蘇玄忠《そげんちゅう》だ」

「春官が何で？」

春官とは、朝廷の官職の一つである。皇帝と宰相《さいしょう》の下に地官、春官、夏官、秋官、冬官がある。主に礼制や教育、外交を司る部署であるため、確かに関わりはあったのであろうが、皇族の輿入れの子細にまで口を出す職でもない。至極真っ当な疑問だが、翠玉の言葉に、冬隼は信じられない！　とでも言うような顔をした。

「お前の叔父であろうが！」

「え⁉　そうなの？」

「まさか知らなかったのか⁉」

慌ててコクコクと頷く。確かに、湖紅国は母の故郷であるし、母は皇族の出だ。

しかし、母は前皇帝の従姉妹であり、婚姻の前に皇女の籍を手にすべく、皇帝の妹として籍を移している。名前も変わっていれば身分も変わっている。

まして、母が健在だった頃からも疎遠だったのだ、母の親族の所在など考えた事もなかった。

「お前の母の生家は今も健在だ。母君の弟が当主となり、春官長を務めている。その叔父上がどこからか、姉の忘れ形見《かたみ》の姫がまだ清劉国で生きていて、いき遅れている事を知ってな。年幅も丁度いいと押してきたらしい」

余りに唐突な情報で翠玉の思考は混乱状態だ。

「もともと湖紅国の皇族の血を引いた姫だ、反対する材料もなく、すんなり受け入れられたようだな……大丈夫か？」

「いや、ちょっとパニック寸前だわ」

「母の生家の事を知らないとは思わなかった。何なら一度会いにいってみるといい。おそらくあちらは、こちらの身分に配慮して声もかけられずにいるだろう。玄忠であれば特にそうであろうな。あの者が婚姻にここまで強引に口を出した事自体、周囲はかなり驚いたからな」

そう言うと、冬隼は布団に入り横になる。チラリと翠玉の顔色を窺うと、お前も布団に入れと、翠玉側の布団をポンと叩く。翠玉はスゴスゴと鈍い動作で布団に入り、横になった。それを確認したか、しないかの内に、冬隼の規則正しい寝息が聞こえてきた。

翠玉としては、こんな事を聞かされて、到底寝られるとは思えない。正直なところ、一杯ひっかけたいくらいだが、冬隼を起こしてしまいかねないので我慢するしかなかった。

五章

昨夜の雨も上がり、晴れた朝だった。

窓を開け放し、まだ薄靄のかかった庭を眺めながら、翠玉はのんびりと茶を啜っていた。寝台ではまだ冬隼が寝息を立てて眠っている。結局、何だかんだモヤモヤを抱えていたため、熟睡できなかった。

父母が亡くなり、自分の血縁は大嫌いな異母兄弟達だけだと思っていたら、こんなタイミングで母の血族がいる事が判明するなんて思ってもみなかった。本来ならば婚儀《こんぎ》の頃に、直接謁見《えっけん》していてもいい話であろうに。

チラリと寝台の冬隼の背中を盗み見る。あの男は婚儀《こんぎ》の頃、翠玉に全く関心もなかったのだ。そんなマメな事をするはずもない。まして、翠玉にとっては心強い後ろ盾でもあり、それは夫である冬隼にも同じ事が言えるのだが。

彼は初めから翠玉に対し期待もしていなかった。それなのに「知らなかったのか?」とはよく言えたものだ。何だか恨めしく感じ、じっとりと睨め付けてしまう。

普段の起床時間まであと半刻ある。寝付きの良い冬隼だが、寝起きも非常に良いらしい。決まった時間にさっさと起きて、自室に戻っていくので、陽香に声をかけられないと起きられない翠玉は、寝起きの冬隼を見た事がない。

まぁたまには、妻らしく、朝食でも調えて待とうか。密かに目論んで腰を浮かせたところ、何やら扉の向こうに、人の気配を感じる。息を潜め、こちらの様子を窺っているようだ。

視線の隅で、護身用の剣の場所を確認する。さすがに床に入る時は持ち込めないので、長椅子の横に立てかけてあるのだ。ちなみに冬隼は寝台まで持ち込んで、寝台の下に隠して就寝しているようだ。何かあれば、お互いすぐに剣を取れる位置にいる。

しばらく様子を探っていると、遠慮がちに扉を叩かれる。

どうやら、家の者であるようだ。

「何用ですか？」

警戒をしたまま声をかける。

「ご就寝中申し訳ありません」

聞き覚えのある声だ。どうやら冬隼の護衛の男らしい。

「構わないわ。何かあったの？」

起きたままの姿ゆえに軽く身繕いを整えて、戸口に向かって声をかける。

扉がわずかに開く。その隙間から男が膝を折り礼を執るのが見える。

「奥方様。早朝のおくつろぎのところ大変申し訳ありません」

「こんな時間にあなた達が来るなんて珍しいわね。どうしたの？」

「皇帝陛下より旦那様へ、至急湖古宮《こうこきゅう》まで来るようにと御達しがまいりました」

「皇帝陛下から？」

こんな時間に呼び出しなど、滅多にない。しかも正殿である湖古宮《こうこきゅう》へのお召しとは。

冬隼を起こさねばと思い、寝台を見やる。

「何かあったようだな」

すでに起きていたらしい。冬隼は上体を寝台から起こし、研ぎ澄まされた鋭い眼をしている。やっぱり、寝起きはいいようだ。

「すぐに行く、馬の準備を。あと泰誠に伝えてくれ。戻るまでは一切を任せる。他言はするなと」

寝台から降り、はだけた寝巻きを簡単に整えながら、家人に指示を飛ばす。

「かしこまりました。失礼いたします」

家人は一礼し、足早に去って行った。足音が遠のくのを確認し、扉へ投げていた視線を冬隼に送る。

「こういう事、よくあるの？」

「いや。ないな」

素っ気なくそう言うと、脇にかけてある羽織りを取って、簡単に羽織ると、愛刀を片手に部屋を出ていく。

「お前もいつも通りでいろ。この事はひとまず内密だ」

「分かったわ」

翠玉の返事を聞くか聞かないか、おそらく聞いてはいるだろうというタイミングで扉がバタリと音を立てて閉まる。事務的かつ、端的なやりとり。昨夜のやりとりが嘘のようだ。やはりあの姿はなかなか貴重だったようだ。茶をゆっくり飲み直しながら、昨夜のやり取りを思い出す。

まだ朝餉には少し早い時間だ。素振りでもしようかと考え、木刀《ぼくとう》をとる。早朝から側仕《そばづか》え達を起こしてしまうのも申し訳ないので寝巻きのままだ。ヒラヒラした袖を捲り上げてしまえば、大して邪魔にもならない。

しばらくして、陽香の怒号が屋敷《やしき》に響き渡ったのは言うまでもない。

◇

いつも通りの準備をして、いつもの刻限に泰誠と護衛の二人と合流する。

案の定、冬隼の姿はない。

「今日は殿下は先に行かれたそうですよ」

いつも通り、何ら変わりない様子で泰誠が説明をしてくれる。どうやら、翠玉が知っている事を、彼は知らないらしい。

「状況は知っているわ、連絡来た時、一緒にいたから」

騎乗して並ぶと、面食らった顔で泰誠がこちらを見ていた。

「泰誠への他言するなって指示も聞いているから分かってるわよ。流石ね。何も知らなかったら簡単に騙されていたわ」

いつもニコニコしているが、喰えない男だと翠玉は密かに再確認したくらいだ。

すると何やら泰誠が突然慌てだした。先に宮の門を出ていた翠玉に追いついてくる。

「え、ちょっと待って下さい。殿下は昨晩どこにいらしたんですか？」

信じられない事を確かめるように、恐る恐る聞かれる。なぜか、かなり混乱しているようだ。

「どこって？　私の部屋？」

夫婦ならば同じ部屋を使っても何の違和感もなかろうに、なぜ泰誠はこれほどまでに慌てているのか、翠玉には理解ができない。

「朝、知らせを受けたのは？」

「私の部屋だけど？」

「えぇーーーーー!?」

ついには頭を抱えだした。

「あの、一つ確認ですけど、毎日とかじゃないですよね。たまたま昨夜はとか、酒飲んでいて酔って部屋まで戻れなかったとか、そういう事ですよね!?」

信じがたいとでも言うような様子で、恐る恐る確認をされる。

「あの冬隼が酔って動けなくなるまでになる事があるの？　二日に一回は私の部屋で寝ているわよ。あーでも、最近はもう少し多いかも……」

なぜそんな事を聞かれるのか分からないが、翠玉には、冬隼にも酔って動けなくなる事がある方が驚きだ。

「いえ、殿下はそこまで飲む事はあまりないですけど。二日に一回!?　そんなにもですか!?」

「え？　夫婦なら当然でしょ？」

「いや、確かにそうですけど」

ごにょごにょと、何かその後に歯切れ悪く言っているが、馬上で進みながらでは聞き取れない。この泰誠の様子から言って、冬隼の考えを何かしら彼は知っているらしい。

「まぁ、酒を飲んで並んで寝るだけだけどね」

サラリというと、泰誠から更に驚いた視線が飛んでくる。

いや、泰誠だけでなく、前を歩いていた双子も驚いたようにこちらを見ていた。

「なるほど、とは思いますけど。それはそれで大丈夫ですか、あなた方。むしろ殿下が心配です」

泰誠が一体何が言いたいのか分からないが、とりあえず何となく失礼な哀れみ方をされているのは分かった。前に冬隼が、泰誠を「あいつは時々不敬罪で斬りたくなる」と言っていた意味が分かった気がした。ただ矛先《ほこさき》はあくまで冬隼のようなので、気にしない事にしよう。

「じゃあ、奥方様も殿下のお考えはもう聞かれたのですね」

ひとしきり、頭を抱え終えた泰誠が、また恐る恐る確認をしてくる。おそらく、最近翠玉が気づき始めた事についてだろう。まったく泰誠は、冬隼の意図をどこまで共有しているのか。

まさか、本当はこの二人……あらぬ事を考えて、途中でやめた。触れない方がいいのかもしれない。

「聞いてないわ、何となく予想はつくけど、本人が言わない限り聞く気はないし」

翠玉も冬隼が何かを抱えている事は察している。たとえ、子はいらないと思っているとしても、男色趣味だったとしても、本人が言うまでは翠玉は聞くつもりはない。

「不満に思わないのですか？」

窺うように聞いてくるので、翠玉はクスリと笑ってみせる。

「あんまり思わないわね。それ以外にも私には役目があるし」

そう言うと、泰誠は信じられない物でも見るような顔でこちらを見る。

仕方ないとため息をつく。

「あのね。一度何の目的もなく、先もない日々をただ生きていく生活を送ってみなさい。小さな事でも、必要とされるのは凄く幸せな事だし、誇らしい事に思えるわよ。どんな形であれ、それを与えてくれている冬隼には感謝しているし、彼にそれ以上を求めるなんて贅沢よ」

翠玉は今のこの生活に満足しているのだ。これ以上欲しがるほど、恵まれた育ち方をしていないのだと自分でも分析している。

「そういうものですかね？」

いまいち理解しきれていない様子の泰誠は少し不服そうだが、無理もない。彼は冬隼の乳兄弟として、生まれた時からずっと冬隼を補佐する役目を持って、生きてきているのだ。仕事がないにしても、冬隼がいる限りは役割を持ち続ける。

そんな彼に理解しろという方が強引かもしれない。

「そういうものなのよ。それに冬隼が私の部屋で眠るのは、表向きだけでも夫婦仲を良好に見せておく必要があるからよ」

「表向きですか？」

「だって、結婚したばかりの正妻の寝屋に通わないとなれば、周りが放っておかないでしょう？　今度は側室候補を立てられて追い回される事になるんだから」

「あ～なるほど、そういう事ですか。正妻でもあんなに拒否していたくらいですからね」

泰誠の言葉に、内心やはりそうなのかと思いつつ頷く。

「まぁ結局、見せかけには変わりないけど、それで冬隼が余計な煩わしさから解放されるならいいんじゃない？」

寝屋を共にしても、翠玉と冬隼に夫婦の関係が一度しかない事は、宮の中でもおそらく側仕《そばづか》えの数名しか知らない事だ。

冬隼が足繁く通っているのであれば、周囲は二人の夫婦仲を疑う事はないだろう。

「上手くすれば二年くらいは時間が稼げますね」

泰誠も納得した様子で頷く。

しかし、なぜ自分は泰誠とこんな話をしているのだろうか。

妻と副官がこんな話をしていると冬隼に知れたら、物凄く嫌な顔をされるに決まっている。おかしくて笑い出しそうになりながら、泰誠を見ると、彼もそれに思い至ったのか、同じような顔をしていた。

この話はお互いのために、冬隼には内緒にしておこうと、視線で誓いあった。

◆

冬隼が湖古宮《こうこきゅう》から急いで軍へ戻ると、泰誠の指示のもと、何の滞りもなく日常の業務が始まっていた。先に伝令をやり、泰誠に指示を出しておいたため、冬隼が本部の会議場に着く頃には、主な将達は全て揃っていた。皆何かを察して一様に硬い表情をしている。

コレで皆かと思ったが一人足りない。指揮官ではないが、今回は意図して集合に含ませた。

「ごめんなさい、遅れました」

パタパタと軽い足音と共に翠玉が入室してきた。おそらく彼女は、今日は一番遠い所で訓練をしていただろうから、これでもかなり急いできた事は分かった。

理解していると小さく頷くと、こちらへ来いと目配せする。彼女は素直に従って冬隼の脇までやってきて、他の者と同様に、卓に広げられた地図に目を落とした。

「今朝方、皇帝陛下よりお召しを受けて知らされたのだが。鵜州《うしゅう》が大規模な賊の襲撃を受けた」

　鵜州と書かれた最北の州を指す。この地は隣国との国境が山脈によって引かれている、年間を通して比較的寒い地域だ。

「普通の州の州軍であれば、賊だけなら何とか鎮圧できるのだが、場所が悪い」

　皆を見渡すと、一様に「なぜあえて鵜州なのだ」と複雑そうな顔をしている。翠玉だけが意味が分からないという顔をしているが、後から説明しようと、話を進める。

「やはり上手く機能しなかったようで、二つの郷を取られたそうだ。しかも、その州軍の体たらくに怒った民が膨れ上がって暴動を起こし、州城を取り巻いているらしい」

　何とも情けない話である。

「どうにもならなくなった段階で、鵜州の州候が隣州の眉州《びしゅう》に泣きついたようだが、眉州の州軍が無理やり鎮圧したのではもう民の怒りは収まらない。今は何とか拡大しないように押さえ込んでくれてはいるが、これは皇帝陛下のご威光のためにも、禁軍が先頭に立ち鎮圧する必要があるだろうとのご判断だ。鵜州の民は、北の果ての地ゆえに、自分達はないがしろにされているという気持ちがもともと強い。この機会に先帝陛下の時代から鵜州の行政に巣食っていた膿《うみ》も掻き出したい意向のようだ」

「よう、やっとですか」

柳弦が、天を仰ぎながら感慨深く呟く。先帝から仕えていた彼にとっては、もどかしい思いが長年あったのであろう。

「そうだな柳弦、そなたには思うところがあろうと思って中軍に行って貰おうかとも考えたのだが、皇帝陛下より皇弟の俺が行く事に意味があるとのご指示だ。お前に留守を任せなければならない」

中央から見捨てられたと怒る民も、皇弟が禁軍を率いて来たとあれば、少し溜飲も下がるだろう。民の余計な血は流したくないという皇帝の考えだ。冬隼と泰誠が王都を離れるのであれば、次に安心して任せられるのは柳弦だけである。

「なれば、致し方ございませぬな。しっかりと王都をお預かりさせていただきます」

多少残念そうだか、よくわきまえた男だ。

責任感が人一倍強いゆえ、良くやってくれるに違いない。

「鎮圧には左軍を出す。旺樹《おうじゅ》、蒼雲、準備を頼む」

「御意！」

「御意！」

入り口側に立っていた、巨漢の男と蒼雲が礼を執る。

「右軍と中軍は左軍の穴を埋めるよう編成を立て直せ。出立は七日後だ、あまり時間をかけられん。それまでは眉州が頑張ってくれる」

「「御意！」」

皆が礼を執る。

「解散だ、何かある者だけ残れ！」

会議の終了を告げる。各々が一斉に次の行動に移る。

中軍と右軍は、場所を変えて打ち合わせをするらしく、早々に出ていき、左軍の二人と騎馬隊の李梨も残る。隣で、鵜州の詳細を知りたい翠玉もそのままだ。

そう言えば、一つ大切な事を言ってなかった。

「翠玉。お前も同行するのだ」

「えぇ!?　いいの？」

否応なく留守番だと思っていたのだろう。驚きと、期待の入り混じった眼差しが返ってくる。泰誠や李梨、蒼雲も一様に驚いた顔でこちらを見ている。

「お前、腕は立っても実戦は流石にないだろう。賊の討伐で慣れろ。緋尭国との戦の練習だ」

いくら腕が立っても人を切る事に慣れなければ一人前の軍人とは言えない、人を殺す事が心傷になって軍人を辞めていく者も多い。大規模な戦にいって、そうなられたらお荷物以外の何者でもないのだ。肩慣らしをさせるいい機会だと思った。

「たしかに、そうね。分かったわ」

少し何か考える素ぶりをして、最後は納得したように大きくうなずく。

「ついでに、お前のあの隊の連中だが、あいつらも連れていく、補給部隊として後方支援をさせてあいつらも慣れさせる」

「え⁉　あいつらも？」

「正気なの⁉」

途端に、蒼雲と翠玉から抗議の声が飛ぶ。普段から面倒を見ている彼らからすると、まだ戦さ場に出せる段階ではないと言いたいのであろう。

「随分動けるようにはなったし、あとは、殺し合いを間近で見せて覚悟させる事が必要だろう。あいつらにも」

「私、自分も彼らに容赦《ようしゃ》ない方だと思っていたけど。冬隼、あんたの方が遥かに厳しいって今分かったわ」

唖然とした顔で言われたが、納得はしたらしい。

とりあえず、この遠征は予想外ではあったものの、大規模な戦の前に、冬隼の懸念事項をいくつか試すいい機会である事は間違いないのだ。

「ねぇ、鴉州ってどんな所なの？」

一通り話し合いが終わり、蒼雲と旺樹、李梨が退室し、泰誠も中軍と右軍に内容を報告しに出掛けると、部屋には冬隼と翠玉の二人きりになった。

今まで聞きたくても聞けなかったのだろう、このタイミングを逃すまいと、翠玉が詰め寄ってきた。異国から嫁いでいる上、彼女の故国は東側である。馴染みのない地域であろう。

「見ての通り、鵜州は我が国の最北に位置する州だ。国境の州だが、国境は大きな山脈で隔てられているゆえ、他国の侵攻は受けない。代わりと言ってはなんだか、山伝いに時々賊が隣国から入り込む事は多い」

地図を見ながら説明してやる。

「今回はかなりタチが悪い連中で規模も大きいらしく、一気に略奪をされたようだな」

「そこまで大きくなるものなの？」

「おそらく近隣のどこかで戦か暴動があったのだろう。そこで行き場をなくした傭兵や、故郷を追われたもの達が集まったのかもしれん」

地図上の東側に目を移す。確か清劉国は比較的平地の多い国だ、彼女には馴染みがなくても仕方ないのかもしれない。

「鵜州は寒い、そして土地も痩せている。民の生活はギリギリで、不作が続いて国庫から食糧を支給する事もある」

「そりゃ民は慢性的《まんせいてき》に不満が募るわよね」

翠玉も納得するように頷く。

「しかも、州政も古くから閉鎖的で、中央から人を送っても、すぐ心を病んで戻ってきてしまう。ゆえに人の入れ替えもなかなかできず、州政は腐っている」

「中央もそこまで分かっていて何で放っておくの？」

「特に緊急性があるわけではないからな。皇帝陛下が即位された時、後継争いと先王が長く臥していたために、国政は荒れていた。もっと優先順位が高いところが沢山あったんだ。最近ようやく落ち着いてきて、鶡州などの問題を抱える地域にテコ入れをしようと思った矢先に、これが起こった」

翠玉の視線は、ずっと地図上の鶡州に注がれている。

「民は、長い間腐敗した政治の下で、国に見捨てられたように感じてしまったのね」

痛いところを突かれ、苦笑いが溢れる。

「そうだろうな。それは我々中央の人間が反省するべきところだろう。賊の襲撃を受けて、州軍が役に立たなかった時、さぞ民は落胆しただろうな。それが怒りに変わっても仕方あるまい」

「何で州軍は役に立たなかったの？」

「国境と言っても敵国の侵攻を受けない。そして、寒くて食糧の少ない土地だ。訓練など、中央の半分以下ほどしかやっていなかったみたいだな。山を越える生活をしている奴らの方がよっぽど体力があったのだろう」

「情けない話ね」

呆れたようにため息をつき、翠玉は立ち上がる。

「ならば、皇弟のあなたが直接行って、ビシッと片付けて、国は貴方達を見捨ててはいないよ！　ついでに州政も見直すよ！　って見せつけなきゃいけないわけだ」

「そうだ。州政の見直しは雪兄上に引き継ぐ事になるが、皇弟二人が出ていくんだ、民も納得してくれるだろう」

冬隼の言葉に、翠玉は軽く肩をすくめる。

「乾季までには片付けないとね。次が控えているわけだし」

「あぁそうだ、早めにかたをつけたい」

二人の視線が地図上の西の国境に向く。戦までおそらく三ヶ月ほどだ、準備も着々と進んでいると聞いている。この機は逃せない。

◆

「そんなわけで、申し訳ありませんが、ひと月ほど殿下の指南役をお暇させていただきます」

「もともとこちらから無理を言っているものです。お気になさらないで下さい」

　子供達のはしゃぐ声が馬場に響いている。この広い開けた馬場の数少ない木陰《こかげ》で、翠玉と泉妃は向かい合っていた。鵜州行きを伝えると、泉妃は不安げに表情を曇らせながらも、納得をしてくれた。

「代わりに、騎馬隊の隊長の宗李梨を指南役として残していきます。この機会に殿下には乗馬と剣術を極めていただこうかと」

「皇子は、馬が大好きです。きっと喜びます」

　泉妃の視線が馬場の中心に向く。きゃあきゃあと、楽しげに声をあげて子供達が馬を駆って走り回っている。子供の成長とは早いもので、ほんの数ヶ月前は馬に近寄る事ですら、恐る恐るであったはずなのに、気がつけば、自ら鞍をつけ、自在に操っているのだ。

　そんな姿を、二人並んで微笑ましく眺める。

「皇子は翠姫に会ってから、頼もしくなりました」

「私がというより、皇子が一生懸命成長しようとしているからですよ。頼もしいですね」

丁度もうすぐ十一歳になろうとしている。男らしく成長しようとするいい頃合いだったのだ。

「そうですね……」

泉妃の声には元気がない。時々こうして不安げな表情を見せる事は翠玉も分かってきた。心配をかけまいと、我慢してしまうところがあると冬隼から聞かされてから、翠玉も気にするようにしているのだが、今日はいつもに増して。

「泉妃、少しおやつれになったのでは？」

朝、顔を合わせた時から気になっていた。今日の泉妃は少し疲れた顔をしている。もともと、小顔で大きな瞳が印象的ではあったが、さらに顔が小さくなり、目元の肉が減ったせいか、目がより大きく見える。そして、化粧《けしょう》で隠そうとしてはいるが、目の下には隈《くま》が浮いている。

「そうですか？」

翠玉に覗き込まれ、その瞳がオドオドと揺れる。

「はい、すごく疲れているようにお見受けします。後宮で起こっている色々な事を考えると無理もないでしょうけど。それにしても疲れすぎているように感じます。まだ何かあるのではないですか？」

おそらくまだ、呑み込んでいる何かがあるだろう。直感的に翠玉にはそう感じた。

「そう、見えてしまうのですね、やっぱり」

　泉妃は悲しげに目を伏せ、小さくため息をこぼす。瞳はわずかに潤んでいる。

「皇帝陛下や、皇后陛下に遠慮されていますよね。なればその辛さ、私で良ければお聞きしますよ？」

「そんな！　翠姫だってお忙しいのに！」

　すぐにブンブンと首を横に振られ遠慮される。この人はもう。

「泉妃、私がこの国に嫁ぐまでの生活については、以前お伝えした事がありましたよね」

「えぇ。劉妃との関係についても。もうそれは、私は疑ってはおりませぬ」

　皇子の指南役になった折に、泉妃を安心させるために、劉妃との対立を中心に生い立ちを話した事があった。

「分かっております。その時お話ししたかもしれませんが、私にはお世継ぎ候補の兄が二人いました。そして二人とも殺された」

　泉妃の瞳が混乱と共に、悲しげに揺れる。アハハハとひときわ楽しげな声が馬場から上がる。どうやら、坐昧の機転で何かゲームを始めたらしい。

「私は兄を失って寂しくて孤独でした。今でも兄達には生きていて欲しかったと思います。こんな思いをお二人の姫達には、していただきたくはありません」

はっとしたように、泉妃の視線が翠玉を捉える。まだ幼い泉妃の二人の姫。時々兄の修練にもついてくるが、なかなかお転婆で元気な子らだ。

「ですから、あなた様が何か悩んでいるのであれば、助けて差し上げたい。それが役に立てる事かは分かりませんが」

しばらく沈黙が流れた。二人静かに子供らのゲームの行方を見守っていると、泉妃が何かを決心したように、翠玉へ視線を向ける。気遣わしげに周りを見渡し、誰もいないか確認をする。

「見られている気がするのです」

ポツリと押し殺した声だったが、きちんと翠玉の耳に届いた。

「見られている？」

「気のせいかもしれません」

泉妃は翠玉の問いかけに、自信なさげに小さく頷く。

「よく分からなくて、でも気になって。こんな状態では陛下や皇后様にお伝えできなくて」

「お一人で悩まれていたのですね？」

泉妃は小さく頷く。相変わらず瞳は不安げな色をしている。

「時折、宮にいると見られているような感覚に襲われるんです」

「見られているとはどこからか、とか分かりますか？」

「分かりません。でも視線というか、何かがいる気配を感じる事が増えました。ただ一箇所、天井からである事は確実だと最近思っています」

「天井？」

翠玉の問いに、泉妃の表情が怯えた色に変わっていく。とても嫌な事を思い出したようだ。

「先日、夜中にふと目が覚めたら、何か音がするのです。足音でした。どこからかと耳をすませたのですが、真上である事が分かって……」

思い出してしまったのか、あとは言葉にならない様子で、小さく震えだした。翠玉も頭から冷水を浴びせられたような感覚を覚えた。泉妃の宮には皇子の稽古のために行った事がある。確かにあの時、間取りを見て翠玉は少し嫌な予感を覚えていたのだ。

カーンカーンカーン。タイミング良く、午前の訓練の終了の鐘が鳴った。

「あら、もうこんな時間」

泉妃が、慌てて少し遠くに控えていたお付きに帰宅準備を促す。

今日は午前で皇子の指導が終わる。泉妃と皇子はこの後自分達の宮に戻るのだ。咄嗟に泉妃の腕を掴む。ビクリと泉妃が体を振るわせ、驚いた顔で翠玉を見上げた。

「だめです！　戻ってはなりません」

思わず強い口調で言ってしまった。

「奥方様⁉　どうかされましたか⁉」

近くに控えていた楽と樂が慌てて側までやってきた。

「樂！　午後の訓練の予定を全部蒼雲に引き継いで！　私は急用ができたから、これから宮へ戻るわ」

顔を見るなり、指示を飛ばす。

「え⁉　今からですか？」

いきなり言われた樂が驚いた声をあげる。

「楽！　冬隼に、仕事の区切りを付けて宮に戻るように言って‼　泉妃と殿下を宮にお連れする事も一緒に！」

「え、宮に……でございますか？」

泉妃と翠玉を交互に見て、楽が混乱した様子で聞いてくる。

「緊急事態よ！　ついでに泉妃の護衛隊の隊長呼んで‼」

今は説明している時間すら惜しい。急かすように指示を飛ばす。

「は、はい‼」

「かしこまりました！」

緊急という言葉に反応して、双子が慌てて礼を執り、それぞれの方向に走っていく。

「翠姫？」

二人を見送ると、泉妃が不安そうな面持ちでこちらを窺っていた。

「申し訳ありませんが、今宮にお戻りいただくのは危険です。宮に残られている姫君方もこちらへ呼び寄せましょう」

翠玉の言葉に、泉妃の表情に怯えの色が浮かんだ。そういえば、腕を掴んでいたままだった事に気づき、慌てて離す。白くて華奢《きゃしゃ》で折れてしまいそうな腕だった。

「私に心当たりがあります。今からそれを調べさせます。ですので、我が宮にお越しください。おそらく今日も、午後から少し雨が降りますゆえ」

あまり怖がらせないように、ゆっくりと説明をする。

「何か、心当たりがあるのですか？」

華奢《きゃしゃ》な体を縮め、大きな瞳が翠玉をじっと見つめている。

「落ち着いて、ゆっくりご説明させていただきますね」

少しでも安心してもらえるよう、努めて優しく笑いかける。

楽が走っていった先から、泉妃の護衛隊の隊長がこちらへ走ってくるのが見える。

さて、これはおそらく冬隼にもかなりの迷惑をかける。

初めの内はかなりの怒るだろうな。

◇

はしゃぎ回る子らを見ながら、茶を淹れていると、廊下を乱雑に歩く足音が近づいてきた。

来たか。急いで茶器を置くと、出迎えのために戸口へ向かうが間に合わなかった。

バンと大きな音がして、勢いよく扉が開く。ノックもない、相当怒っているようだ。

入室してきた冬隼は、おそらく演習場からそのまま出てきたのであろう。砂埃にまみれている。入るなり、翠玉を見つけると、切れ長で鋭い瞳をさらに吊り上げて、ギッと睨みつけた。

「勝手な事をするな!! 何かある時はすぐに言えと言っているだろう!」

「ごめんなさい。緊急だったし、今日あなた一番奥の演習場にいたから、待っていられなくて」

「近衛《このえ》は禁軍と違う! 泉妃や皇子の護衛の予定は近衛《このえ》でも重要機密で厳しく管理されている! しかも、近衛《このえ》の安全確認が十分にされてないこの宮に連れてくるなど、危険極まりない事だぞ! お二人の身に何かあったらどうするのだ!」

「いや、でも護衛隊長には話を通したし」

「お前のやったのは脅しだ!!」

ピシャリと言われ、翠玉は肩をすくめる。そこまでバレていたかと、舌を出したい気分だったが、この場でそれをしたら、冬隼にどんな雷を落とされるかわかったものではないのでやめた。

ずんずんと冬隼が翠玉に詰め寄ってくる。目の前に来たところで、翠玉の前にヒラリと小さな影が現れる。

「冬!! やめてください！　私が翠姫に相談したのが発端です！」

翠玉をかばうように、泉妃が割って入る。

「紗蘭《さらん》!!　なぜここに！」

今まで翠玉しか目に入っていなかったのだろう。突然の泉妃の出現に、一瞬冬隼がたじろぎ、その視線が庭を走り回る姫君と皇子へ向く。

そして、最後にまた翠玉をギッと睨む。

「このような部屋でなく、なぜ客間に通さんのだ！」

「客間には、お子達が遊べるような庭がないでしょう？　この年頃の子達をずっと部屋に待たせる方が可哀想だわ」

外ではしゃぎ回る子供達をみる。一番体力が有り余る年頃だ。しかも初めて来る場所ゆえに、落ち着くなんて無理だろう。

「私が無理を言ったのです。翠姫は子らのためにお部屋を貸して下さっただけです」

泉妃の援護に、冬隼も黙る。怒りのぶつけ先がなくなったらしい。

「で、何があったんだ！」

諦めたように、室の奥まで行くと、一人がけの座椅子にどかりと座る。

とりあえず、まだ何か言いたい事はあるようだが、話を聞く気にはなってくれたようだ。用意の途中だった茶を慌てて淹れ、茶器を渡す。泉妃は、同席するか迷っていたようだが、姫達が遊んで欲しいと呼ぶので、子らと共に庭に出ていった。

「泉妃の宮だけど、おそらく刺客《しかく》が入り込んでいるわ」

茶器を置きながら端的に伝える。

「何だと⁉」

冬隼の表情が苛立ちの色から剣呑《けんのん》な色に変わる。

「最近常に見られている気がして、場所は分からないけど、天井を人が忍んで歩く音を聞いたそうよ」

「どういう事だ」

そこまで言っても冬隼はどうやらピンとこないらしい。やはりか、と翠玉は密かに納得した。

「泉妃の宮……正確にいうと今側室達に与えられている宮は、古くからある古典的な建造物よね？」

自分も茶を持ち、冬隼の前の長椅子に腰掛ける。

「あぁ、皇后宮だけは新しく建て替えているが、あとは曽祖父の代に建てられたはずだから、様式としてはかなり古い技法で作っているだろうな」

その事と今回の事に何の繋がりがあるのだろうかと不審な顔をしている。

「その頃の技法で作られた建物には、ある共通点があるのよ」

そう言って天井を指差す。

「庭に面した部屋。つまり、今いるこの部屋みたいな部屋の天井裏は、中心部より梁が少なくて、通気のために空洞になっているのよ」

「そうなのか？」

つられて冬隼も天井を見上げる。

「ここはまだ新しい建物だから、天井から屋根までそれほど空間はないけれど、古い建物って、ほら屋根が高いでしょう？」

「あぁ確かに」

しばらく思案して、思い出したように冬隼は頷く。

「そこに、どこからか入り込んだ輩《やから》が、屋根裏から行動を監視したり、時には就寝中を狙って暗殺に及ぶ事があるのよ」

冬隼が険しい表情で視線を向けてくる。

「私の国では、この方法で少なくとも二人は死んだわ」

小さく肩をすくめる。

「後宮にお邪魔した時に、少し嫌だなって思っていたの。おそらくね、調べてみると、屋根裏やその周辺に人がいた形跡があるはずよ」

「そんな事ができるのか？」

俄かに信じがたい様子だ。

「どうやっているかは私も分からないけどね、調べてみればわかるわよ」

こればかりは、やってみないと分からないだろう。

「だからお願い。近衛《このえ》に働きかけて欲しいの、泉妃の宮と、あと他の二人の貴妃の宮も念のため。その結果によっては、もしかしたら大きな手がかりを掴めるかもしれない」

しっかりと冬隼を見据える。

本来であれば、皇帝の周辺や宮廷内の警護を行う近衛《このえ》に働きかけるなど、なかなかの地位の人間でないとできない。その点でいくと、禁軍将軍で皇族である冬隼であれば申し分ないだろう。むしろ、彼にしかできない。

しばらく二人の視線が絡み合い沈黙が流れる。冬隼は思案しているようだ。子供達の笑い声だけが響いていた。ふうっと、沈黙を破ったのは冬隼のため息だった。

「分かった、掛け合ってみる。しかし何もなかった場合、お前のやった勝手のせいでこちらの分はかなり悪いぞ」

茶を飲み干して、卓に置くと、渋々といった様子で立ち上がる。

「危機管理よ！　危ないと思う場所に帰すなんてできないわ。それは近衛《このえ》の立場なら理解できるはずよ？」

見送りのために後ろを付いて歩くと、冬隼は一瞬チラリとこちらを見て、また一つため息をつく。

「とりあえず、泉妃と子らを頼む。くれぐれも失礼のないように」

「分かったわ」

大きく頷くと、そのまま退室していく冬隼の後ろ姿を見送った。足音が遠のいて行くのを確認して、ふと室へ視線を戻すと、泉妃が室に戻ってきたところだった。相変わらず不安そうな顔をしている。

「近衛《このえ》に掛け合ってくれるそうです。しばらくは窮屈かもしれませんが、こちらでおくつろぎ下さい」

安心させるように微笑みかける。ずっと誰にも言えず不安な日々だったであろう。初めて翠玉にだけ話してくれたのだ、何としてでも安心させてやりたい。

日が入り、すっかり暗くなった。

慣れない所ではしゃぎ疲れ、腹もいっぱいになった子らは、翠玉の寝台で三人並んでスヤスヤと寝息を立てている。泉妃は子供らのそばで読書をしながらくつろぎ、翠玉は庭に出て、剣を構え精神を統一する。

風が頬をくすぐり、草木の香りが鼻をかすめる。ゆっくり剣を構え、振り下ろし、また戻す。何度目かを繰り返した時、空気が揺れた。

剣を下ろし、部屋に視線を向けると陽香が礼を執っていた。

「旦那様がお帰りにございます。別室へお越し頂くよう仰せです」

泉妃と視線を交わす。覚悟を浮かべた瞳が翠玉を見返していた。

指定された応接室には、近衛《このえ》長官と、泉妃の護衛隊の隊長と、冬隼が待っていた。

「単刀直入に申し上げまして、泉妃様の仰せの通り、お部屋の屋根裏に何者かの侵入の形跡が確認されました」

近衛《このえ》長官の柳大禅《ゆうたいせん》が神妙な面持ちで切り出した。

翠玉の位置から見る泉妃の顔が強張ったのが分かった。

「そうですか、私の部屋だけですか？」

「はい。皇太子殿下のお部屋は天井裏が薄く、そのような形跡はございませんでした」

ほっと泉妃がため息を吐いた。

「そうですか、良かった」

何よりも、皇子を危険に晒していたかもしれない事が母親である彼女には耐えられなかったのかもしれない。

「しかし、このまま宮にお帰り頂くわけにも参りませぬ。後宮でありますが調査のために兵が出入りいたしますゆえ、しばらくの間、皇后陛下の宮に御身を置かせて頂く事となりました」

冬隼を見ると、しっかり目が合い頷かれた。どうやらこの調整のために、時間がかかったようだ。

「分かりました。子らを起こして参ります」

落ち着いた声音で泉妃が頷き、立ち上がる。慌てて翠玉も立ち上がり、後に続いて退室する。

「大丈夫ですか？」

しばらく歩いたところで、声を掛けると泉妃の肩が小さく揺れ出す。

慌てて回り込んでみると、印象的な大きな瞳からポロポロと涙が落ちていた。

「怖いです。でも皇子を護らなければ、母である私がしっかりせねばならないのに」

どうやら張り詰めたものが切れたようだ。優しく肩を抱いて、背中をさすってやる。

細くて華奢《きゃしゃ》な肩だと思う。この体で、子供を三人も産み、一人で守っているのだ。

しかも一人は皇太子である。相当な重圧だろう。

しばらくの間、泉妃の背中をさすりながら二人で立ち尽くしていた。寝ているところを起こされた子供達は、眠たそうに眼を擦りながら、迎えの馬車に乗り込んだ。

最後に乗り込む泉妃が、翠玉と冬隼に向き直る。

「大変な時期にご迷惑ばかりおかけしてしまってごめんなさい」

「逆ですよ。むしろ出立前だったから良かったんです」

未だ落ち込む泉妃に、努めて明るく話す。

「そうです。兄上も随分心配されて、よろしく頼むと、言われています。気になさる必要はございません」

驚いた事に冬隼もフォローに回った。そんな姿を見てか、泉妃の表情がふっと緩んだ。

「お二人ともどうかご無事で。ご武運を」

そう言い残して、馬車に乗り込んでいった。

泉妃達を連れた一団の姿が見えなくなると、冬隼が大きなため息をついた。

「ありがとね」

翠玉の言葉に、彼がチラリとこちらを見たのが分かった。

「礼を言うのはこちらの方だ。まぁ、骨が折れたがな。皇后陛下のお力添えの賜《たま》物《もの》だ」

「実際どの程度だったの？」

翠玉の質問に、冬隼はもう一つため息をこぼす。

「泉妃の部屋が一番足跡が酷かった。数もかなりある上、最近のものもあった。おそらく、あの部屋に皇子が来る機会を窺っていたのだろうな」

「予想以上に危なかったのね」

「あぁ、本当に助かった」

二人で並んで宮に入る。泉妃と皇太子がいた事もあって、張り詰めていた宮の中も少し安心したせいか、先ほどとは打って変わって穏やかな空気が流れている。

「ちなみに廟妃の宮も改めた。泉妃の宮ほどではないが、やはり同じ造りの廟妃の室もいくつか足跡が見つかった」

「そう。ちなみに劉妃は？」

「劉妃はあの造りの部屋は避けて、安全な部屋で生活していた。ゆえに何も見つからなかった」

「まぁそうでしょうね」

予想通りの顛末に翠玉は苦笑するしかなかった。

「あの国で育った王族は皆あの間取りは敬遠するはずよ。私も輿入れしてきた時にまず天井を見たもの」

翠玉の言葉に冬隼が神妙な顔で頷く。

「そうすると、ますます劉妃が怪しくなるな」

「まぁね。今のところ、清劉の王室のやり方よねぇ、見事なまでに。でも私がいるこの状況で、そんな疑われるような事をするかしら？」

あまりにも分かりやすすぎる。偶然なのか、もしくは何か意味がある事なのか。

「いずれにしてもあとは近衛《このえ》が引き受ける。男子禁制ゆえ、色々制約はあるようだがな」

「後宮の自治部隊だけじゃあ、手に負えない問題だしね」

後は近衛《このえ》に任せるしかない。話しているうちに、それぞれの部屋へと分かれる回廊に達した。翠玉の部屋は屋敷《やしき》の西側で、冬隼の執務室と寝屋は対角の東側にある。夫婦でこれほど部屋が遠いのもなかなか珍しいが、それは輿入れの時の冬隼の抵抗感の表れであろう。

「そう言えば、聞いたぞ」

西の棟に向かおうとする翠玉を呼び止めるように、冬隼が唐突に投げかける。

「何が？」

「お前の輿入れまでの経緯。雪兄上とたまたま話す時間があった」

西の棟へ向きかけていた体を、再度冬隼へ向ける。

「どうだった？」

「あちらの真意は読めないが。もともと清劉国と我が国は、長年敵対関係にあったのを、劉妃を輿入れさせる事を契機に国交を回復しようとした。そこは分かっているな？」

なぞるように整理された内容に翠玉もうなずく。

「結局、関税やら各国の負担する割合やらで双方の主張が折れず、国交の回復は宙に浮いた」

「まぁ、誰も間を取り持とうともしなかったしね」

肩をすくめて苦笑する。本当はここの部分について劉妃が皇帝を言いくるめるよう期待されたのだが、輿入れと同時に後宮での実権争いに興じた彼女は、何の役にも立たなかった。

「それから宙に浮いたまま十年、特に何もないまま済んできたが、ここにきて我が国も清劉国も、治世が安定し兵力も戻ってきた。ただ、まだお互いに争える余力はない」

「そうね。お互い大国だしね。相当な消耗戦よね」

おそらく状況はよく似ているだろう。だから拮抗《きっこう》するに違いない。

「ゆえに、今はとりあえず形だけでも関係は保ちたい。その方法として出たのが婚姻という形だそうだ」

「清劉の皇帝は、決して主導権を譲るような男じゃないしね」

大嫌いな異母兄である皇帝を思い出す。あの男の辞書に譲るという言葉は存在しないだろう。

「順番的には、今回は我が国から嫁がせるつもりだったようだが、なぜか先方から輿入れの要請があって、丁度俺の結婚に頭を悩ませていた兄上達が喜んで食いついた」

呆れたように冬隼は肩をすくめる。

「それで、春官長が私を名指しして要望したわけ？」

「そのようだな」

「でもなんで、清劉は輿入れさせるなんて言い出したのかしらね」

考えるに、翠玉が輿入れする間際は、婚姻させる適齢の女性皇族は少なかった。積極的に嫁に出せる状況ではなかったはずだ。

「おそらく、そこに劉妃が噛んでいるのかもな」

「確かに劉妃は皇帝の実姉だしね。姉を見切る前に最後の我儘を聞いてやるつもりだったのかもしれないわね」

顔を見合わせ頷き合う。とりあえず、謎の一片は解けたが、結局終着点は劉妃だった。

「とりあえずは、ここまでだな。あとはまた鵜州から戻ってきてから考える」

「そうね。とりあえず、今は目の前の鵜州だわ。あと、鵜州から戻ったら春官長の蘇玄忠にもお礼に行くべきかなぁ」

「あぁ、そうしてやれ」

頷き合い、それぞれの室の方向へと分かれた。

◇

静かな夜だった。

緩やかな眠りの中から意識が一気に戻される。久しぶりの感覚だ。翠玉は薄っすらと瞼をあげる。

辺りは暗い。部屋の中は静寂が落ち、並んで寝ている冬隼の寝息だけが聞こえる。いや、正確に言うと寝息のような息遣いだ。彼も同様に目が覚めている。体を動かさないよう、そのままの体制で気配を探る。部屋を包む静寂の中に、チリチリとした空気を感じる。

これは……何かがゆっくりとこちらの様子を窺いながら、近づいている。数は一人や二人ではない。記憶の中で就寝前の部屋の様子を思い出す。何か咄嗟に手に取れる物はなかっただろうか。

ジリジリと気配が寝台に近づいているのを感じる。翠玉の思考は妙に冴えわたっている。部屋に気を巡らせていると、スルリと手のひらに温かくて柔らかい物が入り込んできた。

神経が研ぎ澄まされているため、やけに鮮明な感触だった。反応しかけて、翠玉は慌てて睡眠の呼吸に戻す。冬隼の手だ。

この緊張状態でも彼の体温は温かかった。彼の指先が、翠玉の手のひらに触れた。

三本。爪先で引っ掻くように一本の感触が消える。冬隼の寝息のような息遣いは、続いている。

二本。薄っすらと気配を確認する。寝台を回り込んでこちら側にも気配がある。

一本。次の瞬間、体をひねり、寝台の下に転がり降りる。

バサリとかけていた寝具が派手に舞う音と共に、何か重たい物が振り下ろされた鈍い音が響く。間一髪だ。先ほど翠玉と冬隼の寝ていた場所に、ギラリと銀色に光る物が突き立てられていた。

「鳴らせ!!」

冬隼の鋭い声が響く。それと共に、鈍いドスンという音がして、何かが寝台に倒れこむのが分かった。一瞬にして鉄の臭いが鼻を突き、何が起こったか理解できた。

寝台から転がり出た際に、手元に手繰り寄せていた紐を思いっきり引く。途端に部屋の中にガシャンガシャンとけたたましい鐘の音が響き渡る。宮中に緊急事態を告げるための物であるため、真下にいる人間には、耐えられない大きさだ。思わず耳を塞ぎたくなるだろうと思っていたが、神経が訪問者達に向けられているせいか、あまり気にならなかった。

これで、もうじき家の中の警護達が集まるだろう。

それまでどう時間を稼ぐか。おそらく彼らの進入を許したと言う事は、扉の前に配置された護衛達は既に動きが取れない状況であろう。

暗闇になれた視界には、黒ずくめの男三人がこちらを捉えているのが確認できた。チラリと見ると、最初に寝台に剣を突き立てていた男は、寝台の上で骸《むくろ》になっていた。

そしてその横では、冬隼がその男に突き立てた自身の護身用の短剣と、男が寝台に突き立てた剣を抜いていた。どうやら彼は十分に自分の武器を調達したらしい。

「翠玉、短と長どっちがいい？」

どうやら一つは譲るつもりらしい。おそらくこちらを見ず、あちら側の来訪者と睨みあっているだろう。翠玉も同じ状況である。

「結構よ！　自分で調達するわ！」

そう言うと、寝台の脇に立てかけてある、天窓用の棒を手に取る。夕刻に李風が天窓を閉めて仕舞い忘れたものだろう。

キィンと音が響く。冬隼の側は打ち合いが始まったようだ。

「まさかそれでやるつもりか⁉」

冬隼の抗議の声が耳に入るが無視を決め込んだ。まだこちらを確認する余裕があるようだが、自分の戦いに集中してもらいたい。

暗闇になれてきた視界の中で、こちらの相手の背格好まで分かった。三人とも男だ。ギラギラと、銀色の光が揺れている。女で華奢《きゃしゃ》な翠玉では分が悪い。

しかも手に持つ武器は、ただの棒。長さがある分、室内では使いづらい。

一人が体制を低くして、剣を出してくる。動きが素早い。咄嗟に棒先を突き出し、剣から外すと、そのまま男の肩口を強く突く。反動で男がバランスを崩し、後方に下がるが、今度はそれを見逃さず、突き出したままの剣を持つ手を捻り上げる。

勢いで、男の手から剣が離れ、床に派手な音を立てて落ちる。棒を捨て、そのまま引き寄せた男の鳩尾《みぞおち》に肘を打ち込む。「グッ」とくぐもった声を上げ、男が崩れ落ちる。男が倒れこむ際、ついでに男の腰に差さっていた短剣も抜き、足元に落ちた剣を拾う。

これでこちらも武器は揃った。一瞬の出来事である。

「なるべく殺すな！　色々吐かせなきゃならんからな」

状況を見ていたのかどうかは分からないが、後ろから冬隼の指示が飛ぶ。

「無茶苦茶な注文ね。なるべく頑張るわ」

苦笑して、剣を構える。

目の前にはあと二人。さて、どう片付けようか。

翠玉の一連の動きを見たせいか、二人の男は注意深くこちらの様子を窺っている。おそらく一人ずつで掛かってくるような、ぬるい事はしないだろう。

短剣は鞘《さや》ごと寝巻きの腰紐に差し、剣を構える。ヒラヒラした寝巻きは、体に張り付き、動きによっては空気抵抗が強いので動きづらい。普段からこっそり寝巻きで鍛錬しておいて良かったと思う。これで陽香には少し言い逃れができるだろう。まぁそれもこの場を無事に切り抜けての話なのだが。

冬隼の方は先ほどから打ち合う音が響いている。やはり、禁軍将軍相手である。それなりの手練れが送り込まれているのだろう。

ともすれば、おそらく翠玉に回されているのは、その中では実力が低い者なのかもしれない。そうであれば早めに片付けて援護をしてやらねば。

低く構え、真正面から右側の男へ向かっていく。左側の男がそれに反応し、翠玉に向かってくる。二人で挟み込むつもりらしい。左の男の剣が翠玉の肩口を捉えようとすると、同時に、右側にいた男が、正面から剣を振り下ろす。

だが、翠玉にしてみれば、遅すぎる。既に右側の男の懐に入り込み、下から両足を薙ぎ払う。一瞬視界が真っ赤に染まる。次の瞬間、鋭い悲鳴が部屋に響いた。

両足を失った男は、その場に崩れ落ちる。噴き出した血が翠玉の薄桃色の寝巻きに飛び散り赤黒く染めた。血を吸った寝巻きが、ズシリと重さを増した。

すぐに男から離れ、攻撃を外した男との間合いを取る。先ほど切った男の血糊を軽く払いながら、ゆっくりと男に近づく。男はジリジリと後退りしながら、構えている。腰紐に差した短剣を取り、空いている左手に持つと、そのまま男に向かって投げつける。投げられた男は見切ったらしく、持っていた剣で振り落とす。

その瞬間こそを翠玉は狙う。男にとってはおそらく、一瞬の出来事であっただろう。飛んできた剣を振り落とした瞬間、目の前の翠玉の姿が消え、気がつけば自分の懐に迫っていた。慌てて間合いを取るが、一歩遅かった。血しぶきと共に、剣を持つ腕がダラリと体側に力なく垂れた。

「あぁ！　惜しい」

翠玉はそう毒づくと、軽快な動作でまた間合いを取る。本当は腕ごとやるつもりだったが、思いの外早く反応されてしまった。ただ腱《けん》は切ったらしく、利き手を封じる事には成功した。念のため、もう片腕の腱も切ろうか。

戦局によって考えようかとチラリと冬隼を窺う。すでに二人を倒し、残る一人を格闘の末に蹴り飛ばしている。

これは出る幕ないかな。そう思い、視線を戻そうとした時。

キラリと何かが視界の隅に光った。

「危ない！」

咄嗟に体が冬隼に向かって動いた。寝台に飛び乗り、反動を利用して冬隼の背中に飛びつく。鈍い衝撃と、熱い痛みが右肩と右腕を襲った。

そのままの勢いで、冬隼にぶつかる。冬隼の驚いた表情を思いの外近くで見た気がした。

◆

「危ない！」

翠玉の、悲鳴に近い声に反応すると、彼女がこちらに向かって飛びついてくるところだった。彼女の背後では、先ほど彼女から鳩尾《みぞおち》に肘を入れられて倒れたはずの男が、上体だけ起こしていた。

そして目の前には二本の小刀が迫っていた。避ける暇も、振り落とす暇もなかった。

ゆっくりと小刀が翠玉の体に吸い込まれていくように見えた。

それが、彼女に刺さったのだと理解するのに時間はかからなかった。

ぶつかるように倒れてきた、彼女を受け止める。

「っ、ごめん！」

それだけ言うと、彼女は左手を右肩に回し、あろう事か、刺さっていた小刀を抜いた。何をするのかと、止めようとしたのもつかの間、その小刀を投げた張本人の男に鋭く投げつける。利き手でない方で投げたくせに、その腕前は抜群だった。男の喉元に真っ直ぐ刺さり、男の体は重たい音を立て崩れ落ちていった。

「ごめん、殺しちゃった」

自嘲《じちょう》気味に笑って翠玉は、冬隼から離れようとする。右手にはまだ剣を握っている。

嫌な懸念が頭をよぎる。

「動くな！　毒が回る!!」

咄嗟に翠玉の左肩を掴み、引き止める。こうした刺客《しかく》の武器には毒が含まれている事が多い。下手に動けば体中に毒が回る。早く吸いださなければならないが。

後方を見ると、先ほど蹴り飛ばした男が起き上がってくるところだった。肋骨を二、三本折っているはずだが、まだ諦める気はないらしい。

そして目の前には、翠玉が右腕だけ腱を落とした男が左手に短剣を持ち、迫っている。それぞれ手負いとはいえ、翠玉を動かさず、守りきるには骨が折れるだろう。これ以上冬隼がモタモタしたなら、翠玉が動き出しかねない。仕方ない。向きを変え、後方にいた男に迫り、懐に入る。突然の接近だが相手の反応も良かった。冬隼の出した剣をうまく受け止められる。一筋縄ではいかないのは織り込み済みだ。

受け止められた剣を引き、不安定な体勢に気をとられた瞬間を逃さず、鳩尾《みぞおち》に強烈な蹴りを加えてやる。男の体が吹っ飛び、茶器や長椅子の上に、けたたましい音を立てながらぶつかる。反転してもう一人の男を見ると、やはり抑えられず剣を構える翠玉と睨み合っていた。

「だから動くなと言っただろう！」

一瞬で翠玉を越えると、左手に短剣を構えている男の喉元を一直線に薙ぎ払う。

突然の冬隼の猛突進に、受け身を取りかけた男は、それでも冬隼の早さには追いつけなかったようだ。血しぶきを上げ、寝台の上にバタリと倒れ込んだ。

「まぁ、派手に……」

呆れたように翠玉が呟く。

「不可抗力だ」

シレッと言い捨て、先ほど蹴り飛ばした男を確認する。あれだけ派手に飛んだのにまた起き上がってきた。化け物かとうんざりしながら、どう片付けようか思案する。

その時、バタバタと複数の重たい足音が部屋の外から響く。ようやく援護が来たらしい。その音に気づいた男は、構えを解くと逃げるように中庭へ出る窓へ向かった。

中庭に逃げられたら厄介だ。逃がすものかと追い縋ろうとした時。

冬隼を追い抜き、光る物が男に向かって飛んでいく。なんだ？　と思う間もなく、それは真っ直ぐ男の背中に刺さる。軌道の元をたどると、翠玉が座り込んだまま、左手を上げていた。先ほど右腕をかすめて落ちていた小刀を拾って投げたらしい。彼女のブレない腕前に驚く。

小刀が刺さった男は、窓枠を越えられず、倒れ込んだ。勢いよく扉が開き、護衛達が雪崩れ込んでくる。それぞれが部屋の惨状を見て、絶句している。

「捕らえろ!!　殺すなよ」

事情があまり掴めていない護衛達に声をかけると、彼らは慌てて刺客《しかく》達を取り押さえにかかる。とりあえずはこれで安全は確保できた。

翠玉を見る。大人しく座っているが寝巻きは血糊で真っ赤に染まっている。おそらくほとんどが敵のものだが、おかげで怪我の部位は断定できない。

「誰か！　側の者はおらぬか!!」

戸口に向かって声を張ると、外にいた側仕《そばづか》え達が数人入ってくる。

しかし部屋の惨状を目の当たりにした彼女達は戸口で固まってしまった。その中で一人、動じていないそぶりの女がいた。真っ直ぐに心配そうな面持ちでこちらへ走って来た陽香の姿に、流石だと冬隼も感服する。

「陽香、翠玉が怪我をした！　恐らく刃先に毒があった。急いで医者と、大量の水を用意してくれ！」

「翠姫が⁉　承知いたしました！」

血糊だらけの翠玉を見て、真っ青な顔で陽香は叫ぶと、バタバタと室を退室していく。室の外で金切り声を上げて、他の側仕え《そばづか》達に指示をだしているのが聞こえた。

◆

翠玉はぼんやりと部屋を見渡した。護衛が入り、生きている男達は縛られどこかへ連行されていく。

右肩の傷は時間を追うごとに痛みと熱を増していく。もう一箇所は右腕をかすめていったようだがそれにしても、焼けるような痛みが強い。

これは、過去の経験から、あまり良くない状況かもしれない。

「貸せ！」

突然、隣に屈む冬隼に腕を強く引かれる。怪我人なのだがと抗議をしようとする間もなく、強い力で押さえつけられ、一気に寝巻きの右肩から腕までの部分を破りとられた。そしてその布を裂くと、右肩から脇にかけて巻きつけ、強く締める。あまりにも突然の事と強い締め付けに驚きすぎて、言葉も出なかった。

「ご用意できました」

同時に陽香が水差しを三つ抱えて来る。その後ろにも二人ほど水差しをもつ側仕《そばづか》えがいた。

「すまないが陽香、翠玉を押さえていてくれ！」

そう言うと、冬隼は水差しから水を直接口に含み一度吐き出すと、あろう事か自らの口を翠玉の右肩の傷に当てて強く毒を吸い出した。突然の激痛に翠玉の体がビクリと跳ねる。それを押さえるように、陽香と側仕《そばづか》え達が翠玉の体を支える。

冬隼は吸い出した血の塊を空の水差しに吐き出し、口をすすぐと、また同じように口をつける。鋭い痛みに無意識に翠玉の体は抵抗する。普段から鍛えている翠玉に側《そば》仕《づか》え達が太刀打ちできるわけもなく、彼女達の押さえつけは意味を成さなかった。

「烈‼　いるだろう！手伝え！」

冬隼がどこかに向かって大声で呼びかける。

痛みでぼんやりとした思考の中で、以前見た男の姿を思い出す。

「承知しました殿下」

翠玉の頭の上の方から聞き覚えのある男の声がする。

「あなた、あの時の」

まだ嫁いだばかりの頃、忍び込んだ東側の廊下を泰誠と歩いていた謎の男だった。

「失礼させていただきます」

一体どこから来たのか、そんな事をぼんやり思った次の瞬間には、側仕《そばづか》え達とは比べものにならない強さで、体を押さえつけられ、また痛みで思考が停止した。どれくらい痛みに耐えたか、分からないが、体を解放される頃にはどっと全身が重く感じた。ぐったりと、床に横になっていると、桜季に誘われて、一人の老人が翠玉の元にやってきた。

「毒ですかな？」

「そうだ。今あらかた吸い出したが、時間が少し経っている。体に回ったやもしれぬ」

冬隼が説明する内容をぼんやりと聞く。

「殿下がやられたのですか？　お口に異変はございませぬか？」

「大事ない。だが少しピリピリ痺れた、洗い流したら消えたがな」

「なるほど」

老人は興味深そうに頷くと、屈んで翠玉を覗き込む。

「奥方様。医師の陳《ちん》でございまする。今から傷口を洗浄しまして、消毒いたします。相当痛まれるがご辛抱ください」

まだあるのかと、翠玉は愕然とする。

しかし、今の翠玉には抵抗する気力もない。

「殿下、奥方の体を起こして、背をこちらに向けて頂けませぬか？」

「分かった」

すぐに翠玉の上体が浮く。そのまま、冬隼の肩に顎を乗せて抱かれるような形で座らされる。体もぴったりと、冬隼の胸に添わされ、腰と首のうしろをしっかり固定される。こうなればもう翠玉は身動きが取れない。陽香が持ってきた布をかまされ、腕は冬隼の背に回される。

「我慢できなければ、俺の背中に爪を立てろ」

耳元で静かに言われ、ぼんやりと頷いた。

傷口の消毒と洗浄は、毒を吸い出されるよりも更に酷い痛みを伴った。

何度か痛みで意識が飛びそうになりながら、必死で冬隼にしがみついて耐えた。

「とりあえずの処置は施しました。あとは奥方の体に毒が回ってない事を願うしかございません」

「そうか。毒の特定はできそうか？」

よくやったと労うように、冬隼が翠玉の頭をポンと叩く。痛みを耐えるのに力を使い切った翠玉は、ぐったりと彼に体重を預け、二人の会話をただぼんやり聞く事しかできなかった。

「毒の塗ってあった刃物はございますか？　それがあればなんとか分かるやもしれません」

「それが、あそこで死んでる男と、さっき連行された男に刺さっている」

警護達が片付けている方を指して冬隼が首を横に振る。

「なれば難しいでしょう」

残念そうに陳が俯く。

「うわ～、派手にやりましたね～」

場の空気にそぐわない緊張感のない声の主が入室してくる。

人影に紛れて姿は確認できないが、この声は泰誠だ。

「遅い!!」

咎めるような冬隼の鋭い声が飛ぶ。

「今日は自邸に戻っていましたから。これでも鐘の音を聞いて急いできたんですよ？」

泰誠の自邸は、この宮のすぐ西側に構えられている。鐘の音もそこまで届くようになっているのかと、翠玉はぼんやりとした意識の中で思う。翠玉の事は来る途中に誰かに聞いたのか、近くに来てもこの惨状に彼は一切触れなかった。

「とりあえず死体の片付けと、拘束者の措置については指示を出してあります。あとこの事は宮外には一切公言しないよう緘口令を出しておきました」

「すまん。助かる」

礼を言いながら、冬隼は胸に引き寄せていた翠玉を、ゆっくり横抱きにする。視界が変わり、翠玉には自分を取り巻く人の顔が見えるようになった。

そしてその中の一人、烈と視線が合うと、烈は苦笑を浮かべ、小首を傾げた。

「烈、どういう事だ？　面識があるとは聞いてないぞ」

二人のやり取りを見た冬隼が烈を見上げる。

「以前バッタリというか、ウッカリ会ってしまった事がありまして」

気まずそうに頭を掻きながら、烈が弁明している。

冬隼の夜巻きを掴む。ほとんど力は入らなかった。

「私の事、調べさせていたの、でしょ。私が、たまたま、泰誠と彼の話を、聞いてしまったの」

呻き声以外の久しぶりに発した声はひどくかすれて、息も続かず話し辛かった。

間近の冬隼の表情が、苦しげに歪む。

「無理に話そうとするな」

「大丈夫よ、多分。でも、しばらくは、寝込むと思うから、遠征の準備、とか、うちの部隊の事とか」

「そんなのは気にするな、蒼雲がやる」

ぞわぞわと背筋に寒気が走り、目の前がグラグラしてきた。

間近の冬隼の顔すら歪んで見える。

「お願い。もし役に立たない時は、置いていって」

絞り出すようにそれだけ伝えて、意識を手放した。

◆

意識を手放すと同時に、パタリと、襟元を掴んでいた翠玉の手が落ちた。冬隼を含め、取り巻いていた全ての者が一瞬ドキッとしたが、すぐにハァハァと熱っぽい荒い息を確認し、胸をなでおろした。

「今隣室に、お部屋を御用意しておりますゆえ、しばらくお待ち下さいませ」

桜季が水に浸した布を冬隼に渡す。冬隼は受け取ると、その布を翠玉の額に乗せてやる。腕の中の華奢《きゃしゃ》な体は時間を追うごとに熱を増していくのが分かった。

しばらく思案する。

「いや、桜季。東の棟の執務室の隣の部屋を開けてくれ」

「東側の、でございますか？」

突然の指示に、不審げに桜季が聞き返す。

「しばらく西の棟は使わぬようにする。守りを固めるためだ。翠玉を東側の棟に移せば、その分、東側の警護が厚くできよう」

自分の室と執務室の隣に、一部屋空き部屋があるのだ。時々、執務が徹夜になった時には泰誠が泊まるなどしているため、寝室の機能は整っている上、広さもある。

「なれば、そのように手配を致しましょう」

流石、実質的に宮を切り盛りする筆頭女官《にょかん》である。すぐに冬隼の真意を酌《く》み、部屋を出ていった。

「しかし、派手にやりましたね。奥側は血みどろだし、こちら側はハチャメチャに壊れているし、どちらがどちらです？」

興味深そうに部屋を見渡しながら、泰誠は翠玉と冬隼を見比べる。

「奥が翠玉で手前が俺だ」

いくら後半は余裕がなかったとはいえ、流石に暴れすぎた。家具や食器の残骸が散乱しているのを改めて見ると、後悔が押し寄せる。まだまだ修練が足りないという事か。

「奥方、実戦経験があったんですね。初めてでこれだけ気持ちよく人を切れないですよね」

　翠玉の暴れた奥側を眺めて、感心したように泰誠が呟く。確かに、一緒に戦ってい て、何の迷いもなく相手の足を落とすわ、腕を斬るわ、息の根を止めるわで、一切の躊躇いは感じなかった。

「翠姫は幼き頃より、ご兄弟と共に何度も命を狙われておりましたので、こうした事は初めてではございませぬ」

　水桶を持って現れた陽香が、冬隼の前に座る。水桶から水に浸した布を取り出し軽く絞ると、翠玉の顔から胸元にかけて残る返り血の跡を落としていく。

「あまりにもお命を狙われる機会が多かったので、亡き翠姫のお母上が兄上様方だけでなく姫にも武術を習わせたのが、今の翠姫の始まりでございます」

　確かに思い出してみれば、翠玉は終始落ち着いていた。侵入に気づいた時も、冬隼の指示に適切に反応し、周りを見ながら戦っていた。だからこそ、いち早く冬隼を庇えたのだ。

「ある時などは、朝起こしにいくとお部屋が血の海で、慌ててお探し申し上げたら、お兄様方と、疲れてお部屋の片隅で眠っておられる事もございました」

ゾッと冬隼の背筋が凍る。よく見ると泰誠や烈も同じような顔をしていた。

「壮絶ですね」

泰誠が引きつった顔で呟く。

「それほど、日常だったのでございます」

拭き取りが終わり、水桶に赤く染まった布を戻し、陽香が立ち上がる。

「翠姫は幼き頃より、服毒にて毒慣らしをしておいでございます。もし幼き頃に扱った事のあるものであれば、ご自身のお体で解毒が出来るやもしれません。ただ、今回は刃物による傷ゆえ、どのようにお体に影響するのか分かりませぬ」

心配そうに翠玉を見つめ、礼を執り退室していく。残された冬隼と泰誠と烈はしばらく沈黙したまま翠玉を見つめる。血を拭われ綺麗になった顔は青白い。

「烈」

沈黙を破ったのは冬隼だった。

「ハイ」

烈が静かに答える。

「しばらく、こいつの側を離れるな。頼んでいた仕事は他へ回せ」

「承知しました」

「あと、なぜこいつと面識があった事を黙っていた」

先ほどの翠玉と烈の視線の交わし方が、妙に引っかかっていたのだ。

冬隼の問いに、烈は気まずげに視線を逸らした。

「あの～、奥方がまだこの宮に来て間もなくの頃、部屋を抜け出して歩き回っていた時がありまして。その時に抜け道を教えた事がありました」

何となくそれがいつの事か、冬隼も、泰誠にも予測がついた。あの時か。

「でも、まさか話まで聞かれているとは思っていませんでしたし、奥方の記憶にそれほど残っているとは思いませんで……」

参ったように烈は肩をすくめて笑う。それだけ翠玉の着眼点が間違いないという事なのか、と思う。腕の中の翠玉は、未だ苦しそうな息遣いをしている。

「しかし、夜襲なんて久しぶりですね。やはり昼間の事ですかね？」

泰誠が、まだ近くに転がっている死体の一つを観察するように見つめる。特段何か手がかりになるような物も出てはこないだろう。

「可能性は高いが分からんな。俺と翠玉のどちらを標的にしていたのか。もしくは両方だったのかも読めなかった」

ほとんど手がかりは掴めなかった。四人ほどは生きて捕えているはずだ。今後そこから迫っていくしかないだろう。

そろそろ、室が整う頃だ。いつまでも翠玉をここに置いておくわけにもいかない。

抱き上げて室を出ようとした時、一人の警護が近づいてきて礼を執った。

「ご報告申し上げます。生きて捕えた者達ですが、四人の内、足を切られた男は重症にて現在治療中。二人は地下に拘留し、もう一名、最後に逃げようとした男は死亡いたしました」

「死亡だと？」

冬隼とやり合った男だ、骨は数本折れているだろうが、致命傷となる傷は追わせていないはずだ。翠玉が投げた小刀とて、死ぬほどの場所には刺さっていなかった。冬隼の怪訝な反応に、警護の男はさらに頭を下げる。

「おそらく、小刀の毒のせいかと。移送中に突然苦しみ出し、泡を吹いて呼吸が止まりました」

ギョッとして腕の中の翠玉を見た。浅くて早いがきちんと呼吸をしている。同じ毒が塗られた物が刺さっていてこの違いは、処置が早かったからなのか、やはり翠玉が毒に慣れているからなのか。

「クソッ！」

あの時、早く気づけなかった自分に嫌気がさした。

◆

笑い声がする。

「ほら翠！　早く来いよ!!」

黒い髪を風に揺らし、活発そうな男の子がこちらに手を振っている。歳の頃は十歳前後だ。

「蓉兄様！　待って!!」

慌てて自分も走り出す。兄は翠玉がついてくる事を確認すると、くるりと背を向けてさらに先に走っていく。

「待って！　待って！」

兄に離されないように、慌てて追いかけるが、思うように足が回らない。兄ほどには早く走れない自分がもどかしい。

「アッ！」

案の定足がもつれて、転倒する。膝に痛みが走り、ジャリッと土を掴む嫌な感触がした。恐る恐る手を見ると、土で汚れていた。お気に入りの服にも砂がつき、膝部分は破れていた。

「つう…」

途端にジワジワと涙が溢れてくる。

「うわ〜、翠！　大丈夫か⁉」

慌てて蓉が引き返そうとするが、蓉が待っていてくれないからだ、と八つ当たりのような怒りをこめて彼を睨んだ。

その時、ふわりと体が浮く。翠玉がいつも大好きなこの感覚は。

「庸兄様！」

「翠、また泣いているのか？」

長兄の庸が翠玉を抱き上げて優しく微笑んでいた。

「だって蓉兄様が！　服にも血が‼」

色々な事を伝えたくて言葉を繋ぐが、支離滅裂になる。それを分かっているよというように、庸は翠玉の頭をポンポンと撫でる。

「翠！　また泣いてるのかよ〜」

戻ってきた蓉が、慌てて駆け寄り、翠玉を覗き込む。

「泣いているだけじゃなくて、蓉、お前に怒ってもいるようだぞ」

楽しそうに笑いながら、抱き上げた翠玉の顔を、蓉に見えるように傾ける。蓉に向かって翠玉は怒った顔を作る。

「うわっ、すごい睨んでる！　ごめんって翠‼」

拝むように蓉が頭を下げる。翠玉が庸を見上げると、「さぁどうする？」と小首を傾げられた。

「しかたないから、ゆるしてあげる」

ませた言い方でそう言うと、兄二人がブッと噴き出した。なぜ笑われるのかと、再びむくれそうになると、庸よりは少し小さい蓉の手が伸びてきた。

「ゆるしてくれて、ありがとうな」

そう言って翠玉の額を優しく撫でてくれる。

「ニーニー！　ネーネー‼」

遠くから末の弟が自分達を探す声がする。母と末弟の蓬が戻ってきたらしい。

「蓬ー！　今行くよー！」

大きな声でそう叫ぶと、蓉はそちらに向かって走り出す。その姿を見て、庸がまた小さく笑う。

「さて、お姫様。我々も参りましょうか？」

「服を破っちゃって、陽香に怒られないかなぁ」

「蓉にも一緒に謝ってもらおうな」

また優しく頭を撫でられ、その手に翠玉は顔を擦りよせ、目を瞑る。

この手が大好きだったのだ。

サラサラと額を温かい手が撫でている。懐かしくて心地よい、そして冷たい。薄っすらと瞳を開けると、黄色い光と共に、見慣れた顔がこちらを覗き込んでいた。

「とう、しゅん？」

ぼんやりと確認するように呟く。そうか、夢を見ていたのだ。

「目覚めたか！」

覗き込んでいた冬隼は驚いた様子でこちらを見ている。

「ここ、は？」

見慣れない天井だった。自分の今の状況を思い出した。体はしっとり汗ばんでいて気持ちが悪い。まだ熱もあるためか、体が鉛の塊のように重たい。

「東側の棟の執務室の隣の部屋だ。しばらく守りを固めるためこちらに移った」

額に乗せてあった布を取って絞り、また乗せてくれる。ひんやり冷たくて気持ちがいいが、こんな事を彼がしてくれている事に驚いた。

「ありがとう。ねぇ、私あれからどれくらいこうしてる？」

まだ冬隼達がいるという事は、それほど時間が経っていない事は分かるが、それでも数日は経っているだろう。

「三日だ」

「三日……間に合わないわね」

出立まであと二日だ。現実的に考えて、ついていくのは不可能だろう。

「まだ一緒に行く気だったのか」

冬隼が呆れたように笑う。翠玉も、苦笑いで返す。

「今はゆっくり休め、本番はこの先だ」

確かにそうだ、今行ったとて足手まといになるだけだ。この状態では剣を持って立つ事すら難しいだろう。自分の仕事はこの先の戦で役に立つ事だ。

「ねぇ、私の右手動く？」

一瞬、冬隼が驚いたように固まり、次にまた呆れたように笑う。静かに、翠玉の布団を剥ぐと、右手をゆっくり持ち上げ、きちんと付いているとでもいうように見せてくれる。自分の力ではまだ持ち上がらないが、きちんと感触もあって、ホッとした。

冬隼の二本の指が翠玉の手のひらに当てられる。

「握ってみろ」

剣の柄に見立てているらしい。ゆっくり指先に集中し、握っていく。弱々しくだが、きちんと握る事ができた。

「大丈夫だろう？　今は衰弱しているから、力が出ないが、治ればまた戦える」

「良かったぁ～」

安堵《あんど》のため息をつきながら、体から力を抜く。ズシリと寝台に体が沈み込むような感覚だった。安心したせいか、またウトウトと眠気が襲ってくる。おそらく次に起きた時には、冬隼はいないかもしれない。

「あなたも忙しいんでしょう？　無理しないでね。無事に帰ってきて」

遠のいていく意識の中で、それだけは伝えなければと口を動かした。返事の代わりか、その後なのかまた先ほどと同じように額をサラサラと温かい手が撫でていく。

「それすごく落ち着くわ。もう少し……」

最後まで言えたかは分からない。

ただ懐かしい手の感触に包まれて、緩やかに眠りについた。

◆

寝入った翠玉の顔を眺める。呼吸はやはり早い。一昨日には、熱が上がりすぎて危険な状況だったのだ、落ち着いた今でも医師の診立てでは、まだ予断を許さない状況だという。

「失礼いたします」

押し殺した声で、陽香が入室してくる。手には新しい水桶を持っている。ちょうど変えが欲しい頃あいだった。

「今、少し目を覚ましたぞ」

陽香が水桶を置きやすいように場所を開けてやる。

「左様にございますか！　あぁ、ようございました」

ホッとしたように胸を撫で下ろし、ここ数日の険しい顔が少し緩む。陽香は水桶を置くと、翠玉の額に乗っていた布を水に浸し、絞って替えてやる。水桶の中の大きな氷の塊がカラカラと音を立てて部屋に響いた。

「旦那様も少しお休み下さいませ。ここ三日、ご公務もお忙しい上、毎夜こちらのお部屋で気を張っていらっしゃいます。今夜くらいは私が付いておりますゆえ」

「大丈夫だ。まだ夜襲の可能性がある以上は、こいつを守れる腕のある者が側にいなくては危険だ。」

今やこの部屋のみならず、屋敷《やしき》全体に警戒態勢を敷いているとはいえ、一度屋敷《やしき》に侵入を許しているのだ。しかも未だどこから入ったのか、誰が手引きしたのかも、分からない状況である。今の翠玉は戦える状態ではない。夜は冬隼が隣で眠り、泰誠もすぐに対応できるように隣の室に控えている。

「それに、もう今夜までだからな」

冬隼の言葉に、陽香が動きを止める。心配そうな眼差しが返ってきた。

「本当に大丈夫でございましょうか？」

幼い頃より翠玉の側にいた侍従《じじゅう》だ。不安なのは無理もないだろうと苦笑する。

「大丈夫だ。お前の気持ちも分かるがな。しかし、動けないこいつを守るにはこれしかない」

陽香も反対しているわけではない。不安なのだ。冬隼の説明に自分を納得させるように小さく「そうでございますね」と相槌を返した。そのまま、古い水桶を手に退室するかと思ったが、ジッと陽香に見つめられる。

「でも、嬉しゅうございます」

唐突に、ニッコリといい笑顔で言われる。

「何がだ？」

この状況で嬉しいものなどあるのかと怪訝に思う。

「ご婚姻当初はあれほど翠姫にご興味なかった旦那様が、これほどまでに翠姫を愛して下さるようになるなど、思いもいたしませんでした」

余りにも予期していなかった言葉に、一瞬何を言われたのかとポカンとしてしまった。おそらく、間抜けな顔をしていたに違いない。

しかし、一方の陽香はそんな事に気づいていないのか、ニコニコと嬉しそうな笑みを浮かべている。

愛して、いる？　なぜそれに繋がった？

というより、自分は翠玉を愛しているのか？

確かに、婚姻したばかりの頃に比べれば、翠玉との関係は良くなっているし、信頼関係もできているのかもしれない。しかしこれが愛している、に繋がるのか？

頭の中に色々な疑問が浮かび上がり渦を巻く。

「それは……」

違う！　と言いかけて、待てよと思う。これで否定するのも、おかしな話だ。仮にも夫婦である。否定する方が不自然か。ましてや、下手な事を言えば、陽香から桜季へ繋がり、この二人に攻め立てられるという面倒な結末が待っているだろう。ここは無難にいこう。

「そうか」

「ええ、そうでございましょう」

とりあえずは、合格の答えだったようで、陽香は大きく頷くと、満足げに部屋を出ていった。彼女が退室するのを確認する。今日一番、いやおそらく最近で一番の大きなため息が出た。脱力すると共にズルっと体が椅子からずり下がる。一瞬で色々を考えたからか、すごく疲れた気がする。

チラリと寝台の翠玉を盗み見る。起きてはいないようだ。ここ最近の自分の姿は、傍からはそう見えていたという事なのだろうか。再度の襲撃の恐れがあるのだ、心配もするし、守ろうとするのが当然ではないのかと、冬隼は思っている。むしろこれで知らん顔できるほど、薄情なたちではない。そもそも、陽香は自分達の夫婦関係を取り持とうと躍起《やっき》になっていた面々の内の一人だ。ちょっとした事でも飛躍しているのだろう。そう思うと、ストンと何か腑に落ちた気がした。何を動揺していたのだろうか。

一つ大きくため息をついて、翠玉の顔を見る。

目覚めて最初の心配が剣を握れるかどうかなどと、本当に変な女だと思う。熱に浮かされ、少しやつれた様子はあるものの、呼吸はしっかりとしている。どうか戻るまで無事でいて欲しい。

しばらく苦しそうな寝顔を見ていると、スッと翠玉の目尻から、光る物が流れ落ちる。ポツリと小さな声が翠玉の口から漏れた。何かと思い、顔を近づけてみる。

「……がぃ………ないで」

かすかにしか聞こえなかったが、冬隼には何となく分かってしまった。

お願い、置いていかないで。

◇

宮廷前の広場は、そこにいる人間の数が嘘のように、静まりか返っていた。冬隼が本殿から出て、彼らの前に立ち、一つ銅鑼《どら》の音が鳴らされると、全員が一斉にこちらに注目する。

「皇帝陛下より、出立の命が下された。これより出陣し、鵜州を平定する！」

声高らかに宣言すると、それに応えるように猛々しい声が上がる。

出立の時がようやっと来たと思う反面、いつもと違い、この時がもう少し後であればという思いもこみ上げる。上段から降り、隊列の先頭へ戻ると、泰誠が珍しく真剣な面持ちで迎える。冬隼が騎乗するのを待ち、出立の銅鑼《どら》が鳴った。隊列がゆっくり動き出す。

「いつもの出立より、釈然としない顔ですね」

泰誠は轡《くつわ》を並べながら、こちらを見ずに、相変わらず真剣な顔を崩してはいない。冬隼にしか聞こえないくらいの声量だ。流石は幼い頃から側にいるだけある。

「先ほど烈から連絡がありましたよ。無事に移られたそうです。気取られた様子も今のところないとの事です」

「そうか」

短く答える。丁度、蒼雲の隊の傍らを通った。本当であれば、その隣に彼女はいる予定だったのだ。どのような面持ちで臨んでいたであろうか。

一昨夜を思い出す。

「お願い、置いていかないで」

熱に浮かされたうわ言だった。戦の事を言っているのではない事、物理的な事を言っているのではない事は、すぐに分かった。一筋流れた涙に、彼女の弱さを垣間見た気がして、脳裏に焼き付いた。あまり一人には、してやりたくない。

「さっさと片付けて帰ってくるぞ」

小さく呟いた言葉は、どうやら泰誠にも聞こえたらしい。

驚いたようにこちらを見返し、次の瞬間には表情を崩した。

「そうですね」

◆

「母様！　嘘よ！　だってお昼には床から起き上がってお茶をしていたのよ！　もう大丈夫って笑っていたわ！」

「申し訳ございません。しかしながら、先ほど突然容体が急変致しまして、ご崩御《ほうぎょ》されました」

「嘘よ！　なぜなの？　なぜ兄様だけでなく母様まで亡くならなきゃならないの⁉」

幼い自分の悲鳴が響く。忘れもしない、あの夜の出来事だ。

兄が亡くなってから、臥せていた母の体調が落ち着き、昼間のひと時を一緒に過ごしたばかりだった。泣き崩れる自分の横に、同じように遺された蓉が茫然と立ち尽くしていたのを覚えている。

暗転する。

「どういう事⁉」

またしても自分の声が響く。今度は先ほどより少し大人びた声だ。

「いえ！　ですから、姫。落ち着いて聞いて下さいませ」

「蓉兄様は、どうなったの⁉　ハッキリ言いなさい‼」

慌てる側仕《そばづか》えに、翠玉がイライラした声で問い詰める。

「い、戦の際に負傷され……戦死されました」

次に響いたのは、言葉でなく悲鳴だった。嘘だと、信じたくないと、泣き叫んだ自分の声だ。

◆

もう、こんな夢は見たくない。何かにすがる思いで手を伸ばす。

お願い、置いていかないで。

「まだ見つからないのか！」

男はギリギリと歯ぎしりをする。

深夜。寝屋を訪れた部下は、今日も良い話を持って帰ってはこなかった。

この数日というもの、男の頭の中は一人の女の所在に終始していた。一度襲撃してから数日、目的の女の姿がぱたりと見えなくなった。屋敷《やしき》の内部に送り込んでいた者の話によると、襲撃で負傷し伏せている様子だという。こちらから放った凶手は一人として戻ってこなかった。更に追い討ちをかけるべく、情報を得ようとしたが、肝心の情報提供者がぱたりと連絡を断ったらしい。

まぁいい。いずれにしても彼らは使い捨ての駒だ。彼らを調べ尽くしたとて、自分や主人にたどり着く事は不可能だろう。仕方なしに屋敷《やしき》の主がいなくなるのを待ち、忍び込む算段をつけたが、思いの外警護が厳しく難航した。

獲物はここにいる。そう確信を持っていたのだ。

「皇子だから禁軍将軍になれた男ではないという事だけは、肝に銘じた方がいいぞ」

ある時主人が、意味ありげにこぼした言葉に、頭を打たれる感覚がした。もしかしたらこの堅固な守りは、他へ目を向かせないためのものではないだろうか。それまで屋敷《やしき》に固執していた自分に苛立ちを覚えた。

すでに、禁軍が鵜州へ出立してから二週が経っていた。

禁軍の、目覚ましい活躍は王都にも届いてきている。

主人のいう通り、優秀な男であれば、幾重にも手を重ねているに違いない。気づくのが遅すぎたのだ。ギリリと、もう一度歯が軋む。

この数日あらゆる可能性のある場所を探らせている。一つ有力な場所がある。

だが、その家の日頃の状況からは、考えられないほど警護が堅く、未だ有力な情報は得られない。主人を失望させるわけにはいかない。必ずや見つけ出して消さねばならない。

クスクスと、嫌な笑い声がする。聞こえないふりをして通り過ぎると、甘ったるい、何種類もの香が混ざり合い、鼻をつく。胃の奥がざわりと騒ぎ、吐気を覚えるが、ここで表情を歪めたくはなかった。

「かわいそう。一人ぼっちになっちゃったわねぇ」

無視を決め込んで通り過ぎようとすると、ひときわ甘ったるい猫なで声が響く。その言葉につられるように一層クスクス笑いが大きくなった。咄嗟に足が止まる。振り向かなくても分かった。次姉の華遊だ。母の死後に皇后になった女の娘。そして蓉がいなくなったために、世継ぎの最有力候補となった男の姉だ。どの口が言うのか。拳を握り、唇を噛みしめる。振り返ったら、負けだ。大きく息を吐き出す。ゆっくりと足を前に進め、彼女達から遠ざかる。翠玉の背中を、高笑いが追いかけてきた。

気にするものか。もう何も。自分には守るものも、大切なものも残っていないのだ。

ぼんやりと、視界に入ってきたのは緋色だった。

頭の中には霧がかかり、上手く回転するまでに時間がかかった。嫌な夢だけは鮮明に記憶に残っている。体の感覚はあるが、ズシリと重く、寝台に沈み込んでいた。

ここは、どこだろうか。そして自分はどうしてしまったのか。なかなかはっきりしない頭で思考を巡らせてゆっくりと状況を思い出した。

あぁ、毒に当てられていたのだったっけ。

首を回し辺りを見渡す。最初に視界に入った緋色は、どうやら天蓋《てんがい》の幕だったらしい。見た事もない部屋だ。内装は質素だが、置いてある家財は立派なものばかり。飾り窓から入る光が暖かく部屋を照らしているところを見ると、どうやら昼間のようだ。

その窓辺に、見知った顔がある事に気づく。

「楽？」

久しぶりに出した声は、擦れて音になっていなかった。

それでも窓辺で読書をしていた相手には届いたらしい。

「奥方様⁉」

読んでいた書をバサリと床に落としながら、慌てた様子で、こちらに駆け寄ってきた。

「お体に痛い所はございませんか？」

普段、あまり感情が表に出ない楽が、今にも泣きだしそうな顔で、覗き込んでくる。その言葉で初めて体に意識を向ける。怪我したはずの右肩に目立った痛みはない。

「大丈夫よ」

擦れながらだが、今度はきちんと声が出た。楽の顔が、ホッとしたように緩む。随分と心配をかけていたのだろう。

「何か必要なものは、ございますか？」

「喉が渇いた。あと、厠《かわや》に行きたいかな」

起きたばかりだが、喉の奥が張り付くようにカラカラで、反対に腹の方は早く出せと言わんばかりの尿意に見舞われていた。翠玉を目覚めに引っ張ったのは、おそらくこの尿意だろう。

「承知しました。お待ちください」

嬉しそうに頷くと、軽快な足取りで楽が部屋を飛び出していった。楽の背中を見送ると、おそるおそる体の向きを変えてみる。一番怖かった瞬間だった。体が動かなかったらどうしようか、一瞬頭の中をそんな不安がよぎった。

『大丈夫だろう？　今は衰弱しているから、力が出ないが、治ればまた戦える』

ふと、眠りにつく前に聞いた冬隼の声が蘇る。

大丈夫。また戦える。反芻《はんすう》しながらゆっくりと、手をついて体を起こしてみる。腕力が落ちたせいか、体を持ち上げようとするもののグラグラして安定しない。

「奥方様！」

楽から聞いたのだろう。丁度、樂が入室し、慌てて駆け寄ってきた。そのまま手を借りて、上体だけを起こす。

ガシャン。体を起こし切ったところで、何かがけたたましい音を立てて寝台から床に滑り落ちた。翠玉の背に枕を当て、安定している事を確かめると、樂が屈み込み、落ちている物を拾い上げた。翠玉はそれに、見覚えがあった。

特徴的な装飾が施され、丁寧に磨き込まれて輝いているそれは。

「冬隼の護身用の短剣？」

膝の上に丁寧に置かれた短剣を眺める。

何度も彼が持っているのを目にしている上、彼が持つにしては、軽めで豪奢な装飾であったため、記憶に強く残っていたのだ。

「忘れていったの？」

彼にしてはなかなか抜けた事をするなと、首をひねる。

隣に膝をつく樂からくすりと笑いが漏れた。

「お守りだから持たせておくようにと、旦那様から言われております」

「お守り？　あの冬隼が？」

つられて翠玉も噴き出した。あの仏頂面で、お守りなどと可愛い事を言ったのだろうか。クスクスと肩を揺らすと、流石に肩の傷に響いて、咄嗟に顔を歪めた。

「大丈夫ですか⁉」

慌てた樂が腰を浮かせるが、それを手で制す。

「大丈夫よ！　そうね……ここまで回復できたのも、このお守りのおかげかもしれないわね」

眠っている間、嫌な夢を沢山見た。

そんな中でも時折、誰かが励ますように翠玉の頭や頬を撫でてくれるような、温かい瞬間もあって。

もしかしたらそれは、このお守りの加護だったのかもしれない。

聞けば、最後に目が覚めてから、二週間が経っていた。

禁軍は鵜州に入り、瞬く間に賊を討伐して州府の立て直しにかかっているらしい。

鵜州に入ってからの動きは、眼を見張る早さだったそうだ。王都でもすでに噂になっているようだと、目の前に座る優美なご婦人が話して聞かせてくれた。

話を聞きながら、翠玉はなんとも不思議な感覚を覚え、何度も居住まいを正した。

「ふふ、やはり似ている？」

翠玉の寝台の前に座るご婦人は、そんな翠玉の姿を面白がるように微笑んだ。

「はい、なんだか不思議な感覚です。母が生きていたら……」

「そうね。きっとこんな感じよ」

サラリと言われ、翠玉は苦笑いする。ご婦人は、亡くなった母によく似ている。否、正確にいうと、亡くなった母が年老いたならば、こうなっていたであろう姿をしている。

「私も不思議な感覚。嫁いで別れた時の姿で、また妹が戻ってきてくれたようで」

しばらく二人、同じ色の瞳で見つめ合い、同時に噴き出す。

「噂で清劉国から姫を娶ると聞いた時、絶対に貴方をこちらに戻したいと思って、弟を焚きつけたのよ」

「だから春官長が自ら？」

「そう。でも弟も同じ事を思っていたみたいだけど」

おどけたように小首を傾げて、微笑まれ、翠玉もつられて笑った。

「すみません。そこまでして頂いたのに、嫁いですぐにご挨拶もできなくて」

「あら、いいのよ。どうせ婚姻に猛反発していた冬将軍の事だから、言わなかったのでしょう？　折を見てこちらから声をかけられたらなと思っていたところだったから、冬将軍からお願いをされた時には驚いたわ。しかも瀕死《ひんし》の状態だって言うじゃない？　いったい私の大切な姪に何て事をしてくれているの⁉　と冬将軍の所に怒鳴り込みにいこうと思ってしまったわ！」

「冬隼がお願いを？」

「そうよ。内密にと、文を頂いて貴方の状況を知って慌てて迎える準備をしたわ」

そう言ってご婦人は天井を見上げる。

「烈？　いるのでしょ？　経緯を説明して差し上げたら？」

どうやら天井裏に烈がいるらしい。冬隼が翠玉の護衛に残していったのだろう。天井裏に気配は感じなかったが、彼は影の者だ。翠玉に気配を気取られないくらい朝飯前だろう。

「承知しました」

ガタンと後方で音がした。反射的に振り返ると、寝台の後方の窓に、烈が腰かけていた。

「あら、今日はそっちだったの？　また外れたわ」

悔しそうにご婦人が口を尖らせている。一体翠玉が目覚めるまでこの人達は何をしていたのだろうか。

「とりあえず、あれから何があったのか説明してくれる？」

多少呆れながら、こちらに来るよう、手振りをする。

「あれから俺はずっとあなたと一緒にいましたから、どんな寝言を言っていたかなど、何でも聞いて下さい」

おどけた笑みで言われ。翠玉は更に呆れて、大きなため息をついた。

烈の話によると、翠玉が密かに邸から移されたのは、再度眠りについた翌日の事だった。翠玉が臥せてからというもの、何者かが邸内への進入を図ろうとしている形跡が見られ、邸内は厳戒態勢になったらしい。

その内、一人の下女の持ち物から、邸内の様子や翠玉の容態を誰かに伝える文が見つかった。しかし女を問い詰めても、金で雇われただけで、雇い主の情報は何一つ持ってはいなかった上、他にも雇われた者がいる恐れがあった。

邸に翠玉を残す事を懸念した冬隼の采配で、邸に翠玉がいるように見せかけて、どこか別の場所に隠す事になった。そして、白羽の矢が立ったのが翠玉の叔父である春官長の蘇玄忠のところだった。しかし、蘇と翠玉の関係は、婚姻の経緯で知る者は多い。実家に身を寄せるようなものである。

万が一、邸に翠玉の姿がない事がバレたらすぐにそちらが狙われるだろう。そこで考えられたのが、蘇の姉であり翠玉の伯母に当たる高蝶妃《こうちょうひ》の隠居先の邸宅だった。

もともと伯母の高蝶妃は先王の側室の一人であり、先王との間に二人の姫を儲けていたという。娘達がそれぞれ嫁ぎ、先王が崩御《ほうぎょ》すると、蘇家の所有する帝都の東の片隅にある別邸へ移り住み、ひっそりと生活をしていた。

突然の依頼に、高蝶妃も、蘇玄忠も驚いたものの。大切な姉妹の忘れ形見《かたみ》のためと、二つ返事で引き受けてくれた。

翠玉が移動するのを気取られないよう、当時冬隼の元に大量に届いていた、戦の激励品の返礼品と見せかけて、多くの荷物に翠玉を入れた荷を紛れ込ませた。蘇邸を経由し、また他の荷物と混ぜ合わせ、高蝶妃の宮まで運び込んだという。当時翠玉は高熱で生死をさまよう状況だったゆえ、二日をかけ、慎重に移されたらしい。

随分な念の入れようだと翠玉は思う。どれだけ冬隼が思案しながら安全に養生できる場を見つけてくれたのかがよく分かった。どこまで自分に責任を感じているのか。

全く堅物で律儀な男だと、思わず笑みがこぼれた。

「それで今、邸と蘇邸は無事なの？」

翠玉の言葉に烈が頷く。

「大丈夫です。まだ邸の辺りを探っているような様子はあるみたいですが、邸にいない事に気づかれても、蘇邸の守りを盤石にしていますから、今度はあちらを躍起《やっき》になって探るでしょうね」

「ここは帝都の外れ、私は先王の側室だけれど、所詮数多くいた側室の内の一人。隠居した側室の所在など知る者も身内以外にいないでしょうよ」

だから安心なさいと高蝶妃が微笑む。

「それにこちらにも、冬将軍が頼もしい護衛をつけてくれているみたいだし」

そう言って、烈をチラリと見る。烈は観念したようにため息をつく。

「俺を含め、殿下の元にいる影の者の精鋭が密かに固めていますので、ご安心下さい」

どうやら、前回翠玉に会った事を報告していなかったことで冬隼に咎められたのだろう。どの程度尻尾を見せていいのか、戸惑っているらしい。

「分かったわ。安心して養生させて頂く」

ようやく思い通りに動いてくれるようになった手をゆっくりと膝に下ろす。そこに乗っている冷たい金属の塊を、優しく形を確かめるように撫でる。

折角のお守りだ。これを抜けるようになるくらいには早く回復しなければ。

「ねぇ、烈。もし無理じゃなければお願いしたい事があるのだけど」

◆

「まだか！」

ガツンと拳を打ち付けられ、机上の物が跳ね上がる。泰誠は慌てて、机上に置いてあった自身の杯を支えると、同情の眼差しで、冬隼の前に膝をつく男を見る。

「申し訳ございません。しかしながら依然として、州城の扉も開かず、民達の怒りも大きくなっております」

まだ年若い新兵だろう。肩を震わせそれでも気丈に報告をし続ける。えらいな。あとから部隊長経由で労っておこう。彼に落ち度は全くないのだから。

チラリと横目で主を見る。このところ、イライラしている様子はあったが、ついに爆発してしまったらしい。普段冷静なだけにこんな姿は珍しい。

「それで、今州城を囲んでいる民の数は？」

仕方なく、泰誠が助け舟を出す。早く報告を終わらせて帰してやろう。

「およそ、三万五千になりました」

「また増えたか」

げんなりとため息を吐く。

「いいよ。ご苦労様。下がりなさい」

矢継ぎ早にそう言うと、助かったと言わんばかりの視線を向け、新兵は下がっていった。

「彼に当たっても何にもならないでしょうに」

誰もいなくなったのを見計らい、主の顔を見る。少し冷静になったらしく、気まずげな視線が返ってきた。

「すまん」

「まぁ、焦っておられるのも分かりますけどね」

肩をすくめ、卓上の主の杯に茶を注いでやる。

帝都を発ってから三週間が過ぎた。鵜州に入ってからというもの、毎日が目まぐるしく、色々なものが片付いた。

まず、今回のメインである賊の討伐。天下の禁軍だ、これだけならば二日で片がついた。そして、強奪された郷の再建は、適正な人員を配置して順調に進んでいる。あとは、今回役に立たなかった鵜州の州軍の解体、主要な役職の聴取や処断の手続き。

本来なら三週間はかかるところを、一週間で片をつけた。あまりの早さに、事後処理のために落ち着いた頃に帝都を発つ予定であった宰相《さいしょう》の雪稜を、早めに来るよう呼びつけたくらいだ。おそらくあと三日ほどで雪稜が到着するだろう。

しかしここへ来て、進捗状況が芳しくないのだ。

机上の地図を眺める。鵜州の州城を囲むように黒い碁石《ごいし》が置かれている。数は二万八千。ため息をつき、五千に見立てた大きな碁石《ごいし》を二つ追加し、一千に見立てた小さな碁石《ごいし》を取り払った。

州城に篭ったきり州候や主要な役職が出てこないのだ。禁軍からの使いにも州城の扉を固く閉じ、受け付ける事もしない。今まで甘い汁を啜ってきたのだ。出てくれば、自分達が散々苦しめた民達にどんな仕打ちを受けるか。中央からはそれなりの処断を受け、長く苦しい取り調べの日々が続く。おそらく州城の中で震え上がっている事だろう。

全く、人間そこまで堕ちたくないものだ。そんな体たらくな州府に民の怒りは増大する。日に日に州城を取り囲む民の数が増えているのはそうした理由からだ。

さっさと乗り込んで、片をつけたいのだが、州城の作りがそれを阻んだ。

北の国境沿いにある州ゆえに、他国や賊の進入を阻むため、他の州の州城よりも、堅牢な造りになっているのだ。閉まっている門を力ずくで開けるには骨が折れる。禁軍の装備と人員でできない事はないが、かなりの物を壊す事になる。

結局のところ、自国の物を自国で壊し、また修繕するという、まぬけな話だ。

そんなあほみたいなことはできないため、ここでこうして州城を眺めて無駄に過ごす日々が続いている。

「雪兄上が到着するまで待つしかないのか」

杯を飲み干し呻くように言うと、主も地図を眺める。

「ここまで来たら、それを待つしかございませんね」

いくら皇弟で禁軍将軍でも、州候に命令をし、罷免《ひめん》する権限は持っていないのだ。宰相《さいしょう》である彼の兄が来ない事には先には進めない。

「焦るのも、ご心配なのも分かりますけどね」

この数日の、目まぐるしい片付け具合は、誰のためであるのか、泰誠は分かっている。

おそらく上司の頭には常に奥方の安否があるのだろう。出立直前に高熱で生死を彷徨っていた奥方は今どうしているだろうか。居場所を気取られる心配があるため、状況報告を絶ったのは冬隼本人だ。

それが今の彼を苦しめている。しかし、まさかこの人が、これほどまでに一人の女性に心を砕く事があるのかと、ここ数日、泰誠は驚いているのだ。

「あぁ、そうだな。何も連絡がないのは悪い事も起きていないという事だろう」

泰誠の言葉に主は、一瞬何かを思案するような表情を見せ、諦めたようにため息を吐く。

「失礼いたします。補給部隊です。帝都より将軍に荷が届いておりましたのでお持ちいたしました」

天幕の側から声が響く。

「入れ」

短く言うと、小太りな男がいそいそと入ってきた。見覚えがあった。おそらく奥方が面倒を見ている落ちこぼれ集団の一人だ。主の前に膝をつくと、高らかと荷を持ち上げる。

「折れた剣の代わりといたしまして、胡将軍より送られてまいりました。」

「柳弦殿から？」

はて、そんな物を頼んだ覚えはないのだが。そう思い主を見ると、彼も同じような顔をしていた。主が荷を受け取り、包みを開く。男が持つには少し小振りな短剣だ。たしかに、装飾の具合や作りを見ても、皇族である彼が持つには申し分ない良い物だ。しかし、こんな短剣を主は持っていただろうか。

「そうか」

泰誠が不審に思っていると、ポツリと主が呟いた。最近聴いた中では一番、穏やかな声音だった。

「たしかに、俺の頼んだ物に間違いない。ご苦労。下がっていいぞ」

そう言うと、さっさと男を下がらせている。

「そんな剣を頼みました？」

泰誠には短剣が折れた記憶も、補給を頼んだ覚えもないのだが。

「あぁ、頼んでないな。」

きっぱりと否定の言葉が返ってきた。

しかし、主は何だか嬉しそうだ。短剣の鞘《さや》を抜き、刃先を確認している。

「これは、翠玉の短剣だ。帝都を発つ時に禁軍の執務室に置いてあった」

ヒュンと一振り軽く宙を切りながら、主が笑う。

「え、じゃあ」

「おそらく、無事だというあいつなりの言伝だろうな」

満足そうに、体を椅子の背に預け、主は大きくため息を吐いた。ここ数日張り詰めていた何かが全て取り払われたような、穏やかな顔だった。

◆

高蝶妃の邸宅での生活は、ゆるゆると穏やかに過ぎていった。

時々発熱もあるが、食欲も増して、自力で厠《かわや》にも行けるようになった。本当はすぐにでも、剣を持ち鍛錬をしたいのだが、無理をするとすぐに容態が悪くなるため、何をするでもなくぼんやりと日々を過ごしていた。

母とよく似た高蝶妃に出会ったせいか、近頃は楽しかった頃の兄達や母との事を思い出す事が多い。こうして体調を崩した時など、よく兄達が部屋を訪ね、翠玉が寂しくないように話をしてくれたものだ。

煌々と日の入る窓の外を見ると、楽が裏庭の菜園で野菜の収穫の手伝いをしている。高蝶妃は、この時間は毎日琵琶《びわ》を弾く習慣があるらしく、彼女の弾く琵琶《びわ》の音が邸内に響いている。

昨夜、高蝶妃が持ってきた話によると、鵜州に宰相《さいしょう》の雪稜が到着し、州城に篭っていた州候達の罷免《ひめん》を言い渡したそうだ。それによって彼らは籠城していた州城から引きずり出され、民達の前に並べられたらしい。

宰相《さいしょう》の責任の下、厳正なる調査と処分を約束した上で、民達の怒りを鎮めたという。州城に詰めかけた民も解散し、これにて禁軍は役目を終えて撤退の準備にかかったとの事だ。

おそらく戻るまでにあと十日ほどかかるだろう。手元の短剣を握って宙を切る。これくらいの軽さであれば、十分に振れる。少しずつ回復して、戻る頃には元気な姿を見せなければ。彼はどこまでも自分を責めているに違いない。

「失礼いたします」

楽が盆を片手に入室してくる。

「いい野菜は採れた？」

「見てらっしゃったのですね」

そう言って楽は、寝台の脇の卓に、茶と長細く切った野菜の載った皿を置いた。先ほど収穫したものを塩で和えたものだろう。

「だって退屈なんだもの。外に出たいな」

口を尖らせて言う。目覚めてからというもの、部屋と厠《かわや》の往来しかできていないのだ。

「敵に見つかったらどうなさるおつもりですか。あれほど旦那様がご心配なさっていたのを無駄にするおつもりですか⁉」

とんでもない！　と言うように楽に睨まれた。どうやら彼女は、冬隼から護衛以外にも翠玉の監視を言い付かっているらしい。翠玉が少しでも無理をするとこうして必死に止めにかかる。まるで陽香の分身だ。

「皆、何かにつけて冬隼、冬隼って、大袈裟よ？」

「何をおっしゃいますか。旦那様は奥方様が臥せられてから御身をこちらに移すまで、宮にいる間は片時もお離れになりませんでした！」

そりゃあもう片時も！　と念を入れるように熱く言われ、翠玉は圧倒されて少し引いた。翠玉の中での楽は、あまり表情が変わらず、何を考えているか分からない印象だったのだが、ここへ来てこんな一面がある事に驚かされた。

「でも、あの頃って出立準備で忙しかったんじゃ……」

「そうです。すごくお忙しそうでした！　でもお仕事を奥方様の寝屋に持ち込んでまで側におられました！　私や樂がお見守りを代わると言っても『いつ襲撃があるか分からないから』と決してお離れにはなりませんでした」

翠玉には、そんな状況の冬隼のイメージが浮かばない。そんな甲斐甲斐しく翠玉を見守るなど、本当に冬隼だろうか。翠玉の信じられないような顔に気づいたのか、楽は大きくため息を吐く。

「本務の傍ら奥方様の潜伏先を手配されていた旦那様のお気持ちを無駄になさるなど、絶対になりません！」

楽の剣幕に圧倒されて、降参とばかりに頷くしかなかった。

「あと数日の辛抱でございますから」

翠玉の理解した様子を見て、楽は満足したように頷くと、「失礼いたします」と礼を執り、退室していった。

それと入れ替わるように、今度は樂が入室してくる。手には数冊の本を抱えている。

「書庫から適当に奥方様の好みそうな物をお持ちいたしました」

「ありがとう。助かるわ」

どさりと脇の棚に書が数冊積み上げられる。退屈すぎるので、本でも読みたいとこぼしたところ、探してきてくれたらしい。兵法《ひょうほう》や武術、乗馬など、よく高蝶妃の邸宅にあったなと思える物から、所作《しょさ》や詩の読み方など、絶対に読まないだろう物まであった。

「今しがた、楽の随分興奮した声が聞こえましたが？」

樂は不思議そうに楽の出て行った扉を振り返る。

「外に出たいな～ってこぼしたら、冬隼の気持ちを踏みにじるなって怒られたわ」

肩をすくめてみせると、「あぁ」と納得したように樂も同じように肩をすくめる。

「それは私も楽に賛成です。あれほどまでに心身を砕かれていらっしゃったのですから、報いて差し上げていただきたいものです」

「そんなにも……だったのね」

ここまで言われると、聞くところの話は全て大げさにされているわけでもなく、真実らしい。

「同じ男としては旦那様のお気持ちはよくわかります。愛しい方を守りたいのに離れなければならない不安は相当。今だって、奥方様の安否がお分かりにならない中でのご任務ゆえ、さぞかしご心配されている事と思いますよ」

突然の聞き慣れない言葉に、飲みかけていた茶を噴き出しかけたが、ギリギリのところで踏みとどまった。

愛しい？　あの冬隼が？　私を愛しい？

今までに、彼の行動からそんなものを感じた事があっただろうか。

「いや、ナイナイナイ」

手をひらひら顔の前で振って否定する。浮かぶのは、いつもの仏頂面だ。あの態度の何を贔屓目《ひいきめ》で見れば、翠玉の事を愛しいと思っている事になるのか。樂の言っている言葉が全く腑に落ちなくて、しまいには笑えてくる。

そんな翠玉に対し、樂は哀れむような眼差しで少し遠くを見つめて、やれやれというように首を横に振るのだった。

◆

「ようやく会えますね？」

鶉州府を出立して、数日。鶉州の州境を越え、昼食の時間を迎えた頃、泰誠は主に配給の握り飯を渡しながら声をかける。

「何がだ？」

怪訝な視線が返ってきた。この人はまた、分かっているくせに。

「奥方様ですよ」

苦笑気味に伝えると、主の眉間のシワが一つ増えた。

「無事でいればな」

何気ない様子で、ため息混じりに答えが返ってくる。まったく、この人はもう。

「素直じゃないですね。ここまで仕事をぶっ飛ばしたのは奥方のためですよね」

つい意地悪をしたくなり、隣に腰かけ、顔を覗き込むと、ふいっと視線を逸らされた。

「いつ敵にバレるかわからんからな」

「それだけですか？」

それだけのために、あれほどまで必死に仕事を片付けていたとは、泰誠には思えなかった。

「何が言いたいんだ」

不機嫌そうな視線が返ってくる。まったく、素直じゃないのは昔から変わらない。

「早く無事を確かめたいんじゃないですか？」

核心をついてやると一瞬、主の瞳に動揺の色が浮かんだ。ほら、やっぱり。

「あいつは殺しても死なんぞ」

またしても視線を外される。気まずい時のこの人の癖だ。どうやら自分の感覚は今回も正しかったらしい。本当に可愛い人だと、内心笑みが漏れる。

「でも、死にかけていましたよ？」

「何が言いたいんだ」

主は握り飯を口に運び睨みつけてくる。普通の部下であれば、恐れおののくが、長年付き合っている泰誠にしてみれば、可愛いとすら思える。

「奥方様に会ったら、そんな不機嫌そうな言葉でなく、優しい言葉をかけて差し上げて下さいね」

この人の事だ、放っておくと、いつまで経ってもぶっきらぼうな言葉掛けしかできないであろう。

「何でお前にそんな事を言われなきゃならん」

「命、助けてもらったんですよ？」

グッと主の動きが一瞬止まったのを泰誠は見逃さなかった。

「優しい言葉なんぞ俺には思いつかない」

少し思案した後に、またしても投げやりな答えが返ってきた。やれやれ、と小さくため息をついて主を見つめる。しばらくモグモグと握り飯を食べていた彼も、その視線に観念したように、ため息をつく。

「例えば？」

「無事で良かったとか～、無理をするなとか～、あと愛しているとかですかね？」

いざ聞かれると困るもので、とりあえず即座に浮かんだ言葉をあげてみる。三つ目の案は、ありえないであろう言葉を言ってみたのだが。

次の瞬間、主が米を喉に詰まらせ、盛大に咽せ始めたのだった。

「え……？」

思わずまじまじと主を見返すと、ギロッと批難するように睨みつけられて、視線を外された。

ゆらゆらと馬上に揺られながら、泰誠はチラリと主を盗み見る。いつもの仏頂面で、毅然と前を見ているが、泰誠には分かっている。いつもより幾分か、不機嫌だ。

原因が自分にある分、隣にいるのが気まずい。あの半分冗談で言った一言にそれほど過剰に反応するとは、思ってもみなかったのだ。

いやむしろ。彼がその言葉に反応するほど感情が育っている事に泰誠は驚いているのだ。そりゃあもう、びっくりしすぎて午後の出立の号令をかける事を忘れたくらいだ。

確かに、奥方が臥せてからというもの、彼は職務の合間を縫っては彼女に付きっ切りだった。奥方へ多少の気持ちがある事は何となく理解をしていた。

ただ人一倍真面目で、自分に厳しい彼の事だ。自分の手落ちによって奥方が苦しむ事になり、責任を感じているのが大きいだろうと思っていたのだ。

先ほどの彼の反応を見ると、どうやら、本当にそれだけではなかったらしい。

改めて思えば、輿入れしてきた頃は奥方に関心も無かったのに、これほどまでに心を砕く関係になっている事自体が驚きの展開だったのだ。

奥方があまりにも自然な形で主と距離を詰めていった事も大きい。

しかし、あの真面目で慎重な彼がそこまで彼女が入りこむのを許した上に、頻繁に寝屋も共にしているのは、やはり彼女の側に居心地の良さを感じたからではないだろうか。

もう一度、主の姿を盗み見る。相変わらずの仏頂面だ。

おそらく彼はまだ自分の気持ちには、はっきり気づいていないのであろう。軍事や宮廷内の事にはキレすぎるくらいなのだが、泰誠が知るかぎり、色恋に関してはあまり明るくはない。

仮にも皇子である上、禁軍将軍だ。恋人がいなかったわけではないし、どちらかと言えば、女性には困ってはいなかった。だからこそ、特段執着もなかったし、適度に距離を取りながら、去る者を追う事もなかった。

彼自身が心の底から女性を愛す様を泰誠は見た事がない。否、一度。十数年も前に一人だけいた。ただそれは若くてあまりにも幼く、儚くて報われないものだった。その頃と、今この歳になってからのこの感情はかなり違うものであろう。

しかも、相手はすでに妻となった女性だ。この感情を自覚したとて関係が壊れるものでもなく、むしろ好都合なのだが。

彼はこの気持ちを自覚する事ができるのだろうか。まして、あの奥方相手だ。奥方も奥方でその辺りは疎そうだ。何だか余分な事に気づいてしまった上に、気苦労だけが増えた気がして、深くため息をついた。

◆

禁軍の帰着の報が入ったのは、翠玉が昼餉《ひるげ》を済ませた頃だった。

その情報は高蝶妃に伴われてやってきた初老の男性からもたらされた。

「これにて私共のお役目も無事終了となりまする。先ほど殿下より使者が参りまして、夕刻には、護衛と籠を寄越すとの仰せでございます」

その男性の瞳も、キラキラと輝き、眩しそうに翠玉を見つめる。

「ご自身の危険も顧みず、ここまで匿って頂き、本当にありがとうございました。叔父上様」

丁寧に頭を下げる。すると目の前の男、蘇玄忠は大きく首を横に振った。

「たいした事では御座いませぬ。大切な姪のためでございますれば、叔父として当然の事にございます」

若い頃はそれなりに美形であっただろう、年老いた今でも、その片鱗《へんりん》を残している叔父は、瞳を嬉しそうに細めた。

「ようやっとお目にかかれて、本当に嬉しく思います。私や私の宮は見張られている可能性がございました故、姉の宮にいらっしゃるのに、なかなか会いにこられず申し訳ありませんでした」

「いえ、こちらこそ。縁談の手配をして頂いたのに、ご挨拶にも伺えず申し訳ありませんでした」

深々と頭を下げられて翠玉は慌てる。不義理をしているのはどちらかというと翠玉の方で、それなのに、危険を顧みずに翠玉の身柄を匿ってくれた叔父に対して申し訳ない気持ちでいっぱいだった。

そんな翠玉の気持ちも分かっているといった様子で玄忠は首を横に振る。

「あなた様は知らなかったのだと、冬殿下から聞いております。お気になさらないで下さいませ」

「冬隼が？」

驚いた。彼がそんな事を玄忠に説明してくれているなんて思いもしなかった。

「はい。すぐに会いたかったであろうに、申し訳なかったと、御自らお声をかけていただきました。しかしながら今回の一件では、逆にそれが好都合に働いた事でしょう」

肩をすぼめて微笑する叔父につられて、翠玉もようやく少し笑む事ができた。

「確かに……それはありますね」

嫁いだ頃から、蘇家と懇意《こんい》にしていたのであれば、今回、蘇家所縁の邸への避難は危険であったであろう。側からも内側からも、蘇家との関わりが皆無であったが故に、敵の方も翠玉と蘇家との関わりに思い至るのが遅れたようだ。

さすがに後半には、蘇家を疑い出し、邸内を探るような形跡がいくらかあったようだが、玄忠と冬隼が配した厳重な警護に気を取られ、高蝶妃の邸にまでは、手が伸びてこなかったのだ。こうして、冬隼が帰着して邸へ戻る手はずが整った今、ようやっと、翠玉をこの国に戻してくれた叔父に出会えた。翠玉は姿勢を正す。

「叔父上には、本当に感謝しております。私をこの国に嫁がせて頂きありがとうございました」

いつか会えたら言おうと決めていた事だ。彼のおかげで、自分は冬隼の妻になり、必要とされ、役割ができた。ゆらゆらと流されて行くあてもないあの日々から救ってくれたのだ。

「おかげで私、今とても幸せです」

翠玉の突然の言葉に、叔父が驚いたように目を見開いたのが分かった。

叔父はゆっくり頷くと、また瞳を細め眩しそうに翠玉を見つめる。

「実は冬殿下からも同じ事を言われましたよ。嫁いできたのが貴方で良かった、礼を言いたい……と。本当に、ようございました」

「冬隼が……？」

あの仏頂面が、そんな事を言うなんて、意外すぎる。そう思った事がしっかり顔に出ていたのだろう。隣で叔父と姪の対面を見守っていた高蝶妃がくすくすと笑い出す。

「あの口数の少ない冬殿下が、あえてそんな事を言うという事は、本当に感謝されているのね。きっかけを作った者としては、嬉しい事だわ」

◆

久方ぶりに自邸の門を潜ると、体がどっと重くなったように感じた。

冬隼率いる禁軍の一団が帝都に着いたのは、昼過ぎであったが、一連の仕事が片付いた頃にはすでに夕餉《ゆうげ》の時間をとうに過ぎていた。明日は早朝より皇帝である兄へ仔細の報告をしに行かねばならないため、すぐに食事を取って休む必要がある。

ここまで自分と共にあった泰誠も、今日はさっさと自邸に帰らせた。

迎えに出てきた桜季に、留守中の様子を聞き、すぐに夕餉《ゆうげ》と風呂の支度を頼んだ。しばらく主人がいなかったとは思えないほど、宮の中は落ち着いていた。流石、冬隼が長年信頼している桜季である。護衛達を労い、下がるように伝えると、自室のある東側の回廊へ進んでゆく。

自室の手前まで進んで、ゆっくりと歩みを止めた。隣室に明かりがついている。意識するまでもなく、手が動いた。扉を引くと、鍵はかかっておらず、そのままゆっくり引くと、艶やかな色彩の衝立《ついたて》が冬隼を迎えた。

ゆっくりと入室すると、リンリンと柔らかな鈴の音が部屋に響く。おそらく護衛のために付けられた物であるが、それにしては涼やかな音色だ。今まで翠玉の室にこのような洒落た女性らしい物があったであろうか。

違和感を覚えつつ歩を進めて衝立《ついたて》を回り込む。なるほどそういう事か。部屋中に設えられた家具や小物は全て統一され、洒落た雰囲気に整えられている。

そんな部屋の中央に設えられた、こちらもまた見慣れない寝台に……いた。吸い寄せられるように視線が彼女を捉えた。

「お帰りなさい」

寝台の上で上体を起こして、今しがたまで読んでいた本から顔をあげた翠玉が、柔らかな笑みでこちらを見つめていた。

ずっと胸の奥に痞えていた何かが、スッと落ちた気がした。

「あぁ……」

咄嗟に出たのは言葉らしい言葉ではなかった。分かってはいた。あの短剣を受け取った時に確信はしていたのだ。

しかし、いざその姿を見ると、本当に目の前にいるのが、彼女である事が信じられなかった。探るように、確認をするように、ゆっくりと近づく。

「なに？　本物よ？」

そんな自分の心を覗いたかのように、彼女が苦笑する。その笑みが、自分の記憶に残っている最後の夜の彼女と繋がった。次の瞬間、気がついたら彼女の腕を引いて、胸に抱き込んでいた。

なぜ咄嗟に翠玉を抱きしめているのか、しばらく自分の行動が理解できなくて、冬隼は翠玉を抱きしめたまま混乱していた。胸の中にいる翠玉は特に抵抗も、反応も示さない。それが逆に、この後をどうしようかと、わずか数秒の間に頭の中で沢山の事を考えた。

しかし、腕の中には、以前にも必要に迫られて触れたとはいえ、柔く甘い香りのする女の感触。考えに集中するのには苦労した。急に離すのも不自然だ。

とはいえ、このまま抱き続けるわけにもいかない。

「無事だな」

思案の末、結局は平静を装う事にして、体を離すと、不思議そうな視線がこちらを見つめ返してきた。当然だろう。自分でさえ、己の行動を説明できないのだから。

「少し、痩せたな」

苦し紛れに、絞り出した言葉に、次の瞬間しまったと思う。これでは翠玉の体をじっくり観察したと言っているようなものだ。何か他の事を言わねばと思ったが。

「やっぱりそう思う⁉」

翠玉の体が跳ね上がり、ずいっと近づいてきた。

「寝てばかりだったから、筋力が落ちたのよ。また鍛え直しだわ！」

予想外に彼女のツボを突いたらしい。もともと細いが、さらに痩せた腕を曲げ伸ばししたり、己の肩を掴んでみたりしながら、嘆き出した。

おそらく、陽香や桜季には「女子であればそれくらいで結構でございます。むしろ丁度いいです」などと取り合ってもらえず、双子には「それでも十分お強いです」などと、慰めにならない言葉をかけられて、もどかしかったのだろう。

冬隼の心配した事など、翠玉には全くもって引っかかっていないようだ。彼女はどこまでも彼女のままだと思うと、安堵《あんど》のため息が漏れた。

「少しずつ戻せばいい。もともとついていたものだ、またすぐ戻る……ところで、体調はどうだ？」

気を取り直して問いかければ、翠玉は少々困ったように眉尻を下げた。

「昼間は歩き回る事もできるし、食事も食べられるの。ただ、やっぱり夕方になると熱が出てきちゃって、まだ無理はできないなぁって思っているところ！」

そう言われてみれば、抱きしめた体も心なしか熱かった気がする。よくよく考えてみれば、普段活発に動き回る彼女がこうして床に大人しくしているのだ。調子が悪いという自覚があるのだろう。

翠玉はうんざりしたようにため息をつくと、背もたれに体を沈める。その瞬間に布団の中で何かに触ったらしく、何やらゴソゴソと手でさぐり出した。

「そういえばコレ、凄くご利益のあるお守りだったわ。ありがとう」

布団の中から引っ張り出したのは、彼女が移送される時に咄嗟に持たせた自分の短剣だった。移送する時、翠玉は数日間高熱にうなされていて、意識もない状況が続いていた。移送する事自体も、体に負担をかけかねないため、直前まで迷いがあった。

宮に残せば再度の襲撃の恐れもある、どちらにしても命の危機だった。

ならば、翠玉の生命力を信じよう。そう思って移送に踏み切ったのだが、やはり不安も大きかった。

「お願い、置いていかないで」

あの晩聞いた、すすり泣くような小さな声も冬隼の耳に残っていた。冬隼に言っているのではない事は分かっていたのだが、そのまま置いていくのは忍びなかった。だから、自分がこの十年肌身離さず持っていた母の形見《かたみ》をお守りとして残した。

「まだ持っていろ。お前のあの短剣より小ぶりで握りやすいだろう。完全に回復した時に返してくれたらいい」

差し出された短剣を押し戻す。

「もぅ、大丈夫なのに。戻ってきてからずっと縛り付けられて、厠《かわや》に一人で行くのも大騒ぎなのよ！」

押し返された短剣を膝に置いた彼女は頬を膨らませて少々拗ねているようだった。冬隼が戻るまでにも、陽香と桜季相手に一悶着あったのだろう。容易に想像がついた。

「仕方ない。目の前で生死を彷徨っていたからな。治る過程を見ていない人間からすると、本当に大丈夫なのかと心配になるに決まっている」

これぱかりは冬隼も侍女達の気持ちが分かる。言い聞かせるようにそう言うと、翠玉の表情が気まずげに揺れる。

「そんなにも、皆に心配かけたのねぇ」

「そうだ、俺だって正直、今こうして座って会話をしているのが信じられん。本当にあのまま死ぬのではないかと思ったぞ」

素直に頷く。実際、隣で眠りながらこのまま呼吸が止まるのではないかと、毎夜、気が気ではなかったのだ。

「そんなに⁉ ずっと眠っていたから分からないわ～。ねぇ、そう言えば、ずっと付いていてくれてたのよね？」

唐突に首を傾けて問われ、ギクリとする。

「なぜ、それを⁉」

「双子に聞いた」

あぁ、そうか。あの頃から今まで、翠玉の近くにいたのはあの双子だったのだ。

そんな話をしていても不思議でないほど、時間はあっただろう。しまったな、と思ったがもう遅い。警護のためだと言おうとして、口をつぐむ。何を言い訳みたいな事をしようとしているのだろうかと、自分に呆れる。

「目の前の死にそうな奴を放っておけるほど、俺は薄情なタチではないからな」

それでも苦し紛れに、視線を逸らせる。なぜか、今は翠玉の顔を直視する事ができなかった。そんな冬隼の視界の端で、なぜか翠玉が肩をゆらして笑って……

「っ！」

突如、表情を歪ませた。

「どうした⁉」

慌てて駆け寄り、少し背を丸めた彼女を覗き込むと、申し訳なさそうな視線が返ってきた。

「ごめん。まだ時々、傷が引きつって痛むの。一瞬だから大した事ないんだけど……」

きっと、この後、だから大丈夫だと言うのだろう。

「もう寝ろ。移動も疲れただろう。今晩から俺も隣で寝る。安心して体を休めろ」

半ば強引に、その次を言わせないように……でも傷に触らないように、細心の注意を払って翠玉の上体を半ば強制的に寝台に沈める。

「大丈夫なのに」

不満そうにしながらであるが、それでも抵抗せず、翠玉はされるがまま寝台に体を預けた。

翠玉を寝かせた後、冬隼が身繕いを整え、室に戻る事ができたのは夜も随分深くなった頃だった。

入り口に待機していた警護二人を、室から別の場所に配置するよう指示を出し、翠玉の脇に見守るように座っていた陽香を労い、下がらせる。

翠玉を覗き込むと、すうすうと規則正しい寝息を立てていた。姿を忍ばせながら、移動をしてきていたため、体調の悪化を心配していたが、どうやら大丈夫だったようだ。ほっとため息をこぼし、翠玉の額に手を伸ばす。熱はなさそうだ。サラサラと冬隼の指の上を柔らかい髪が滑っていく。

「それすごく落ち着くわ。もう少し……」

翠玉との最後の夜、そういえば意識を手放す前に彼女が囁いていたのを思い出す。高熱に当てられて弱っていたとはいえ、普段見せない彼女の弱さを知ったようでドキリとしたのを覚えている。

サラサラと流れていく艶やかな髪は、前回とは違い、汗を含んでおらず手触りが心地よい。起こさないように優しく撫で続けながら、ゆっくりと寝台に上がる。

ふわりと甘く柔らかい香りが鼻をかすめる。以前にも嗅いだ事のある懐かしい、馴染みのある香りだ。なぜだかとても心が落ち着く香りだと感じていたが、どうやらこれは翠玉の香りなのだろう。

自分の邸に、帰るべき場所に帰ってきたのだと、なぜか、無性に安心した。胸の奥に詰まらせて、ずっと燻ぶっていたものがスッと流れていくような気がした。

できるだけ寝台を揺らさないように床に滑り込む。翠玉の寝息は変わらず規則正しい。記憶の中の彼女よりは、少しやつれて、顔色も悪いが、それでも寝顔は別れた日とは比べものにならないくらい穏やかである事に、自然と口元が緩んでいた。

こうしてまた、二人並んで眠る日が戻った事に、これほど自分が喜びを感じるとは、彼女を妻として迎えた頃の自分には想像できたであろうか。

「んんっ」

そんな事を考えていたら、翠玉が小さく寝返りを打った。

慌てて額を撫でていた手を引こうとしたが、それはできなかった。冬隼の手に翠玉がすりつくように頬を寄せ、その手に自身の手を重ねたのだ。

一瞬ドキッとした。それでも、手を引く事だけは踏み止まる。すうすうと相変わらず規則正しい寝息が聞こえる。頬に触れた手からも、彼女の息遣いと脈拍が伝わってきた。どうやら、今夜はこのまま眠るしかないのであろう。半分諦め、冬隼も床に身を沈める。片手を取られているため、自然と向かい合わせで眠る事になる。

これほど近くに彼女を感じて眠る事があったであろうか。共に眠る夜は数え切れないのだが、今ほど彼女が隣にいる事を意識した事はなかった気がする。それこそ、新婚の初夜、形ばかりに体を重ねた時も、そんな事は感じなかった。

否、あの夜が一番翠玉との距離が遠かったように感じる。苦いものが喉の奥にこみ上げる。

なぜ、あの時あんな風にしか彼女を抱けなかったのだろうか。敵国から嫁いだ姫で、劉妃の妹という不安要素のある状況ではあったものの、翠玉は翠玉だったのだ。彼女自身を見る事もなく、彼女の挑発に乗った。今まで自分の役割や生きる意味に飢えていた翠玉は、自分に抱かれる事が役目だと思っていただろう。不安も、恐怖もあったであろう。そんな翠玉に対して、彼女の出方を探るために、半ばヤケになり感情もなく抱くなど。

「最低だな」

自分に投げつけるように吐き捨てた。彼女はそんな事をしていい存在ではなかったのだ。

◆

朝日が眩しくて、光に吸い寄せられるように翠玉は瞳を開いた。何だか温かくて幸せな夢を見ていた気がする。

目の前に入ってきたのは。端正な……でも普段に比べたら少しあどけない、男の寝顔だった。

あ、そっか、邸に帰ってきたのだった。

首だけを回して辺りを見渡す。見慣れない装飾や家具達が目に入る。叔父の玄忠の邸に残されていた母の物を譲り受けてきたのだった。

翠玉の使っていた家具類は、あの夜襲の夜に冬隼と翠玉とで破壊したり、血まみれにしたりしてしまったので、丁度良かったのだが、いくら母の物だったとはいえ、まだ落ち着かない。

一通り現状を把握すると、はたと何かいつもと違う事に気がつく。自分の……右手だ。温かくて、硬い感触。冬隼の指と自分の指が絡み合っていた。どちらからと言えないほど、お互いにしっかりと絡ませ合っているのだ。

どういう事だろうか。考えてみても、昨晩は翠玉が眠りにつく頃には冬隼は室にはおらず、どうしてこうなったのかさっぱり分からない。

恐る恐る指を動かそうにも、しっかりと握られている。まるでどこにも行かせないとでもいうように。彼がどれほど自分の事を心配してくれていたのかが痛いほど分かる。

再会した時も、突然抱きしめられて、正直あの瞬間、翠玉は何が起こったのか分からず戸惑った。

しかし、体を離して見上げた冬隼の表情も戸惑っているように見えて、冬隼にしては珍しく、考えるよりも先に手が出てしまったのだと理解した。普段冷静な彼が咄嗟にそんな行動に出てしまうほどに、翠玉の事に心を砕いてくれていたのだと分かると、胸の奥がじわりと温かくなっていく。

「ありがとう」

仏頂面で、堅物ではあるが、人一倍責任感が強く、優しい。それが冬隼という男なのだ。

絡み合った手に顔を近づけると、自分より大きなその手に頬を寄せた。

失った家族の、母の物とも、兄達の物とも違う温度。

初めて出会った頃からは考えられないくらい、いつしか翠玉にとって冬隼は近くて、安心できる存在となっているのだと感じながら、またトロトロと眠りの中に引き込まれていった。

◆

「冬！　無事の帰還を嬉しく思うぞ。ご苦労だったな！」

紅華宮《こうかきゅう》の一室。案内された部屋に入り冬隼は苦笑した。皇帝には昨日のうちに形式上は到着の報告を行なっている。だから今日は、形式張らない内輪の報告になるであろうと思ったのだが。

「響透国から、珍しい菓子と酒が届いてね。お前達の帰還用に取っておいたのだ」

嬉しそうに笑う兄は、自ら立ちあがり、美しく飾られた四人がけのテーブルに冬隼を誘う。まさかこれほど砕けた席を用意されているとは。普段から気安い兄ではあるが、ここまでは想像していなかったため、この状況に自分の気持ちが追いつくまでに、数秒かかった。

その冬隼を兄と共に立ち上がり迎えた皇后からは「お察しします」というような視線がそそがれていた。部屋にいたのは兄と皇后、その御付きのみだ。砕けた場になるであろう。とりあえず冬隼にとっても有難い場の状況ではある。宮廷生活から抜けてからというもの、宮廷の形式張った行事はあまり居心地の良いものではない。

禁軍将軍としてだけならばまだしも、皇帝の直血の弟であり、中途半端に王位継承権を持っているのだ。どんな顔をしていいのやら未だに分からない。

「兄上、早朝からの来訪、申し訳ありません」

「何を言っている、この時間を指定したのは私だ。こうでもしないと、お前と話せる時間が取れなくてな。すまない」

兄に促され用意されたテーブルにつく。四人がけの小さなテーブルだ。

一つ冬隼の隣の席が空く。

「翠玉殿はどうされた？」

「軍にも帯同しなかったと伺いましたが」

兄に皇后も続く。心配している、というより。期待をしている顔だ。彼らが期待していている事を察し、申し訳ない気持ちになる。

「残念ながら、子を授かったわけではありません」

そう言って、チラリと周りの侍従《じじゅう》の顔ぶれを確認する。その視線に気がついたのは皇后だった。

「少し下がっていて頂戴?」

侍従《じじゅう》達に声をかけると、あっさりと下がらせた。流石、機転が利く女性だ。

「申し訳ありません。私が不在になるゆえ、兄上方を巻き込まないためにも伏せておりました」

そう前置きをすると、流石に目の前の二人の顔も険しくなる。あの夜襲の夜からの経緯を説明しなければならない。冬隼がここまでの経緯を説明し終えた頃には、二人の表情は更に険しくなっていた。

「それで、翠玉殿の今の容体は?」

「随分と回復をしています。麻痺が残る事もないだろうと医師からも言われておりますし、何より本人は早く動きたくて仕方ないようです」

「生死が分からぬ状況で、離れねばならぬとは、お前も随分辛かったな」

「そうですね」

すんなりと肯定の言葉が出た。自分でも驚いたが、目の前の兄と皇后も意外そうな顔をしていた。

「お伝えできず申し訳ありません」

「言ってくれたらと思うが、後宮の事に巻き込まれた可能性が高い状況であれば致し方なかろう。お前は最善の方法で、彼女を守り切ったのだから」

「ありがとうございます。お二人にお願いですが、この事は泉妃には」

「分かっている。あれは自分の所為だとまた気に病むゆえ」

言った兄も、皇后も、分かっていると、頷いた。

「しかし、これほどまでに動いてくるとはな。しかも禁軍将軍を狙うとは、相手の目的は本当に世継ぎ争いなのか」

兄の言葉に冬隼は首を横に振る。

「分かりません。しかし真意が見えない以上、後宮も我々も守りを固めておく必要があるかと」

「そうだな」

神妙に頷き合う。目に見えない、得体の知れない敵に、具体的な対処法が見出せないのがもどかしい。結局、夜襲の夜に捕えた刺客《しかく》達は、どんなに追及しても有力な情報は持っていなかった。情報統制が為されている。相手は一筋縄ではいかないだろう。

◆

翠玉が次に目覚めた時には、すでに冬隼の姿はなかった。

代わりに、傍らには護衛として楽が座っていた。

「旦那様は、皇帝陛下にご報告があると言われて、早くからお出かけされておりますよ」

ぼんやりとした意識の中で、隣で眠っていたはずの冬隼を探していると、こちらの意図が分かったかのように、説明をしてくれた。そうか、まだ後始末諸々で仕事に追われているのだろう。ゆっくりと起き上がり、寝台から足を降ろす。楽が支えようと立ち上がるが手で制す。

「厠《かわや》に行きたいだけだから」

「お供します」

生真面目な言葉と視線が返ってきて、苦笑する。

「大丈夫なのに〜」

「そうはまいりません」

キッパリと言われる。仕方なしに寝台から起き上がり、しっかりと足をつけ、膝に力を入れる。今日もきちんと自分の体重を支えられている事に安堵《あんど》する。

毒の種類によっては、時間が経過してから体に痺れが出る事があるのだ。こうして回復していても朝一番は不安でたまらない。せめて身繕いだけでもと、侍女達が呼ばれ、簡単に髪に櫛が通され、羽織りを着せられる。化粧《けしょう》もと言われるが、流石に時間がかかりすぎるので、顔を拭くだけにした。

厠《かわや》に行くだけなのにこの騒ぎである。宮に戻ってきたという実感と共に、もう少し高蝶妃の宮でゆっくりしていても良かったのかもしれないと思いながら、楽を伴い、室を出る。

「おや？　奥方様」

出たところで、冬隼の執務室に向かう人物に出会う。泰誠だ。

「泰誠。久しぶりね」

「奥方様も。顔色がだいぶ良さそうで安心しました」

泰誠には前線では随分と気を揉ませたであろう。

「ありがとう。おかげ様で、全快まであと少しってところかしら？」

「復帰をお待ちしています。今朝方、無月もいい子で訓練を受けていましたよ」

「無月⁉　あの子が大人しくしているの⁉」

実はずっと気にかけていた愛馬の名前に飛び上がる。

「正確には昨日まで荒れていました。あれは不思議な馬ですね。人の言葉を理解している。『奥方がもうすぐ戻ってくるゆえ、きちんと訓練して準備しないと、他の馬に乗ってしまうぞ』って、ちょっと脅しのつもりで声をかけたんです。そしたらピタリと従順になりましたよ」

「あの子は、生まれた時から、私の話し相手だったせいか、他の馬より人の言葉はわかるかもしれないわ。でも、泰誠の言葉を聞き入れた事にもビックリだわ」

翠玉以外にあまり心を許すことがない気難しい性格の無月が、泰誠には少し心を開いているらしい。

「毎朝厩舎《きゅうしゃ》で顔を合わせる時に声をかけていたんですよ。『今日は奥方が昼には来るからな〜』とか『今日はどうしても来られないから、いい子でトレーニングしような〜』とか。奥方の姿が見えなくて不安そうな時にそうやって声をかけていたせいか、最近は俺の顔を見ると、反応してくれるようにはなっていたんです」

「知らなかった、意外ね」

思いがけないところで泰誠に支えられていたらしい。

「無月にも早く会いにいってあげなきゃ」

「そうしてあげてください」

「なんだ、来ていたのか」

二人でクスクスと笑っていると、泰誠の後方から、聞き慣れた声がかかる。

「おや、殿下。お帰りなさい」

「あら、お帰りなさい」

宮廷に行っていたのだろう、正装をした冬隼が立っていた。

「翠玉！　立ち歩いて大丈夫なのか⁉」

どうやら、泰誠の陰になり翠玉の存在に気づいていなかったらしい。

翠玉の姿を認めると、不機嫌そうに眉間にシワが寄った。

「厠《かわや》くらい大丈夫よ。楽もいるし」

「ならば、さっさと用を済ませて部屋へ戻れ。こんな所で立ち話をしている体調ではないだろう」

意外にも強い言葉が返ってきた。なぜか不機嫌そうだ。宮廷で何かあったのだろうか。

「泰誠、行くぞ」

乱暴にそう言うと、泰誠を促して自身の執務室に戻っていく。

「後で少し話がある！　部屋に行くから大人しくしていろ」

室に入る前に、一言だけ投げつけて。なんなのだ……と呆気に取られて見送っていると、「では」と泰誠も翠玉に礼を執る。その表情は、なぜかすごく楽しそうだった。

◆

「やきもちですか？」

「っうるさい」

泰誠のからかうような言葉に、苛立ちと後悔を交えた力ない言葉を投げて、着替えのために室の奥に設えられた衝立《ついたて》の先へ向かう。

翠玉の気配は、反対側の厠《かわや》に向かって離れていっている。もうすでに、なぜ厠《かわや》に行くだけの翠玉にあんな言葉をかけてしまったのだろうかという後悔で、気分は沈んでいた。

理由はなんてことはない。

寝起きに羽織りを掛けただけの無防備な姿を他の男に晒していた……たったそれだけの事だ。相手が泰誠であったにもかかわらず……だ。

正直冬隼自身も、そんな事で自分が苛立っている事に驚いて、戸惑っている。

「否定しなくなったという事は、ご自分の気持ちに気づかれましたね」

衝立《ついたて》の向こうから、今度はからかいを一切含まない泰誠の声が聞こえて、冬隼は少々雑に帯を緩めながら、しばらく思案して……結局観念して吐き捨てる。

「悪いか」

どうせ泰誠には、冬隼の気持ちなど筒抜けなのだ。見苦しく抵抗するだけ無駄だ。

だいたい、冬隼が自身の気持ちに気づくきっかけを作ったのも泰誠なのだ。隠しようもない。

「いいえ、早めに気づいて良うございました」

どこかほっとしたような泰誠の言葉に、彼がこの先何の話をしたいのか予想がついてしまって、冬隼は深く息を吐く。

「殿下の事ですから、このままご自身の気持ちに気づかずに、あの話を奥方にしてしまうのではないかと、心配しておりました」

「俺は……そこまで鈍くはないぞ！　ただ少し……気づくのが遅れただけだ」

襟元を整えて、衝立《ついたて》の陰から室の入り口へ戻る。執務机に積まれた書類の山の中から、本来の目的であった紙束を引っ張り出す泰誠を真っ直ぐ見据える。

「だが、あの話はするつもりだ」

「え？　でも……」

戸惑ったような視線を向けられて、冬隼は「そうだろうな」と苦笑しながら、首を横に振る。

泰誠ならばこうした反応をするだろうと、予想がついていた。

「だからこそ、話しておかねばならん。そこでどうするか決めるのは翠玉だ」

翠玉の事を大切な存在だと認識してしまったからこそ、彼女に対してきちんと告げねばならないと思うのだ。

それを知って彼女が離れていくかもしれないけれど、それでも冬隼は、翠玉に対しては誠実でありたいと思っている。

思い出すのは、彼女がこの国に到着してから婚姻の日の夜までの事だ。随分と翠玉には不誠実な事をしてきた。本来ならば、冬隼のそんな失礼な態度に怒っても良いくらいだ。

それなのに彼女は反発するでもなく腐る事もなく、常に前向きだった。嫌ってもいいはずの冬隼の立場を常に考えた上で、協力をしようとしてくれる。

他国から嫁いできた彼女が、兵法《ひょうほう》の知識をこの国で活かす事だって、相当覚悟のいる事だと、冬隼は理解している。

そんな彼女に可能な限り報いてやりたいのだ。それが、冬隼の側を離れる選択だとしても、翠玉という人間が望む道を尊重してやりたい。

◆

言われた通り厠《かわや》を済ませて部屋へ戻り、大人しくしていると、半刻もせずに着替えた冬隼がやってきた。側にいた楽を下がらせ、二人きりになる。

先ほどは随分と機嫌が悪い様子だったが、今は打って変わってどこか緊張しているような面持ちだった。

「これをお前に返す」

寝台に近づき、持っていた紙の束を、翠玉の膝に置いた。

百枚ほどはあるだろうか、なかなかに分厚い紙の束だ。

「なに？　コレ」

不審に思い、紙の束と冬隼を見比べるが。

「見れば分かる」

どうやら自分の口で説明する気はないらしい。心なしか声も少し硬いように思う。

言われるままに端を止められた紙の塊をパラパラと繰る。三枚ほど見て、これがどういったものであるかを理解し、これ以上は見なくていいと判断した。

「私の事を、よく調べてあるわね」

パタンと閉じて傍らの冬隼を見上げる。文面には、翠玉の生い立ちから、後宮の中での生活についてまで大まかに触れられていた。おそらく、枚数が進むごとに更に細かい内容が書き込まれているだろう。冬隼の持つ影の者達の優秀さが窺える。

「お前がここへ来る前から、烈を清劉にやって調べさせていた」

気まずそうな視線が返ってきた。彼自身に後悔の念があるのだろう。

「あなたがこれを見たのはいつ？」

報告書を冬隼が手にしたのは、翠玉がここに嫁いだ後だろう、と翠玉は直観的に分かっていた。おそらくはあの時。少々心当たりがあった。

「兄上に謁見《えっけん》して、戻ってきた後。お前が烈の姿に疑念を抱いてこちらの棟まで忍び込んだ日だ」

やはり翠玉の予測と一致していた。あの日、烈が「奥方の方はこれでひと段落した」と言っていたのは、この報告の事だったのだろう。しかし……

「あ、あれ、やっぱり冬隼にもバレていたのね？」

あれは完璧にごまかせたという自信があったのだが、今思えば、烈に見つかっている時点でごまかしても仕方がない事だったのだ。

「いや、夜襲の夜に、どこでお前と出会っていたのか烈を吐かせて、そこで初めて知った。あの頃の俺はまだ、お前があれほど無茶苦茶な事をする女だとは認識していなかったからな」

首を横に振った冬隼は「今だったら確実に疑うがな」と付け加えた。

彼が翠玉のやる事に随分と免疫がついてきた証だろう。

「なるほど、じゃあ大概の事は分かったわけね？」

「そうだな。清劉国皇帝との仲は最悪、行き遅れていたのも嫌がらせの類であった上、劉妃とは、どの姉妹より因縁が深い。この要素だけでも劉妃から何か使命を持って送り込まれたとは考えにくい。しかも、お前を名指したのは我が国だ」

劉妃との険悪な様子を、この報告の前に目の当たりにしているのだ。これが、決定的な裏付けになったのかもしれない。考えてみれば、確かにあの辺りから、冬隼の態度も軟化したような気がする。急に戦に行くかと聞いてきたのもあの頃だ。

「ねぇ、今日これを私に見せたのは、どういう意図？」

黙っていればわからなかったはずだ。秘密裏に処分しても良かったように思える。

しかしこれをあえて翠玉に見せる意図とは……。見上げると、冬隼の真剣な視線がこちらを捉えていた。

「必要なくなったからだ。俺はもう、お前を疑わない。だがこのまま、知っているのに知らないふりをして、お前に接していくのは嫌だと思った」

真っ直ぐ翠玉の瞳を見てそこまで言った冬隼は、居心地が悪かったのか、ふいっと視線を外した。

そんな様子に翠玉は思わず笑みがこぼれた。本当にもう、この人は何でこうも真面目すぎるのか。

「ありがとう。何となくそうかなとは思っていたけど、べつに危機管理として悪い事ではないと思うわ。それでも私が兵法《ひょうほう》に精通していた事や、毒に慣らされて育った事は知らなかったのでしょう？」

考えてみたら、おかしくなってしまった。なぜ笑うのかと訝《いぶか》しげな表情で冬隼が頷くので、それだけでどこが情報源なのかよく分かった。

「この中の事は、おそらく推測や疑惑もあるかもしれないけど、大筋合っていると思うわ。だけどこれが全てでもない。偏った方向から見た私だわ」

そう言って、手元の紙束を冬隼に突き返す。

「それは俺には必要ない。いつまでも持っていられるのも気分が悪いだろう。お前が好きにしたらいい」

首を横に振って固辞する冬隼に、翠玉は再び紙の束を彼に突き出す。

「あら、私も貴方を信じるって事よ。必要ないから、貴方に処分も任せるわ！」

しばらく沈黙が流れ、互いの視線が絡み合う。

「分かった」

折れたのは冬隼だ。差し出された紙束を諦めたように受け取る。

「話ってまさかコレだけ？」

話が終わっても、冬隼の緊張したような面持ちは緩んでいない。他にも何かあるのではないか。なんとなく、そう感じたのだ。

「あぁ、まだある」

すんなりと冬隼も頷くと、寝台の横に設えてある腰掛けに身を投げ出し、大きく息を吐く。

「お前は俺の妻として、嫁いできた。お前にはお前の、俺には俺の役割があると、以前俺にお前は言ったな？」

はて、そんな事どこかで言っただろうかと、記憶を遡る。

「あぁ、婚礼の夜の話？」

しばらく考えて、ポンと手を打つ。ガクリと冬隼の大きな体が傾ぐ。

「お前、まさか忘れていたのか？」

「いや、忘れてはないけど、ちょっと遠い話だったから」

色々あったしねと笑う翠玉に対し、冬隼が大きなため息を漏らす。それはそれは長いため息だ。どうやら、あの言葉は彼には相当大きなものであったらしい。

「俺はお前にも、自分にも、その役目は望まないと言ったらお前はどうする？」

真剣な眼差しが、翠玉に突き刺さる。どうやらコレが今日の話の核心らしい。思いつめたような、こちらの出方を窺うような、そんな視線でもあった。思わず目が離せなかった。

「それは、子供を望まないという事？」

噛み砕いて言ってみる。

「そうだ」

すぐに肯定の意が返ってくる。

「今、我が国の後宮が水面下で王位継承問題を抱えているのは、お前も知っている事だ」

「そうね」

身を以て巻き込まれているのだから、誰よりも知っている。

「俺は、王位継承権を持っている。もし俺達の間に子が生まれる事になれば新たな火種が増える。俺達が望まずとも、巻き込まれる事は必至だ。自分と同じものを背負わせる事が分かっていて、子を持つ必要があるのか」

分からないのだと、膝に乗せた拳に力が入っている。

「しかし、それは俺の考えだ。女としてお前だって子は持ちたいだろうし、俺の妻であれば、また今回のような事にも巻き込まれる。だからお前が望むなら、この家を出ても構わない。その後の生活は責任を持つ」

そこまで言って冬隼は口を閉じた。随分と考えて決めていた言葉なのだろう。生真面目な視線が、もう何も怖いものはないとでもいうようにジッと翠玉を捉えていた。

彼が、翠玉を妻として迎え、夫婦になるためには、これを越えなければならないと感じているのだろう。これほどまでに、冬隼が翠玉を認めてくれて、尊重しようとしてくれているという事だ。

本当に、真面目で……そして優しい男なのだ。

ゆっくりと手を伸ばすと、膝の上で固く握られた大きな手に触れる。見上げた顔は、驚きの色を浮かべていた。翠玉から冬隼に触れたのは、もしかしたらこれが初めてかもしれない。

「何となくね。そうなんじゃないかって思っていたの」

ふふっと笑う。

「後宮の事も子供の事も、私だって貴方と同じ経験があるのよ。想像くらいつくし、貴方の気持ちも分かるつもりよ」

冬隼の瞳が揺れる。その瞳には翠玉だけが映っている。考えてみれば、最初は視線すら合わせてくれなかった彼が、いつしかしっかりと翠玉の目を見てくれるようになった。

「確かに私の役目は、嫁いだ時には子をなす事しかなかったわ。でも、今は。他にも私が生きていく役目を、貴方がくれたじゃない。私はそれで満足なんだけどな」

拍子抜けしたような、ぽかんとした冬隼の顔に、翠玉は笑いかける。

「子を、産まなくていいのか？　女は皆、望むだろう？」

冬隼が確認するように、恐る恐る口を開く。翠玉は苦笑して、小首を傾げる。

「どっちでもいいわ。それよりも武を極める事の方が今の私には魅力的かな。それに、私、アレは好きになれなさそうだし。痛いしさ、次の日馬に乗ると響くのよね～」

サラリと本音を言って肩をすくめる。あの一晩、一度きりしか経験はないが、あの行為は痛い記憶しか残っていない上、翌日無月に乗った時にどうしても痛みが響いて乗りづらかったのを覚えている。

ピクリと触れていた冬隼の指が動いた気がしたが、気のせいだったかもしれない。

「そうか……」と噛みしめるように、それでいて少しだけ複雑そうにつぶやいた冬隼がゆっくり立ち上がる。

「お前がそれでいいのであれば、俺はいい。お前の知略は我が軍にも必要だ。今後俺はお前を当てにするし、信頼も寄せさせてもらう。それでいいな？」

問いかけるというより、宣言するように言われ、翠玉はしっかりと頷く。

「分かったわ」

安堵《あんど》のためか、頬が緩んだように見えた冬隼だが、それは一瞬の事で。

「頼んだぞ」

そう一言言葉を投げかけると、素っ気なく背を向けて、さっさと出ていってしまった。まだ、仕事が立て込んでいるのだろうか？　どうやら本当に話をしにきただけだったようだ。

「失礼いたします」

ぼんやりと冬隼が退室した扉を眺めていると、陽香が入室してきた。

手には昼餉《ひるげ》を持っている。

「ありがとう」

そう言って体を起こし、先ほど冬隼が座っていた腰掛けに体を移す。

「あら、忘れてる」

彼が持って帰るはずの紙束が残されていた。忘れるくらい急いでいたのだろうか。

話している最中の彼はとても彼らしかったのだが、別れ際の冬隼はなぜか気がそぞろだったようにも見えた。

手を伸ばして、紙束を引き寄せるとパラパラとめくってみる。

どんな事が書かれているのだろうか、と単なる好奇心だった。

「それは？」

隣で膳の準備をしていた陽香が手元を覗き込んでくるので、彼女の方に傾けてやる。

「清劉で私の身辺を調べた報告書みたいね。どうも後宮の宮女でも手篭めにして得てきたみたい。なかなか正確な後宮内の人間関係が書かれているけれど……少し偏っているかしらね？」

「これは……おそらく皇太后辺りの側仕《そばづか》えでしょうね。全くあそこはいつになっても情報統制がザルですからね」

「ねぇ、やだぁ！　私が禁軍の卓牙《たくが》と十代の頃に出来ていたとか書いてある！」

「まぁ！　ただの幼なじみなのに⁉　確かにそんなウワサはありましたけど、まさかあんなものを信じる者がいるとは」

「これ、冬隼に要らないから処分してって言ったけど、一度確認して修正しておく必要があるかも。他にも間違った情報を信じられたりしたら堪らないわ」

「それはいけません！　私もお手伝いいたします！」

そこからしばらく、二人でぎゃあぎゃあ言いながら検分したため、昼餉《ひるげ》が遅くなったのは言うまでもなかった。

◆

冬隼が執務室に戻ると、泰誠はまだ室にいた。

「どうでした？」

あまり心配していなかったような様子に、こいつ、実は何か知っていたのではないかと思う。

「別に、禁軍の役目があればあいつはそれでいいらしい。子より武を極めたいと」

投げやりに言うと、どかりと椅子に体重を落とす。突然の乱暴な座り方に、椅子の軋む音が響く。

「奥方らしいですね、でも大丈夫ですか？」

「何がだ？」

泰誠の言葉に、眉間を揉む。

「子をなさないという事は、つまりは男女の関係もないという事だと奥方は思っていませんか？　好きな女性と床を共にしていて、殿下は耐えられるんですか？」

ガタンと、けたたましい音が部屋に響く。突然の泰誠の核心に迫った問いに、椅子ごと倒れ掛ける。こいつはまったく何を……。ギラリと睨むも、全く怯まない視線が返ってくる。

「殿下は我慢強い方だとは知っていますが、やはりそこは男ですからね。あまりご自分を追い詰めない方がいいですよ。確かに子ができないやり方なんて、いくらでもありますけど。そんな言い方したらあの奥方は、しないものだと思ってしまいませんかね？」

しれっと言われた言葉は、思いがけずグサリと冬隼のイライラの核心を貫いた。

まさに、それなのだ。

「あいつもそれくらい分かっているだろう。祖国で忍んで情を通じた男がいた事もあったらしいからな。それを知った上で、しなくてもいいと言ったのだから、仕方がないだろう」

『私、アレは好きになれそうにないし。痛いしさ、次の日馬に乗ると響くのよね』

先ほどの翠玉の言葉が蘇る。確かに、あの婚礼の晩、自分は何の情も思いやりもない抱き方をした。彼女の事など考えもしていなかったのだ。そう言われても仕方がない、仕方がないのだが。

「しなくていいってハッキリ言われたんですか⁉ うわ〜、奥方残酷！」

泰誠が信じられない！ と声を上げて、憐れむような視線を送ってくる。

「もうこの話はいい！ 昼餉《ひるげ》にするぞ！」

まだ何か聞きたそうな泰誠を振り払うようにピシャリと言い切ると、部屋を出るために立ち上がる。頭の中では先ほどの翠玉の発言が木霊《こだま》している。

まるで俺が下手みたいに言うな！

心の中で、叫んで拳を握りその場にいない人間に八つ当たりしてみるが、そう言われても仕方がない事をした自覚があるため、ただただ落ち込んだ。

夜、室に入ると、すでに翠玉は静かに寝息を立てていた。今日は何となく眠っているであろう時間を狙ってきたのだから当然だ。

寝台には上がらず、側の椅子に腰掛ける。酒を注ぎ、翠玉の寝顔を眺める。顔色も良く、今日も熱は出ていないようだ。足取りや動きも軽快になり、体力も戻ってきている。

そろそろ無月に会いにいきたいと駄々をこね出す頃だろう。杯を卓に戻そうとすると、昼間自分が忘れた紙束が目に入る。嫌な事を思い出した。

烈の報告によれば、翠玉が十八になった頃、彼女には情を交わした男がいたらしい。清劉国の禁軍に所属していた青年らしく、現在は妻も子もいる男だ。翠玉とは幼い頃から一緒に武を極め、身分は違ったが、誰が見ても良い雰囲気だったと、報告書には書いてあったはずだ。

別に珍しい話ではない。自分だって翠玉を妻に迎える前には一夜を共にした女性がいた事はいた。あまりに男の手がついている女を嫁に出すのは問題にもなりかねないが、それくらいなら問題にならない事がほとんどだ。

現に、翠玉はそれほど男に慣れている様子もない。というより、冬隼には翠玉と肌を重ねた夜の、そうした記憶があまりない。

当時の自分には、そんな事はどうでもよかったため、気にもとめていなかった。実際に翠玉にとって自分は初めての男であったのか、今となっては確認のしようもない。ただ漠然と、そうなのではないかと思い込んでいた。だからこそ、この事実がショックだったのかもしれない。

杯を一気に呷《あお》る。焼けるような熱さが喉を通る。

自分と比べる誰かを彼女が知っていた事が思いの外、冬隼にはダメージが大きかったらしい。この報告書を最初に目にした時は特段気になりもしない内容だった。先ほど翠玉と話をしていて、強く意識をするまでは全く忘れていたくらいだ。

「都合がいいな」

嘲笑が漏れる。彼女を意識した途端にこんな気持ちが湧くなんて、自分は意外と単純なのかもしれない。

今日、この先も冬隼の妻である事を翠玉は選んだ。それは永遠に他の男の物にはならなくて済むという事だ。

しかし、だからといって冬隼の物になる訳でもない。むしろ、同志になってしまったのかもしれない。彼女が冬隼と同じような思いを、現時点で持っているとは到底思えない。

大きく息を吐く。

もう一杯飲もうかと、酒の容器に手を伸ばしかけて途中で引いた。目の前の翠玉がもぞもぞと動き体勢を変えた。サラサラと額を髪が滑っていく。思わず手を伸ばして、額に触れる。体温が指先から伝わってくる。穏やかな寝顔を見つめ、杯を卓に置くと自分も床に入った。

◆

早朝に目覚めた翠玉は、ぼんやりと隣に眠る冬隼の寝顔を眺めた。昨晩翠玉が寝入る時、彼はまだ部屋にいなかったから、翠玉が寝入ってから部屋にやってきたのだろう。

閉じた瞳を模《かたど》るまつ毛は、相変わらず羨ましいほどに長い。

そう言えば、初めの頃は背を向けて眠る事が多かった彼が、こちら側を向いて眠るようになったのはいつからだっただろうか。

以前は冬隼の背中を見て、お互いの距離感が開いている事にどこか安堵《あんど》する自分がいたのに、最近ではそれもあまり気にしなくなったように思う。それどころか、今朝のように彼が隣にいる事に安堵《あんど》している。

それだけ冬隼との距離が近くなり、彼が隣にいる事が翠玉の中で無意識の内に当たり前になってきたのかもしれない。

昨日、翠玉が望むのであれば、冬隼の元を離れてもいいと彼が言ってくれた時、翠玉は何の迷いもなく、このままの生活を望んだ。

すでに翠玉の中では冬隼の妻としてこの国で、できる事をするというのが生きる目的になっているのだ。

『もし貴方の大切な人のためにこの知を利用したとしても、私はそれでいいと思っていますよ』

壁老師の静かな声が、まるで昨日聞いた言葉のように蘇ってくる。

そんな人が現れる事などないと、数か月前まで思っていたし、少し前までは冬隼がそれに値するか見極めなければならないと考えていた。

しかし今は……冬隼のために、この知識を使おうと迷いなく思っている翠玉がいる。

壁老師が言っていたのは、こういう事だったのだ。

きっと彼は捨て置かれた不遇な皇女だった翠玉が、いずれそういう相手と巡り合い、能力を活かす場所を与えられる事を願って、あんな言葉を残してくれたのかもしれない。

そうであるならば、持てる力の全てを使って、冬隼の隣で戦っていこう。

ゆっくりと寝台から起きて、立ち上がる。今日もきちんと立つ事ができた。早く回復しなければ。

翠玉達を狙った者の正体も分かっていない上、後宮の問題もある。

そして、すぐ目の前には大きな戦が迫っているのだ。

まだまだこれからだ……でも、何があっても乗り越えられる気がする。
一人小さく微笑んで、窓辺に視線を向ける。
窓辺に立てかけたお守りの短剣が、朝日を浴びてキラリと美しく輝いている。

妾腹の生まれのため義母から疎まれ、厳しい生活を強いられている莉珠《りじゅ》。なんとかこの状況から抜け出したいと考えた彼女は、後宮の宮女になるべく家を出ることに。ところがなんと宮女を飛び越して、皇帝の妃に選ばれてしまった！　そのうえ後宮には妖《あやかし》たちが驚くほどたくさんいて……

◉各定価：726円（10％税込）

◉Illustration：ボーダー

著 ろいず
あやかし祓い屋の
旦那様に
嫁入りします
アルファポリス
第4回
キャラ文芸大賞
優秀賞
受賞作

お家のために結婚した不器用な二人の
あやかし政略婚姻譚

一族の立て直しのためにと、本人の意思に関係なく嫁ぐことを決められていたミカサ。16歳になった彼女は、布で顔を隠した素顔も素性も分からない不思議な青年、祓い屋〈縁〉の八代目コゲツに嫁入りする。恋愛経験皆無なミカサと、家事一切をこなしてくれる旦那様との二人暮らしが始まった。珍しくコゲツが家を空けたとある夜、ミカサは人間とは思えない不審な何者かの訪問を受ける。それは応えてはいけない相手のようで……16歳×27歳の年の差夫婦のどたばた(?)婚姻譚、開幕!

定価:726円(10%税込み)　ISBN 978-4-434-30476-7

あやかし祓い屋の
旦那様に
嫁入りします
お家のために結婚した不器用な二人の
あやかし政略
婚姻譚
「生涯をかけて嫁殿を守ります。」

イラスト:くにみつ

店長を務めていた雑貨屋が閉店となり、意気消沈していた真璃《まり》。ある夜、つい飲みすぎて居眠りし、電車を乗り過ごして終点の京都まで来てしまった。仕方なく、祇園《ぎおん》の祖母の家を訪ねると、そこには祖母だけでなく、七福神の恵比寿を名乗る謎の青年がいた。彼は、祖母が営む和雑貨店『七福堂《しちふくどう》』を手伝っているという。隠居を考えていた祖母に頼まれ、真璃は青年とともに店を継ぐことを決意する。けれど、いざ働きはじめてみると、『七福堂』はただの和雑貨店ではないようで——

◉定価：726円（10%税込）　◉ISBN:978-4-434-30325-8　◉Illustration：睦月ムンク

かりそめ夫婦の
稳やかならざる新婚生活

親を亡くしたばかりの小春《こはる》は、ある日、迷い込んだ黒松の林で美しい狐の嫁入りを目撃する。ところが、人間の小春を見咎めた花嫁が怒りだし、突如破談になってしまった。慌てて逃げ帰った小春だけれど、そこには厄介な親戚と――狐の花婿がいて？　尾崎玄湖《おざきくろこ》と名乗った男は、借金を盾に身売りを迫る親戚から助ける代わりに、三ヶ月だけ小春に玄湖の妻のフリをするよう提案してくるが……!?　妖だらけの不思議な屋敷で、かりそめ夫婦が紡ぎ合う優しくて切ない想いの行方とは――

定価：726円（10%税込み）　ISBN 978-4-434-30217-6

イラスト：ごもさわ

煌びやかな女の園『月華後宮』。国のはずれにある雲蛍州で薬草姫として人々に慕われている少女・虞凛花は、神託により、妃の一人として月華後宮に入ることに。父帝を廃した冷徹な皇帝・紫曄に嫁ぐ凛花を憐れむ声が聞こえる中、彼女は己の後宮入りの目的を思い胸を弾ませていた。凛花の目的は、皇帝の寵愛を得ることではなく、自らの最大の秘密である虎化の謎を解き明かすこと。
後宮入り早々、その秘密を紫曄に知られてしまい焦る凛花だったが、紫曄は意外なことを言いだして……？
あらゆる秘密が交錯する中華後宮物語、ここに開幕！

◎定価：726円（10%税込み）　◎ISBN978-4-434-30071-4

●illustration:カズアキ

この作品に対する皆様のご意見・ご感想をお待ちしております。

おハガキ・お手紙は以下の宛先にお送りください。

【宛先】

〒150-6008 東京都渋谷区恵比寿 4-20-3 恵比寿ｶﾞｰﾃﾞﾝﾌﾟﾚｲｽﾀﾜｰ 8F
（株）アルファポリス　書籍感想係

メールフォームでのご意見・ご感想は右のＱＲコードから、
あるいは以下のワードで検索をかけてください。

アルファポリス　書籍の感想　検索

ご感想はこちらから

アルファポリス文庫

後宮《こうきゅう》の棘《とげ》　〜行《い》き遅《おく》れ姫《ひめ》の嫁《よめ》入《い》り〜

香月みまり（こうづき みまり）

2022年7月 25日初版発行
2022年8月 10日２刷発行

編集ー加藤美侑・森 順子
編集長ー倉持真理
発行者ー梶本雄介
発行所ー株式会社アルファポリス
〒150-6008東京都渋谷区恵比寿4-20-3 恵比寿ｶﾞｰﾃﾞﾝﾌﾟﾚｲｽﾀﾜｰ8F
TEL 03-6277-1601（営業） 03-6277-1602（編集）
URL https://www.alphapolis.co.jp/
発売元ー株式会社星雲社（共同出版社・流通責任出版社）
〒112-0005 東京都文京区水道1-3-30
TEL 03-3868-3275
装丁イラストー憂
装丁デザインー西村弘美
印刷ー中央精版印刷株式会社

価格はカバーに表示されてあります。

落丁乱丁の場合はアルファポリスまでご連絡ください。

送料は小社負担でお取り替えします。


ISBN978-4-434-30557-3 C0193